BASTIAN ZACH
Donaumelodien –
Morbide Geschichten

ABGRÜNDIGES WIEN Wien und der Tod – eine ewige Liebe. In kaum einer anderen Stadt sind unbändige Lebensfreude und der Hang zum Morbiden so präsent wie in der alten Kaisermetropole. Daher ist es kaum verwunderlich, dass manch dunkles Geheimnis die Zeiten überdauert hat:

Ein Mann und seine Angst, lebendig begraben zu werden. Die mysteriösen Machenschaften des lieben Augustins. Die überraschende Beichte eines Scharfrichters. Ein Duell unter Ehrenmännern, die keine sind, und eine Jungfer in Nöten. Das Mysterium eines Abnormitäten-Kabinetts. Die Anklage einer Unholdin und eine ersehnte Wiedergutmachung. Ein Obdachloser in der Kanalisation und die grausamste Chance seines Lebens. Ein Arzt und der Tod einer Kaiserin. Und vieles mehr …

Jede der 11 »Morbiden Geschichten« erzählt aus einer anderen Zeit und ist doch tief in Wien verwurzelt – manchmal abgründig, manchmal fantastisch, aber immer mit einem (bösen) Schmunzeln.

© Christine Hanschitz

Bastian Zach wurde 1973 in Leoben geboren und verbrachte seine Jugend in Salzburg. Das Studium an der Graphischen zog ihn nach Wien, als selbstständiger Schriftsteller und Drehbuchautor lebt und arbeitet er seither in der Hauptstadt. Die Liebe zu historischen Geschichten, die in seiner Wahlheimat Wien an jeder Ecke lauern, inspirierte ihn zu diesen Kurzgeschichten.

BASTIAN ZACH

Donaumelodien –
Morbide Geschichten

11 Kurzgeschichten aus dem historischen Wien

GMEINER

Immer informiert

Spannung pur – mit unserem Newsletter informieren wir Sie
regelmäßig über Wissenswertes aus unserer Bücherwelt.

Gefällt mir!

Facebook: @Gmeiner.Verlag
Instagram: @gmeinerverlag
Twitter: @GmeinerVerlag

Besuchen Sie uns im Internet:
www.gmeiner-verlag.de

© 2020 – Gmeiner-Verlag GmbH
Im Ehnried 5, 88605 Meßkirch
Telefon 0 75 75 / 20 95 - 0
info@gmeiner-verlag.de
Alle Rechte vorbehalten
2. Auflage 2021

Lektorat: Teresa Storkenmaier
Herstellung: Julia Franze
Umschlaggestaltung: U.O.R.G. Lutz Eberle, Stuttgart
unter Verwendung eines Bildes von: © ullstein bild – Imagno / Österrei-
chisches Volkshochschularchiv
Druck: CPI books GmbH, Leck
Printed in Germany
ISBN 978-3-8392-2708-4

Für Birgit.

Und Christine.

Inhalt

I.

Der Schein des Todes

Wien, 1893

SIGISMUND VON ASCHBACH war ein Genussmensch durch und durch. Im Jahre 1847 hatte er das Licht der Welt erblickt, und war die folgenden drei Jahre nicht vom Busen seiner Amme zu trennen gewesen. Er liebte das Leben in all seinen Facetten und ließ sich von Kindesbeinen an von ihnen prägen. Genauer gesagt erfolgte diese Prägung in drei Etappen:

Als Knabe von gerade einmal vier Lenzen wurden ihm zum ersten Mal Zwetschkenknödel mit zerlassener Butter kredenzt, was zeitlebens zu seiner Leibspeise werden sollte – die erste Prägung, die seine heutige Leibesfülle eindrucksvoll zur Schau stellte.

An seinem neunten Geburtstag befand Sigismunds Vater, der als gestrenger und zuweilen ungerechter Herr mehr gefürchtet denn geliebt wurde, dass es an der Zeit für den Junior und alleinigen Erben war, den Schatz der Familie zu verkosten – den Muskat-Sylvaner. Es handelte sich um einen Weißwein, den Sigismunds Großvater aus dem Loiretal in Frankreich mitgebracht hatte und der nicht nur den Reichtum, sondern auch den ausgezeichneten Ruf der Familie begründete. Das hämmernde Kopfweh, das Sigismund am Morgen nach seiner Einführung in das bis dato unbekannte Getränk aus eingemaischten Weintrauben empfand, würde er ebenso wenig vergessen wie sein Verlangen, das Erlebte zu wiederholen. Wieder und immer wieder – die zweite Prägung, die seine stets geröteten Wangen und seine grobporige Nase nicht weniger eindrucksvoll bewiesen.

Mit elf Lenzen geschahen vielerlei wundersame Veränderungen in Sigismunds Körper: Es wuchsen Haare an den seltsamsten Stellen, seine Stimme begann zu klingen, als würde er seine Worte jodeln, und er fand auf einmal Gefallen an seinem Kindermädchen … Und sie, ein junges Ding aus dem ländlichen Böhmen, das der Herrgott mit mehr Busen denn Verstand gesegnet hatte, empfand es durchaus vergnüglich, den Sprössling der Familie ihres Dienstgebers in die Künste der Liebe einzuführen. Eine herrlich unbeschwerte Zeit, wie beide befanden, die ewig hätte dauern können – bis sich Sigismund zwei Jahre später an ihr sattgesehen und -gegriffen hatte. In einer verregneten Herbstnacht war sie laut heulend vom Anwesen gejagt worden, nachdem Sigismunds Mutter von der unsäglichen Liaison in Kenntnis gesetzt worden war. Natürlich von Sigismund selbst.

Diese dritte Prägung erklärte seinen Hang zu älteren Frauen und seine Vorliebe, von ihnen im Schlafgemach nicht nur wie ein Knabe behandelt, sondern auch so gezüchtigt zu werden, wovon sein immer wieder stark geröteter Hintern Zeugnis ablegen konnte – oder besser gesagt, hätte können, hieße es nicht, sich gebührlich zu kleiden.

Als aus dem immer hungrigen, immer durstigen und fast immer erregten Jungspund schließlich ein junger Mann reifte, kam unverhofft noch eine vierte Prägung hinzu – die des Strebens nach Wissen. Obwohl er sich nicht mehr auf das Wohlwollen seines Vaters angewiesen fühlte, war er dennoch mit einem Male zielstrebig darauf bedacht gewesen, der Belesenheit seines Vaters zumindest ebenbürtig zu werden – sowohl was die Allgemeinbildung als auch was den Weinbau betraf.

Allerdings musste Sigismund bald erkennen, dass ihm jene Fähigkeiten fehlten, die man schlichtweg nicht erlernen konnte: Zunächst mangelte es ihm am nuancierten Geschmackssinn. Der war notwendig, um die Qualität der jeweiligen Trauben zu erfahren und um deren Aromen beim Ausatmen durch die Nase wahrzunehmen. Eine Fähigkeit, die sich für das Keltern eines besonders exquisiten Weines als essenziell erwies.

Auch fehlte ihm die Weitsicht seines Vaters, was der Gaumen des selbsternannten Wiener Sommeliers in der nächsten Saison gerne verlustieren mochte.

Und zu guter Letzt ließ er Zurückhaltung vermissen, wenn es um die reine Verkostung der jüngsten Tropfen ging, weshalb sein Spucknapf immer trocken, seine Stimmung jedoch stets feuchtfröhlich war.

Dafür besaß Sigismund eine andere Gabe: Er verstand sich darauf, Techniken zu verinnerlichen und Verfahrensprozesse zu erkennen und diese fortwährend zu optimieren. So kam es, dass der familiäre Betrieb trotz Sigismunds Defiziten kosteneffizient expandierte und alsbald Großvaters Rebsaft nicht nur in den lokalen Heurigen und Schankstuben, sondern in ganz Europa erhältlich war.

Früh- und Spätlesen kamen und gingen. Schließlich lag Sigismunds Vater auf dem Sterbebett, umringt von seiner Gemahlin, seinem Sohn und einer auserwählten Dienerschaft. Zur Überraschung aller waren die letzten Worte des Patriarchen jedoch nicht »Ich liebe dich, mein Weib«. Auch kein Gebet, verknüpft mit der verzweifelten Hoffnung auf Erlösung. Es war ein grundehrliches: »Ich bin stolz auf dich, mein Sohn.«

Diese letzten, tief emotionalen Worte seines Herrn Papa spornten Sigismund an, sein Dasein auf Erden zu etwas Unvergesslichem zu machen, etwas, was der gesamten Nachwelt als Leuchtfeuer in einer sturmumtosten Nacht des Zweifelns dienen sollte – und so begann er, Waisenhäuser zu gründen, ließ leistbare Wohnungen für seine Arbeiter erbauen, errichtete Alten- und Armenhäuser. Im Gegensatz zu seinem Vater wurde er daher nicht gefürchtet, sondern respektiert und bewundert, manchmal gar geliebt, vom einfachen Knecht bis zu den Granden der Wiener Gesellschaft.

Um dieses immense Pensum an Wohltätigkeit jedoch fortwährend bewerkstelligen zu können, vergrub er sich immer tiefer in seine Arbeit, bis Sigismund schließlich – mit dreißig Jahren – einen Schwächeanfall erlitt …

Daraufhin verordnete ihm sein Hausarzt nicht nur eine grauenhaft strikte Diät und eine lästige teilzeitliche Alkoholabstinenz, sondern das, wovor sich Sigismund am meisten fürchtete: drei Monate leidiges Nichtstun. Oder, wie es der Arzt euphemisierte: drei Monate reinste Erholung an den Schwefelquellen des Kurortes Baden.

Dort, unter all dem Geldadel und anderen steinreichen Hypochondern, machte der Kurgast Sigismund die Bekanntschaft mit Ludwig von Kempny, einem einflussreichen Kaufmann, mit dem ihn alsbald nicht nur Berufliches, sondern auch Privates verbinden sollte – im fortgeschrittenen Alter von zweiunddreißig Jahren heiratete Sigismund endlich, und das auch noch aus Liebe. Und es war nicht, wie mancher zu vermuten geneigt war, eine ältere Frau, die ihm fortan den Hintern versohlen sollte, sondern eine blutjunge, die das auch noch mit Hingabe tat. Clara von Kempny, gerade einmal siebzehn Jahre alt. Sie war der Augenschatz ihres Vaters. Aber soviel sie auch an Mitgift in die Ehe brachte, sosehr mangelte es ihr an Schönheit und

Grazie. Böse Zungen behaupteten gar, Clara gleiche mehr einer grobschlächtigen Magd denn einer Aristokratin. Die Frage ihrer eigentlichen Abstammung hätte wohl nur ihre Mutter beeiden können, aber die war bei der Geburt ihres bereits damals schwer übergewichtigen Kindes gestorben.

Doch Sigismund und Clara kümmerte es nicht, was böse Zungen hissten, im Gegenteil. Sie führten eine Ehe, um die sie alsbald viele aus der gehobenen Wiener Gesellschaft beneideten – frei von Gerüchten und Skandalen, nur ein Bild vermittelnd: das der perfekten liebenden Verbindung von Mann und Frau vor Gott. Kaum ein Sonntag verging, an dem das Ehepaar nicht an der Heiligen Messe im Stephansdom teilnahm, keine Fastenzeiten, die nicht strikt eingehalten wurden. Selbst Feiertage wurden entsprechend würdig begangen.

Doch trotz seiner aufgeflammten Frömmigkeit vertraute Sigismund dem Herrn nicht so weit, dass er sich ganz und gar in Seine Hände begab …

Diese Letzte seiner Prägungen begann am Karfreitag, dem 30. März des Jahres 1888. Sigismund und Clara saßen zu Tisch, verspeisten je eine Forelle auf Müllerinart und gaben sich belustigt, dass der diesjährige Ostersonntag mit dem 1. April zusammenfiel.

Plötzlich begann Clara zu husten. Immer heftiger bäumte sich ihr Körper auf. Ihre Augen traten hervor, während ihre Hände ihre Kehle umklammerten, in der Hoffnung, sie könne das wieder herausdrücken, was ihr quer im Halse steckte. Sigismund eilte ihr zu Hilfe, schlang von hinten seine Arme um sein Weib und presste gegen ihren Brustkorb. Doch es half nichts. Clara sackte zusammen und blieb regungslos am Boden liegen, Augen und Mund noch immer entsetzlich weit aufgerissen.

Sigismund ergriff die nackte Panik. Er rief nach der Dienerschaft. Doch auch die konnte nichts anderes tun, als hilflos um die Dame des Hauses herumzustehen wie neugierige Schulkinder um ein totes Tier, manche starr vor Schock, andere bereits in Gebeten versunken.

Mit einem Male bäumte Clara sich auf, erbrach sich auf den kostbaren Perserteppich und schnappte nach Luft wie ein Karpfen an Land. Wenig später blickte sie die Dienerschaft um sich herum an, als hätte sie keine Ahnung, wie sie auf den Boden gelangt war und weshalb die anderen sie umringten.

Seither war Fisch von der Speisekarte gestrichen. An Freitagen gab es nur noch Biber zu essen – ganz im Einklang mit dem Konstanzer Konzil von 1414.

Clara fehlte jegliche Erinnerung an den Vorfall, doch Sigismund begann sich zu fragen, was wohl in der Zeit des bewusstlosen Zusammensackens seiner Gemahlin und dem erneuten Ins-Leben-Kommen geschehen sein mochte. War sie tot gewesen? Immerhin hatte sie keinen Puls mehr gehabt, das hatte Sigismund mit Entsetzen festgestellt. Nur dass es vom Tode kein Zurück gab, dessen war er sich auch gewiss.

Clara musste also in einer Art Zwischenzustand gewesen sein, nicht mehr am Leben, aber eben auch nicht tot …

Und was Sigismund noch viel mehr beunruhigte als der Gedanke an diesen Zustand war der Gedanke daran, dass ihn das gleiche Schicksal ereilen könnte. Nur eben nicht mit jenem glücklichen Ausgang, den Clara erleben durfte, sondern geprägt von der Vorstellung, im Sarge aufzuwachen, der sich dann bereits tief unter der Erde des Wiener Zentralfriedhofes befand.

Schließlich wuchs diese Vorstellung zu einer Angst heran, Schlingpflanzen gleich, die sich um einen gesunden Baum wanden, um ihn irgendwann zu ersticken.

Daher ließ Sigismund – natürlich im Geheimen – Erkundigungen einholen. Er wollte wissen, ob nur er allein an dieser abstrusen seelischen Erkrankung litt. Zu seiner Erleichterung erfuhr er, dass dem nicht so war, ja gar, dass er sich damit in illustrer Runde wiederfand. So manch anderem berühmten Zeitgenossen schien es wie ihm zu ergehen. Dem Dramatiker Johann Nepomuk Nestroy, der verfügt hatte, man möge ihm einen Herzstich versetzen, damit er nicht im Sarge aufwachte. Oder dem dänischen Schriftsteller H. C. Andersen, der befohlen hatte, dass ihm die Pulsadern durchgeschnitten werden sollten. Der Philosoph Arthur Schopenhauer hatte gar testamentarisch verankert, dass er erst begraben werden dürfe, wenn sein Körper deutliche Merkmale der Verwesung aufweise. Ja, diese großen Männer begleitete dieselbe Angst wie Sigismund, vom Erwachen am Morgen bis zum Schlafengehen am Abend: die Taphephobie. Die Angst davor, als Scheintoter lebendig begraben zu werden.

Wenngleich Sigismund sich jenen Herren ebenbürtig sah, so teilte er nicht deren Herangehensweise an den vorzeitig diagnostizierten Tod. Denn, so war sich Sigismund gewiss, wenn er aus seinem Scheintod erwachen würde, dann könnte er erneut Großes schaffen. Und so galt für Sigismund oberste Priorität, diesem vermeintlichen Scheintod entgegenzuwirken, koste es, was es wolle!

Im Zuge seiner Überlegungen stieß er auf eine Erfindung, die ein gewisser k. k. Strafhaus-Verwalter namens Johann Nepomuk Peter dem Leichenhof des Ortes Währing gestiftet hatte: den Rettungswecker. Es war eine komplizierte Apparatur, die der Totengräber selbst, dem zumeist nicht Schöngeist, Fingerspitzengefühl und das Verständnis für moderne Mechanik innewohnten, mit dem Aufgebahrten verbinden musste. Eng anliegende Hülsen an Fingern und Zehen sollten durch einen Draht, der unterirdisch in einem Rohr verlief, mit dem Rettungswecker im Hause des Totengräbers verbunden werden, worauf, bei der geringsten Zuckung des Scheintoten, dort eine Glocke zu läuten beginnen sollte. Da diese Apparatur jedoch bereits 1828 installiert worden und seither nicht eine einzige Rettung eines Scheintoten dokumentiert war, hielt sie Sigismund für schlichtweg sinnlos, da augenscheinlich zu komplex.

Was ihm daran jedoch gefiel, war die Idee, die der Erfindung zugrunde lag. Sie war ihm Inspiration und Ansporn zugleich, für seine eigene letzte Ruhestätte etwas Ähnliches zu konzipieren. Es musste jedoch etwas sein, was er selbst steuern konnte, und es musste etwas sein, was im Falle eines Versagens noch weitere Möglichkeiten der Alarmierung beinhaltete.

Selbstverständlich kam die Beerdigung in einem Sarg nicht länger infrage. Zu groß war die Wahrscheinlichkeit, aus dem unvorhergesehenen Halbschlaf aufzuwachen und sich eingepfercht in einer Kiste unter der Erde wiederzufinden, unfähig, die nötigen Prozeduren zur Errettung einzuleiten. Daher plante Sigismund in einem ersten Schritt eine Begräbnisstätte, die diesen Einschränkungen nicht unterlag – ein Mausoleum. Es würde ihm im Falle eines Aufwachens genügend Platz bieten, sich frei zu bewegen und Alarm zu schlagen. Allerdings sollte es weder mit einem ehernen Gitter noch mit einer hölzernen Tür verschlossen sein, sondern mit einer Steinplatte – zu groß war Sigismunds Angst davor, dass noch in der Nacht der Beerdigung Grabräuber das Inventar rauben, oder, noch schlimmer, seinen scheintoten Körper schänden könnten.

Gesagt, getan.

Ein Platz für die steinerne Ruhestätte war schnell gefunden, denn der 1874 eröffnete Wiener Zentralfriedhof bot eine schier unendlich weite Fläche für ein solches Bauwerk, dem zudem auch noch eine repräsentative Wirkung innewohnte. Und es bot in sich genügend Platz, um die nötigsten Utensilien zu beherbergen, die man nach dem Aufwachen benötigte: eine Lampe und Schwefelhölzer, eine Flasche mit Wasser, fünf Bouteillen des Familienweins, Zwieback – in Ermangelung der Haltbarkeit seiner geliebten Zwetschkenknödel mit zerlassener Butter –, einen bequemen Schlafsessel sowie einen Mantel aus Flanell. Dies alles sollte ausreichen, um einige Stunden bis zur Errettung ausharren zu können.

Nachdem er diese grundlegenden Banalitäten zu Papier gebracht hatte, widmete sich Sigismund als Nächstes jenen Vorrichtungen, die der Außenwelt im Fall des Falles von seiner Auferstehung künden sollten.

Das Tagesgeschäft des Familienbetriebes überantwortete Sigismund zunächst seinem getreuen Verwalter Hans. Seine geliebte Clara bat er um Verständnis, ihn in seinem Arbeitszimmer, in das er sich zurückzuziehen gedachte, nur zu stören, um ihm dreimal täglich Speis und Trank zu bringen. Auch auf die mehrmals wöchentlich vollzogenen ehelichen Pflichten möge sie für die Dauer seiner Schaffensperiode verzichten. Danach würde er sich ausgiebig bei ihr revanchieren.

Mit einem Kuss auf den Mund und einem Lächeln willigte sie widerspruchslos ein.

Dann versperrte er die Tür hinter sich, nahm in dem breiten Ledersessel vor seinem Schreibtisch Platz und wartete darauf, dass die Sonne unterging.

Obwohl es tief in der Nacht war, zog Sigismund alle Vorhänge zu, um die Finsternis noch greifbarer zu gestalten. Den wertvollen Teppich rollte er zur Seite und legte sich auf die kühlen Eichendielen. Er löschte die Petroleumlampe, verschränkte die Arme vor der Brust und schloss die Augen.

Er war tot.

Das Lebensband zerschnitten.

Er hatte den letzten Seufzer getan, einen Abgang gemacht. Ein Bangl gerissen, den Löffel abgegeben, die Patschn gestreckt, sich den Holzpyjama angezogen.

Seltsam, wie viele Ausdrücke der Mensch für das Unausweichliche hatte, kam Sigismund in den Sinn, worauf er sich sofort selbst ermahnte, sich wieder auf das Wesentliche zu konzentrieren.

Also, er war tot.

Endlich war endlich unendlich. Rund um ihn das zeitlose Nichts (die Heilsversprechungen der Prediger hatte er trotz seines tiefen Glaubens immer als Zuckerbrot für die Armen verachtet).

Dann –

Plötzliches Erwachen! Plötzliche Erkenntnis! Sigismund im steinernen Sarg!

Hieraus musste er sich erst einmal befreien, sonst wären alle weiterführenden Überlegungen bezüglich einer Errettung obsolet. Die Steinplatte über ihm, mit ihrer lebensgroßen Nachbildung eines den gerechten Schlaf schlummernden Sigismunds, mochte eine gute Tonne wiegen, sie wegzuschieben war daher ein Ding der Unmöglichkeit. Und alles andere als eine solche Steinplatte wäre einfach nicht standesgemäß. Es musste also eine Methode der Befreiung sein, die er selbst bewerkstelligen konnte, die einfach genug war, um nicht fehleranfällig zu sein, und die die strukturelle Integrität des Sarkophags nicht beeinträchtigte – sonst würde er von einer Tonne Stein zerquetscht. Sigismund öffnete die Augen, sah sich förmlich in seinem dunklen, kalten Geleitbehältnis in die Ewigkeit. Sein erster Instinkt: mit den Füßen treten. Damit kam ihm auch bereits die Lösung des Problems: Die Wand an der Fußseite durfte nur gesteckt sein und keine tragende Funktion aufweisen. Dann könnte Sigismund einfach dagegentreten, sie würde aus der Konstruktion fallen und ihm somit den Fluchtweg aus dem Sarkophag und rein ins Mausoleum öffnen.

Heureka! Die erste Hürde war genommen.

Sigismund robbte am Dielenboden dahin, stand schließlich auf und blickte in die Schwärze des Raums. Er tastete sich vorwärts, ergriff die bereitgestellten Schwefelhölzer und die Lampe und entzündete ein schwaches Licht. Nun würde er sich erst einmal in den Schlafsessel setzen, um den Schock des Eingetretenen zu verkraften. Und um in aller Ruhe eine Bouteille Wein zu trinken, um dann ... ja, was würde dann folgen? Schreien oder mit den Fäusten gegen die Wände des Mausoleums zu hämmern wäre vermutlich zwecklos, zu dick war das Gemäuer. Daher fügte er der Inventarliste noch einen schweren Hammer hinzu. Das Klopfen mit einem solchen Werkzeug würden die Besucher des Friedhofs mit Sicherheit hören, und ihm dann zu Hilfe eilen.

Der Hammer war Sigismunds erster Rettungsanker.

Aber diese Vorsichtsmaßnahme empfand der Winzer als nicht genug. Er musste auf Nummer sicher gehen. Er brauchte die Absicherung der Absicherung der Absicherung. Und er wusste, dass nun sein ganzes Geschick gefragt war.

Schließlich war es so weit: Sigismund hatte eine Alarmmechanik entworfen, die sowohl effizient wie realisierbar erschien. Doch genau genommen war es nicht nur eine Mechanik.

Es waren dero drei.

Die erste gestaltete sich so einfach wie wirkungsvoll:

Eine Signalfahne. Deren hölzerne Stange würde Sigismund vom Inneren des Mausoleums durch ein Rohr nach draußen schieben, worauf sich die darauf gewickelte

Fahne ausrollen sollte. Der Saum würde mit Bleikügelchen beschwert sein, damit sie dies von allein tat. Auf der Fahne würde in großen Lettern »ZU HILFE« gestickt sein, sowie in zwei kleineren Zeilen präzise Instruktionen, was man zu tun hätte.

Im Geiste ging er das Prozedere durch. Sigismund drückt die Stange nach draußen, die Fahne entwickelt sich, ein Besucher wird darauf aufmerksam und holt Hilfe ...

Gerettet!

Die zweite Alarmmechanik war ein Läutwerk, dessen drei Glöckchen an der äußeren Stirnseite des Giebels befestigt waren und über einen einfachen Zugmechanismus im Inneren des Mausoleums zum Klingen gebracht werden konnten. Irgendein Friedhofsbesucher würde mit Sicherheit ob des Lärms aufmerksam werden und daraufhin Hilfe holen. Doch welcher Zugmechanismus wäre wohl der effizienteste? Eine dicke Schnur aus Hanf war leichtgängig, jedoch nicht besonders haltbar. Eine Eisenkette könnte rosten und brechen. Schließlich einigte sich Sigismund mit sich selbst auf ein kettengliedriges Zugwerk aus Bronze.

Was würde diesmal geschehen? Sigismund zieht an der Kette, die Glöckchen draußen läuten, ein Besucher wird darauf aufmerksam und holt Hilfe ...

Erneut gerettet!

Die dritte Alarmmechanik war die Modernste. Basierend auf der Nutzung der jüngst entdeckten Verwendung von Elektrizität durch Werner von Siemens sollte ein Wechselstromkreis in das Mausoleum eingeleitet werden. Dort würde Sigismund einen Kippschalter betätigen, worauf, ähnlich wie beim antiquierten Rettungswecker, eine eigens montierte Klingel im Häuschen des Friedhofswärters zu schrillen begann, der daraufhin, wie instruiert, die Sicherheitswache zu verständigen hätte, die dann ausrücken und den schweren Stein, der den Eingang ins Mausoleum verschloss, wegschieben würde.

Ein letztes Mal galt es, alle Schritte nachzuvollziehen. Sigismund betätigt den Kippschalter, die Klingel schrillt, der Friedhofswärter holt Hilfe …

Endgültig gerettet!

Zufrieden ließ sich Sigismund in den schweren Ledersessel vor seinem Schreibtisch sinken, auf dem mittlerweile unzählige Blätter voller Notizen und Skizzen lagen, und strich sich genussvoll über den ansehnlichen Wanst.

Ganze zwei Monate hatte sein Eremitendasein angedauert, das manchmal mehr von Wahnvorstellungen denn kühnen Überlegungen geprägt war. Und doch hatte er sich Schritt für Schritt der Lösung aller sich stellenden Probleme genähert und sie schlussendlich gemeistert.

Sigismund griff eines der wenigen unbeschriebenen Blätter Papier und zückte abermals die Feder: Was galt es, vor seiner Beerdigung noch zu tun? Das Mausoleum war mit den auf der Inventarliste beschriebenen Utensilien zu bestücken und dem Friedhofswärter würde man drei Bouteillen des Familien-Muskat-Sylvaners schenken, als Dank für dessen Kooperation.

Damit wäre dann wohl alles getan.

Mit einem Male überkam Sigismund das Bild des Mausoleums bei Nacht – ein dunkler Steinblock inmitten eines unbeleuchteten Friedhofs. Ob er noch eine Beleuchtung andenken sollte? Immerhin würde man so schneller den Weg zu ihm finden. Er setzte die Feder aufs Papier und fügte hinzu: »Vier große mit Petroleum befüllte Lampen, je zwei zu beiden Seiten des Ausgangs, sind bei Anbruch der Dunkelheit zu entzünden, und erst im Morgengrauen wieder zu löschen, und dies zehn konsekutiv aufeinanderfolgende

Nächte lang, ab Beisetzung. Dafür sind dem Friedhofswärter weitere drei Bouteillen Wein zu spenden.«

Sigismunds Blick fixierte den Punkt aus Tinte, der mehr und mehr von seinem Glanz verlor, als er vom Papier aufgesogen wurde. Es war vollbracht. Er sammelte alle relevanten Instruktionen und Skizzen, sortierte sie, und schob sie in ein Kuvert.

Dann schritt er zum Fenster, riss die schweren Vorhänge zur Seite und öffnete es. Seine Weinberge erstrahlten im güldenen Licht der untergehenden Sonne, eine warme sommerliche Brise schmeichelte um Sigismunds dichten, zwei Monate alten weißen Vollbart. Er atmete tief ein und aus und wurde sich in diesem Moment gewahr, wie eine erdrückende Last von ihm genommen wurde. Und er freute sich darauf, sich fortan wieder der Leichtigkeit des Seins zuzuwenden, wie damals, bevor er dieser tückischen Phobie anheimgefallen war.

Was stand als Nächstes an? Das Mausoleum musste errichtet, alle Mechaniken auf ihre Funktion überprüft werden, und dann –

Sigismund hielt inne. Was war er gerade im Begriff zu tun? Dies verstand man ganz und gar nicht unter »das Leben genießen«! Als Erstes würde er jetzt ein ausgiebiges und wohl dringend notwendiges Bad nehmen. Danach würde er sich genussvoll das Gestrüpp vom Gesicht rasieren. Und erst dann würde er zu Clara ins Bett steigen und so oft mit ihr verkehren, bis er nicht mehr konnte oder sie nicht mehr wollte – wobei Ersteres weitaus öfter vorkam als Letzteres. Später würde er, und bei dem Gedanken daran füllte sich sein Mund bereits mit Speichel, Zwetschkenknödel mit zerlassener Butter verschmausen, und zwar eine solche Menge, bis ihm der Magen zu zerplatzen drohte.

Voller Tatendrang klatschte er in die Hände. Wohlan!

Sechs Monate später stand Sigismund am Zentralfriedhof und bewunderte das Bauwerk, dem mit seinem säulengestützten Baldachin die zeitlose Anmutung eines griechischen Tempels innewohnte. Nur die edelsten Materialien hatte er zugelassen: weißen Carrara-Marmor aus Italien, aus dem bereits die Trajanssäule in Rom errichtet worden war. Schmuckelemente und figurale Allegorien auf die Abschnitte des Lebens ließ er die traditionsreiche Berliner Bronzegießerei Gladenbeck fertigen, die auch die Göttin auf der Siegessäule in Berlin hergestellt hatte. Selbst bei kleineren Details wie der Auswahl der wenigen verwendeten Hölzer scheute Sigismund weder Mühen noch Kosten. Neben ihm stand Jaroslav Veselý, der Architekt, der mit dem Monument mindestens ebenso zufrieden schien wie der Bauherr. Schließlich gesellte sich Clara zu den beiden in stummer Ehrerbietung verweilenden Herren und ergriff die Hand ihres Gemahls. Ob er denn nun zufrieden sei und seine Rastlosigkeit ablegen könne?

Der nickte. Denn er wusste, dass er von nun an ein neuer Mensch und zugleich wieder der alte war. Und das würden sie gebührend feiern.

Die beiden Eheleute ließen sich von einem Fiaker in die traditionsreiche Pilsner Bierklinik in der Inneren Stadt kutschieren, bestellten den besten Wein des Hauses und – da es Freitag war – frisch gefangene Forelle, wenn auch als Filet.

Sigismund und Clara scherzten, lachten und tranken. Sie fühlten sich, als hätten sie erneut zueinandergefunden. Keine Spur mehr von Sigismunds Taphephobie. Verflogen war jegliche Obsession mit dem Ableben …

Bis ihn ein Hustenanfall wild zu beuteln begann. Sigismund sprang vom Tisch auf, stolperte rückwärts und stürzte sogleich zu Boden. Der Atem röchelnd, sein Blick starr. Über ihm die Bögen des altehrwürdigen Kellergewölbes.

Clara kniete sich weinend hin und rüttelte an ihm wie an einem trotzigen Kind, das nicht folgen wollte. Sigismund war, als würden sich seine Augäpfel von innen mit einer milchigen Flüssigkeit füllen, die immer dichter wurde, bis er schließlich nichts mehr sehen konnte außer dem weißen Licht, das nun allumfassend und alles durchdringend war.

Eine ungekannte Leichtigkeit umgarnte ihn.

Dann war Sigismund von Aschbach tot.

Drei Tage lang wurde er in der Kühle des Kellers des Familienanwesens aufgebahrt, ohne dass Clara auch nur einen Augenblick von seiner Seite wich, nur einen Eimer für ihre Notdurft neben sich.

Letzten Endes war er da – der Tag von Sigismunds Beisetzung.

Die Trauergemeinde, die sich zur Verabschiedung eingefunden hatte, schien größer, als Clara es vermutet hätte, hatten sich doch all jene eingefunden, denen Sigismund zu Lebzeiten als Wohltäter ein Begriff gewesen war: die Waisen, die Alten, die Armen. Sie alle beweinten ihn, als wäre er ein Teil ihrer eigenen leiblichen Familie, und so zog sich der Trauerzug schier endlos über den Wiener Zentralfriedhof.

Beim Mausoleum angekommen sprach der Priester von Herzen kommende, tröstende Worte – sofern Worte ob eines solchen Verlustes überhaupt Trost spenden konnten – während der Leichnam aus dem hölzernen Sarg gehoben und in den Steinernen gelegt wurde. Zum Abschluss wurde die Sargplatte von sechs Knechten zugeschoben. Und mit dem Verstummen des steinernen Knirschens verstummte auch die Trauergemeinde, während von fern die Totenglocken schallten.

Clara, in ein schwarzes Spitzenkleid gewandet, das Gesicht hinter einem Schleier, wartete so lange, bis ihr auch der Letzte der Gesellschaft kondoliert hatte. Danach warf sie einen Blick auf das Inventar, das, wie von Sigismund angeordnet, jedes an seinem Platz stand, und nickte den sechs Knechten zu, die daraufhin das Mausoleum mit der schweren Steinplatte verschlossen.

Gebeugt von Gram stand sie noch da, bis der Friedhofswärter kam, um die vier Petroleumlampen zu entzünden. Dann schritt sie zu ihrer Kutsche, die sie in ihr einsames Zuhause bringen würde.

Geräuschlos legte sich die Nacht über den Friedhof, tauchte die Inschriften auf den Grabsteinen ins Dunkel des Vergessens. Nur das flackernde Licht der Petroleumlampen ließ Schatten auf Sigismunds Mausoleum tanzen, als würde ein wildes Fest gefeiert.

Im Inneren des Grabmals war es ebenso finster wie still, wie auch im Sarkophag selbst, in dem Sigismund ruhte, gekleidet in seinen besten Sonntagsanzug.

Plötzlich begann sein Körper zu zucken. Erst ein wenig, dann immer heftiger. Sigismund riss die Augen auf, strampelte wie wild, unfähig zu erkennen, wo er sich befand. Sein Atem ging immer schneller. Was war das für ein Albtraum, der ihn gefangen hielt? Warum wachte er nicht auf? Schließlich stieß Sigismund mit den Füßen an eine Wand, trat dagegen und hörte sogleich, wie eine Steinplatte am Boden zerbarst.

Erst jetzt dämmerte es ihm – es war also tatsächlich das eingetreten, wovor er sich am meisten gefürchtet hatte. Und wogegen er so emsig vorgebaut hatte.

Mit Müh und Not robbte Sigismund ob seiner Leibesfülle aus seinem Sarg und landete schließlich auf dem Boden, auf dem die Brocken der zerbrochenen Seitenwand verstreut lagen. Er mahnte sich zur Umsicht, jetzt wollte nichts Unüberlegtes getan werden! Zuerst musste er Licht machen. Wenn alles an dem Platz war, wohin er es befohlen hatte, dann müsste er nur zwei Schritte zu seiner Linken machen, und –

Sigismund stolperte über die Gesteinsbrocken der Platte, rutschte aus und suchte Halt … diesen fand er, wenn auch nur für einen kurzen Moment. Dann stürzte er zu Boden. Ein stechender Schmerz durchfuhr sein Knie. Er verfluchte sich, weil er nicht mit eingeplant hatte, dass die Platte zerbrechen könnte.

Und wenn schon, wo war das Licht?

Blind tastete sich Sigismund vorwärts, erfühlte schließlich die bereitgestellten Schwefelhölzer und die Lampe und entzündete ein schwaches Licht. Dann fiel sein Blick zu jener Stelle, an der er gerade eben noch Halt gesucht hatte, und weiter auf die am Boden liegende Bronzekette, die zum Läutwerk an der Außenseite geführt hätte – hätte er sie nicht gerade eben abgerissen.

Somit war das Läuten der Glocken nicht mehr möglich.

Er atmete tief durch. »In der Ruhe liegt die Kraft«, sprach Sigismund sich Mut zu, denn ob solcher Widrigkeiten hatte er ja mehrere Alarmmechanismen geplant. Aber zunächst galt es, wieder zu Atem zu kommen. Er setzte sich in den Schlafsessel, nahm eine Bouteille Wein, entkorkte sie mit dem daneben liegenden Öffner und trank sie mit gierigen Schlucken aus. Allmählich kam sein Körper zur Ruhe. Doch seine Gedanken kreisten hektisch in seinem Kopf wie ein aufgeschreckter Schwarm Wespen um das eigene Nest. Vorbei war jegliche Vernunft, die zu geordneten Schritten geführt hätte. Das Gefühl von Panik machte sich in ihm breit, kroch ihm in den Rücken und versuchte ihm von dort aus, den Brustkorb zuzupressen. Sigismund wurde die Luft knapp.

Was sollte er –

Er musste den Friedhofswärter alarmieren! Sigismund stürzte zum Kippschalter, der an der Wand montiert war, und aktivierte ihn. Jetzt hieß es warten, aber nicht lange, dann würde das schrille Läuten den Wärter mit Sicherheit auf schnellstem Wege zu ihm treiben.

Was Sigismund nicht wusste, war, dass der Wärter außerordentlichen Gefallen am Muskat-Sylvaner gefunden hatte, und so waren aus dem redlichen Vorsatz, nur ein Gläschen Wein auf den verstorbenen edlen Spender zu trinken, schließlich alle sechs Bouteillen geworden. Nicht einmal die Pummerin des Stephansdoms hätte den Trunkenbold in diesem Zustand zu wecken vermocht.

Als Sigismunds Hoffnung schwand, dass die Alarmklingel in der nächsten Zeit ihre Wirkung tun würde, schritt er zur Wand, ergriff die Stange mit der eingewickelten Signalfahne und schob sie durch das Kupferrohr nach draußen. Mit einem Male begann sich der Schaft von selbst zu drehen, die Fahne wickelte sich also wie geplant von selbst aus! Erleichtert setzte sich Sigismund wieder in seinen Sessel und öffnete die zweite Bouteille Wein.

Sigismund entging jedoch, dass das Tuch der Fahne auf der Petroleumlampe neben dem Eingang zu liegen kam, und nur wenige Minuten später in hellen Flammen stand. Das Feuer fraß das gesamte Gewebe samt Instruktionen und verbrannte auch noch, oben an der Fahnenstange angekommen, die stoffummantelte Zuleitung zur elektrischen Alarmklingel. Dies hatte zur Folge, dass das Läuten im Friedhofswärterhäuschen schlagartig endete.

Nachdem Stunden ohne das kleinste Anzeichen auf Rettung verstrichen waren, schwand auch in Sigismund die Hoffnung darauf, dass sich noch alles zum Guten wenden würde. Wie in aller Welt konnte seine penible Planung so schiefgehen? Hatte er nicht alles minutiös entworfen? War er nicht ein guter Christ gewesen? Hatte er nicht mehr Wohltaten begangen als die meisten seiner Zeitgenossen? Zu Clara war er kaum garstig gewesen, und auch sonst hatte er so gelebt, dass er sich erhobenen Hauptes im Spiegel anblicken konnte – wenn er denn einen im Mausoleum mit eingeplant hätte.

Da fiel es ihm siedend heiß ein: Er hatte ja noch den schweren Hammer, mit dem er Klopfzeichen geben konnte, solange ihn seine Kräfte nicht verließen ... der Hammer, wo war der verfluchte Hammer? Mit der Lampe in der Hand suchte Sigismund jeden Winkel seines steinernen Gefängnisses ab, aber von dem Werkzeug fehlte jede Spur. Irgendwann verspürte er ein heftiges Stechen in der Brust. Erneut setzte er sich in den Sessel, löschte die Lampe, um ein wenig durchzuatmen.

Und beim Gedanken an Clara schlief er für immer ein.

Was Sigismund nicht mehr erfahren würde, war, dass tags darauf Thomas Pospischil, seines Zeichens Handwerker für alles, was am Friedhofsgelände anfiel, den schweren Hammer zum Mausoleum zurückbrachte. Er hatte ihn am Morgen des vorangegangenen Tages dort entdeckt und sich gedacht, er würde ihn sich schnell für den Abriss einer scheußlichen Steinfigur ausborgen, denn hier würde er mit Sicherheit nicht vermisst. Da das Grabmal zu seiner Überraschung nun jedoch verschlossen war, schulterte er das schwere Werkzeug und ging pfeifend seines Weges ...

II.

Strotter

Wien, 1903

Wie jeden Tag machte er sich zum Strottgang auf.

Worum es sich bei einem Strottgang handelte, war Georg Maria Rosner, den ob seiner stets geröteten Nase alle nur »Gimpljoschi« nannten, noch vor acht Jahren völlig unbekannt, ja unvorstellbar gewesen. Er hatte ein bescheidenes Leben als Bierabtrager gelebt, verdingte sich also als einer jener besonders kräftigen Männer, die die schweren Fässer von Brauerei-Fuhrwerken abluden. In einem Haus am Spittelberg hatte er ein kleines Zimmer bewohnt, das er nur zum Schlafen benötigte, denn seine Abende hatte er stets in einem seiner drei Lieblings-Wirtshäuser verbracht, wo das Bier günstig und das Essen deftig war. Ab und an hatte er dort auch die Bekanntschaft eines Frauenzimmers gemacht, die ihn ob seines kraftstrotzenden Körpers zumeist erst zu und anschließend in sich eingeladen hatte.

Georg Maria Rosner konnte also mit Fug und Recht behaupten, dass er mit seinem beschaulichen Leben als Junggeselle zufrieden war.

Irgendwann jedoch ließ er sich von Trinkfreunden in die Kunst des Tarockspielens einweihen, und als ihm die Karten Mond, Gstieß und Pagat so geläufig waren wie das kleine Einmaleins, begann er, um Geld zu spielen. Erst nur um Heller, dann um Kreuzer. Irgendwann war ihm auch das nicht mehr Anreiz genug, und er suchte sich illustrere Kartenrunden, in denen um Gulden gespielt wurde. Schließlich drehte sich in Georgs Kopf alles nur mehr darum, die angehäuften Schulden wieder wettzumachen. Er lieh sich Geld bei Freunden und Bekannten, erbettelte unter falschem Vorwand einen Vorschuss auf seinen Lohn und stundete die Miete für sein Zimmer.

Letzten Endes kam es, wie es kommen musste – erst verlor er seine Freunde, dann seine Arbeit und schließlich das Dach über dem Kopf. Eine Zeitlang hielt er sich als Tagelöhner über Wasser und wurde Bettgeher, konnte also für geringes Entgelt tagsüber die noch warme Schlafstätte eines anderen benutzen. Jedoch hatte er am frühen Abend wieder zu verschwinden.

Aber er spürte immer mehr, wie sich seine Sicht auf die Welt im Allgemeinen und seine Mitmenschen im Besonderen veränderte. Missmut, Zorn und Bitterkeit machten sich in ihm breit, verzehrten nach und nach die schönen Erinnerungen, bis diese nur noch fahl wie die Lebensbeichte eines anderen wirkten. Er wollte sich mehr und mehr zurückziehen, und so entdeckte er die Unterwelt, im wahrsten Sinne des Wortes.

An seinem dreiunddreißigsten Geburtstag verschwand er unter der Stadt.

Hier stand er nun, acht Jahre später, bis zu den Knien in einem Abwasserkanal, der sich wie ein Hufeisen über ihm wölbte, tief im Bauch der Kaiserstadt. Die Kanalsohle war rutschig und voller Schlamm, der alles enthielt, wovon man sich in der Oberwelt entledigen wollte. Der Kanalgang war so nieder, dass Georg seinen Oberkörper beinahe in die Waagrechte beugen musste, wobei er zusätzlich die Knie anwinkelte. Derart gebückt watete er stundenlang durch das stechend riechende Abwasser, das je nach Stelle nach Moder, nach Verwesung oder nach Fäkalien stank. Auf seinem Rücken trug er einen kleinen Rucksack, dessen Leder spröde und rissig war. Vor sich hielt er eine kleine Öllampe, deren flackerndes Licht sich in die alles vereinnahmende Dunkelheit schnitt, und deren offene Flamme bei jedem Schritt einen rußigen Rauchschwall in Gesicht und Lungen dampfte.

Von dem starken, wohlgenährten Mannsbild, das er einst darstellte, war nichts mehr übrig geblieben. Sein Magen wurde vom Hunger eisern umklammert, seine Gelenke schmerzten bei jeder Bewegung ob der immerwährenden Feuchtigkeit. Er fühlte sich, als wäre er in acht Jahren um dreißig Jahre gealtert.

Gerade als die Muskeln seiner Oberschenkel zu brennen anfingen und sich sein Kreuz anfühlte, als wollte es wie ein trockener Zweig abbrechen, öffnete sich der Kanal vor Georg und er kam in einen Raum, der sich wie ein Gugelhupf aus roten Backsteinziegeln über ihm wölbte und genug Platz bot, um endlich aufrecht stehen zu können. Georg stellte seine Öllampe in eine Mauernische, legte seinen Rucksack auf einen trockenen Platz zu seinen Füßen und begann mit seiner Harke im Schlamm, der die Kanalsohle bedeckte, zu scheren.

Georgs Blick blieb starr, seine Bewegungen wirkten mechanisch. Mit einem Mal trat etwas an die Oberfläche. Der Strotter bückte sich, griff es flink mit der linken Hand und spülte es im trüben Abwasser: zwei Heller und ein Kreuzer, der erste Fund des Tages. Er verstaute die Münzen in seinem Rucksack, dann begann er mit seiner Tätigkeit von Neuem.

Wann immer er Knochen fand, nahm er diese, legte sie jedoch nicht in seinen Rucksack, sondern an den Rand des

Kanals, denn ein »Banerstrotter« war er keiner, und warum sollte er jenen, die mühsam Knochen sammelten, nicht unter die Arme greifen? Zwei Kreuzer bekamen die Knochensammler fürs Kilo Gebeine, die sie zuvor jedoch noch trocknen mussten. Erst dann schleppten sie diese nach Atzgersdorf und verkauften sie an die Seifenfabriken, damit sich die feinen Bürger in der Oberwelt damit die Hälse waschen konnten.

Solidarität war unter den Strottern also ein ebenso unausgesprochenes Gesetz wie die Gewissheit, hier unten nicht bestohlen zu werden. Wer es doch tat und dabei erwischt wurde, den ersäufte man kurzerhand und ließ seinen Leichnam zum Wienfluss hinaustreiben.

Nach etlichen Stunden des Schürfens hatte sich Georgs Rucksack zur Hälfte gefüllt: Blechlöffel, Knöpfe, Nägel, abgebrochene Messerklingen und die Bleihauben von Flaschenhälsen häuften sich, verbunden durch den Schlamm des Kanals. Sogar ein fein ziseliertes blechernes Zigarettenetui hatte er gefischt, doch dieses hatte er in die Innentasche seiner Joppe verstaut, auf dass es ihm Glück bringen möge.

Allmählich spürte Georg, wie ihm schwummrig zumute wurde. So schulterte er seinen Rucksack, nahm die Öllampe und verließ den Raum. Gebückt schritt er erneut durch die Arme des Kanals, bis er zu einem Schacht kam, der zur Oberfläche führte. Zärtlich säuselnd drang durch ihn frische Luft nach unten.

Georg nahm seine graue Ballonmütze vom Kopf, deren Filz speckig glänzte, und reckte das Gesicht nach oben. Tief sog er die frische Luft ein, hielt sie einen Augenblick in sich wie einen schönen Gedanken, den man nicht vergessen mochte, und stieß sie schließlich wieder aus. Gedämpft drang das Geklapper von Hufen zu ihm herunter, das Knirschen der eisenbeschlagenen Räder von Fuhrwerken, das

Bellen eines Hundes – Geräusche, die es hier unten nicht gab, und die Georgs Vorstellungskraft anregten, sich zu entsinnen, wie es war, als auch er ein karges, aber zufriedenes Leben an der Oberwelt geführt hatte. Er schloss die Augen. Was gäbe er dafür, noch einmal ein heißes Bad zu nehmen, sich schick mit einem Frack zu kleiden, um dann so ausgiebig zu dinieren, bis ihm der Bauch zu platzen drohte. Dann würde er sich dezent erleichtern, eine dicke Zigarre schmauchen, und ein weiteres Festmahl einnehmen.

Einmal noch in diesem Leben, wünschte er sich derart intensiv, dass er beinahe versucht war, die Bilder vor seinem geistigen Auge mit Händen zu greifen. Doch die Anmut des vornehmen Restaurants, der Duft von gebratenem Fleisch und der Geschmack von edlem Wein entglitten ihm, verflüchtigten sich unwiederbringlich wie ein Atemstoß in eiskalter Nacht. Erneut sog Georg tief die Luft von oben ein. Augenblicke wie dieser kamen ihm jedes Mal vor wie ein erfrischender Regen, obgleich ihm auch immer sofort gewahr wurde, dass die nächsten Minuten, die er wieder in den Kanälen zubringen würde, aufs Übelste stinken würden.

Gleich einer Dusche rieb sich der Strotter über das blasse Gesicht, dessen Haut grobporig von der immer feuchten Luft und so fahl wie das Licht des Mondes war. Seine kurzen schwarzen, strähnigen Haare strich er nach hinten, dann setzte sich Georg die Mütze wieder auf. Er sah an sich herab, bemerkte seine ausgemergelte Statur, an der das verschlissene Gewand wie die Fahne an einer Stange hing ... wo war der Kraftlackel* von einst geblieben? Seine Glieder schmerzten, sein Husten ging rasselnd. Mit tiefem Seufzen beugte er seinen Rücken und verschwand erneut in der Dunkelheit des Kanals, die ihn alsbald völlig verschluckt hatte.

---

* Wienerisch: muskelbepackter Mann

Kurz bevor Georg das Ende seiner Schlieftour erreicht hatte, kam er zu einem schmächtigen alten Mann, der mit einem kleinen Sieb, das an einen abgebrochenen Besenstiel genagelt war, Fettstückchen und Speisereste fischte, um sie ebenfalls an die Seifenindustrie zu verkaufen.

»Habe d'Ehre*, Gimpljoschi«, grüßte ihn der Fettfischer, welcher die unterste Zunft in der Hierarchie unter den Kanalstrottern bildete.

Georg tippte sich an die Mütze. »D'Ehre, der Specklhansl. Alles im Lot, wie immer?«

»Alles im Lot«, entgegnete der Fettfischer. »Auch wenn die heutige Ausbeute mehr a Häklerei** ist als sonst was.« Er warf einen traurigen Blick in den blechernen Eimer neben sich, der weniger als zur Hälfte mit graugelben Fleisch- und Fettbatzen gefüllt war. »Ist doch noch keine Fastenzeit, dort oben, oder?«

»Nein, es ist September. Da sollten im Wurstelprater Bier und Wein in Strömen fließen und Schweinsbraten und Stelzen sich türmen.«

»Die feinen Herren Großbürger.« Der Fischer schüttelte verständnislos den Kopf. »Lieber den Magen verrenken, als dem Wirt was schenken.«

»Wird schon wieder besser werden, wirst sehen«, meinte Georg. »D'Ehre, der Specklhansl.«

»D'Ehre, der Gimpljoschi.«

Georg ging einige Schritte weiter und erreichte ein Holzbrett, das über einen Schacht gelegt war, der ins bodenlose Nichts hinabzufallen schien. Auf der anderen Seite der behelfsmäßigen Brücke befand sich eine niedrige Maueröffnung, mit einem Fetzen verhangen. Daneben saß ein Mann und hielt Wache. Die Sohle seines rechten Fußes hatte er an

---

* Wienerisch: Habe die Ehre, Guten Tag
** Wienerisch: Ärger, Spott

das Brett gedrückt, sodass er dieses jeden Moment wegtreten und so den Zugang verwehren konnte.

Als er Georg erblickte, kniff er kurz die Augen zusammen, dann nickte er unmerklich.

Der Strotter schritt so sicher über das schwankende, morsche Brett, als wäre es eine gemauerte Brücke, dann drückte er den Fetzen zur Seite und kroch durch die Öffnung.

Georg richtete sich auf. Vor ihm lag die Zwingburg, ein weitläufiger Raum, der Lager und Schlafstätte zugleich beherbergte, und sich tief unterhalb des Schwarzenbergplatzes befand. Mehrere niedrige Röhren führten von hier weg, manche so tief, dass man sie nur auf dem Bauch kriechend passieren konnte. So stellte die Zwingburg ein ideales Versteck dar, besonders vor der Polizei, die hier ob der Wachen und der einziehbaren Brücken noch nie eingedrungen war – daher der Name. Ihre Beute lagerten die Strotter in den Nischen der Zwingburg, über die sie mit Kreide ihre Initialen an die Wände geschrieben hatten. Mittlerweile war das Lager so etwas wie Georgs Heimat geworden, auch wenn er sich seinen trockenen Schlafplatz erst ein gutes Jahr lang hatte erarbeiten müssen.

Der Strotter stieg zu seiner Schlafstelle, die er mit mehreren anderen Schrobs, wie sich die Bewohner selbst nannten, teilte. In der beengten Mauerbucht, wo ein rissiger Kotzen als Vorhang diente, schliefen gerade zwei Männer auf Decken voller Schimmel. Ein anderer Schrob, der so ausgezehrt war, dass er in der Geisterbahn des Wurstelpraters das Gerippe hätte spielen können, rauchte eine Zigarette.

»Hast was gerissen?«, fragte der Raucher mit kehliger Stimme.

»Sieben Kreuzer und sechs Heller waren mir hold«, antwortete Georg tonlos. »Und bei dir, Willi?«

»Ein schlechter Tag. Ich hab nur vier Kreuzer gestrottet.«

Georg nickte mitfühlend, wurde jedoch gleich von einem heftigen Hustenanfall gebeutelt.

Der andere hielt ihm seine Zigarette entgegen, die schon zur Hälfte abgebrannt war. »Mit einer Tschick geht's besser.«

Georg nahm das Angebot an und nahm einen tiefen Zug. Zwar brannte seine Lunge nun noch mehr, aber dafür schmeckte er statt des alles durchdringenden Moders den würzigen Tabak.

»Vergelt's Gott.« Georg setzte sich zu seinem Freund. »Kommt's dir nicht auch so vor, als würde jeden Tag weniger bei uns unten ankommen? Der Specklhansl hat das vorhin auch gemeint.«

Willi zuckte mit den Schultern. »Die Frage ist halt immer, wann ist es zu wenig? Wir Schrobs haben doch alle zu wenig zum Leben. Aber noch immer zu viel zum Sterben.«

»Ja eh.« Georg hustete und gab die Zigarette wieder an Willi.

»Du träumst schon wieder von deiner letzten Mahlzeit in dem feinen Restaurant, was?«, lachte der andere und nahm einen tiefen Zug vom Glimmstängel.

»Wann tue ich das nicht. Aber eines Tages, mein Freund, eines Tages wird es mir gelingen.«

Willi nickte zuversichtlich. Dann dämpfte er den Zigarettenstummel mit zwei angefeuchteten Fingern aus, öffnete das Papier und lehrte das wenige unversehrte Kraut zurück in sein ledernes Tabaktäschchen.

»Vielleicht müssen wir nur gewissenhafter strotten«, meinte er zu Georg.

»Oder an anderen Stellen«, entgegnete dieser.

»Geh bitte. Das beste Platzerl ist doch immer nah bei den Hauptsammelkanälen.«

»Und der Letzte in der Reihe kriegt nur noch das, was seine Kollegen übersehen haben«, entgegnete Georg resignierend.

»C'est la vie, wie der Franzmann zu sagen pflegt.« Die beiden Männer teilten ein müdes Lächeln und schwiegen dann.

Georg überlegte. »Was ist eigentlich, wenn ich unter der Winckelmannstraße rechts durch die Mauer krieche?«

Willis Blick wurde starr. »Nichts ist da. Gar nichts.« Dann bekreuzigte er sich.

»Warst du dort schon mal strotten?«

Der andere schüttelte den Kopf. »Jesusmariaundjosef, nein, und da bringen mich auch keine zehn Haflinger hin.«

Georg sah seinen Freund überrascht an. »Woher weißt du, dass da nichts zu strotten ist, wenn du noch nie dort warst?«

»Ganz einfach«, entgegnete Willi, nun im Flüsterton. »Weil keiner, der je dort eingestiegen ist, je wiederkam.«

»Deshalb die vielen Kreuze, die in die Mauer darüber geritzt sind?«

»Ja. Für jede verlorene Seele eins.« Willi wurde todernst. »Also vergiss das ganz schnell wieder, sonst ergeht es dir wie den anderen.«

»Ist recht, Willi. War ja nur so ein Gedanke«, meinte Georg, streckte sich aus und war Augenblicke später eingeschlafen.

Tief in seinen Träumen verspürte Georg den Drang, etwas Unaufschiebbares zu tun, und als er aufwachte, wusste er auch, was es war. Er schnappte sich seinen Rucksack, seine Harke und eine kleine Öllampe und machte sich zu einer der kleineren Röhren auf, die aus der Zwingburg führten.

Nachdem Georg den Griff der flackernden Lampe zwischen die Zähne geklemmt hatte, machte er sich auf allen vieren auf, die Röhre zu durchkriechen.

Eine schiere Ewigkeit später endete die Röhre. Der Strotter kletterte hinaus und wischte sich, so gut er konnte, den Ruß der Lampe vom Gesicht. Dann hielt er dieselbe hoch und schwenkte sie vor sich in der Finsternis. Im zitternden Schein entdeckte er, wonach er gesucht hatte: ein zugemauertes Loch in der Kanalwand, das jedoch bereits wieder halb eingefallen war. Er hielt die Lampe höher, erhellte nun etwa ein Dutzend Kreuze, die ins Mauerwerk geritzt waren.

Was, wenn das nächste Kreuz für ihn wäre, kam Georg in den Sinn. Nun, dann hätte zumindest sein Leid auf Gottes Erden ein Ende, dachte er weiter und kniete sich auf die Kanalsohle, in der nur vier Finger hoch das Abwasser floss.

Er hielt die Lampe in die Wandöffnung, rutschte vorsichtig nach vorn. Ein Schacht, in den man hätte stürzen können, führte von hier keiner weg, so viel erkannte der Schrob. Es schien sich einfach ein weiterer Kanalarm zu verzweigen.

Ein Kanalarm, in dem schon lange niemand mehr nach Gegenständen von Wert gestrottet hat, fiel Georg siedend heiß ein. Er drückte sich zu Boden und schlurfte durch die Maueröffnung ins Unbekannte.

Wie lange mochte es her sein, dass er den Durchschlupf passiert hatte?, überlegte Georg. Der Kanal hatte die vertraute Form eines Hufeisens, nur floss auf seiner Sohle kein Abwasser. Sie war staubtrocken. Auch die alles durchdringende modrige Feuchtigkeit, die die Luft in den anderen Kanälen durchzog, hatte hier einer angenehmen trockenen Wärme Platz gemacht. So musste es wohl in der Wüste sein, sinnierte der Strotter und genoss, wie die Schmerzen in seinen Gelenken immer weniger wurden. Anders als bei den anderen Kanälen zweigten auch keine Seitenarme ab – der Kanal führte nur in eine Richtung.

Verlaufen konnte man sich also nicht, stellte Georg fest. Warum war dann keiner der anderen Strotter je wiedergekommen?

Der Kanal machte eine scharfe Biegung nach rechts, dann mündete er in ein schwarzes Nichts. Georg stutzte, hielt die Öllampe höher und kniff die Augen zusammen – wo führte ihn diese Öffnung hin? Er konnte in der Finsternis nichts erkennen. Ein mulmiges Gefühl fraß sich durch die Eingeweide des Strotters, verdrängte Hunger und Durst.

Langsam, beinahe zögerlich, setzte Georg einen Fuß vor den anderen, bis er das Ende des Kanals erreicht hatte und seinen Kopf in die Öffnung reckte. Ein weitläufiger Raum öffnete sich vor ihm. Im Schein der Lampe konnte er unzählige rote Ziegel erkennen, die zu Wänden gemauert waren und sich zu einem Gewölbe auftürmten, das gut vier Mann hoch sein musste und kaum noch von der Flamme erhellt wurde. Auch in diesem Raum war es wohlig warm, es roch angenehm nach Feuerholz und Harz.

Bedächtig schritt Georg bis in die Mitte des Raumes, der so riesig war, dass mehrere Fuhrwerke nebeneinander Platz gehabt hätten. Er räusperte sich laut, lauschte dem Echo und bemerkte, dass es hier ansonsten flüsterleise war – keine Wassertropfen, die sich an der Decke gesammelt hatten, um von dort in die Tiefe zu fallen, kein Rauschen der anderen Abwasserkanäle – nicht einmal das Nagen und Rascheln der Ratten.

Nichts.

Mit einem Mal erlosch die kleine Flamme der Öllampe, undurchdringliche Finsternis umhüllte Georg. Er knurrte verärgert, kniete sich nieder, stellte die Lampe auf den gemauerten Boden und kramte in seiner Joppe nach Schwefelhölzern – als rund um ihn unzählige Kerzen entfacht wurden, gleich so, als würde sie eine unsichtbare Hand im Vorüberwischen entzünden. Überrascht sah Georg auf, folgte mit seinem Blick den leuchtenden Kerzen, die immer mehr von dem monströsen Raum freigaben, bis sie schließlich dessen Ende erreicht hatten.

Dort, im Schatten und doch gut erkennbar, saß eine Gestalt auf einem Stuhl, der aus unzähligen Hirschgeweihen gefertigt war und wie ein verwunschener Thron wirkte.

Hastig blickte Georg um sich, aber außer ihm und der Gestalt schien niemand hier zu sein. Er straffte sein schmutziges Hemd, dann ging er auf die Gestalt zu, auch wenn er nicht genau wusste, warum er dies eigentlich tat. Währenddessen zwickte er sich immer wieder in die Seite, um sich davon zu überzeugen, dass er nicht träumte. Aber das tat er nicht. Denn in seinen Träumen fragte er sich immer, wie er in die eine oder andere Situation gekommen war, hier jedoch wusste er es genau: durch den eingefallenen Durchschlupf, über den unzählige Kreuze geritzt waren …

Langsam begann die Gestalt in dem eigenartigen Stuhl Form anzunehmen: Sie war in feinsten dunklen Zwirn gekleidet, trug einen Zylinderhut aus schwarzer Seide auf dem Kopf und hatte weiße Handschuhe an. Ihr Gesicht war fein geschnitten, und erst nach und nach erkannte Georg, dass es sich um eine Frau handelte, die vor ihm saß. Ihre Haut war so hell wie Alabaster, ihre Augen dunkel und geheimnisvoll. Ihr schmaler Mund ließ keine Gefühlsregung erkennen.

Als er sich bis auf zehn Schritte genähert hatte, blieb Georg stehen und nahm die Ballonmütze vom Kopf.

Beide sahen sich an, ohne ein Wort zu verlieren.

Zögerlich deutete Georg eine Verbeugung an. Dann fasste

er sich ein Herz. »Wer in Gottes Namen seid Ihr? Und was macht Ihr hier unten?«

Die Frau lachte fein auf. »Letzteres könnte ich dich auch fragen, Georg Maria Rosner.«

»Woher kennt Ihr meinen Namen?«

Die Frau wurde ernst. »Ich kenne nicht nur deinen Namen, ich kenne auch dich. Und ich habe auf dich gewartet.«

Georg wurde immer unwohler zumute. Seine Finger krallten sich in seine Mütze, als könnte er sie als Schutzschild verwenden. »Auf ... auf mich gewartet? Das verstehe ich nicht.«

»Ich verstehe auch so manches nicht. Und doch bin ich hier.«

»Was wollt Ihr von mir?«

Nun formte sich ihr Mund zu einem sanften Lächeln. »Oh, ich möchte nichts *von* dir. Ich möchte etwas *für* dich. Ich möchte, dass dein innigster Wunsch in Erfüllung geht.«

»Woher –« Georg brach ab. Die Gedanken rasten in seinem Kopf, er versuchte, eine Erklärung zu finden. »Bin ich gar verstorben? Ist dies das Fegefeuer?«

»Oh, dieser Hang zur Dramatik! Kaum kann der Mensch eine Sache nicht gleich erklären, schon muss es der Tod oder eine göttliche Fügung sein!«

»Ihr habt meine Frage nicht verneint.«

Die Frau seufzte. »Nein, du bist nicht tot. Wie könnte ich auch einem Toten helfen?«

»Herr im Himmel, so sagt mir, wer Ihr seid!«

»Ah, jetzt kommst du der Sache bedeutend näher. Doch wer möchte schon Herr im Himmel sein? Immer nur wirst du angefleht, wenn es keinen Ausweg mehr gibt, und verflucht, wenn das Unausweichliche eintritt.« Die Frau schmunzelte erneut. »Nein, der Herr im Himmel bin ich nicht. Ich bin, du weißt schon, der andere.«

Georg spürte, wie ihm die Beine weich wurden. Bevor er umknickte, ging er in die Knie. »Der ... der andere? Ihr seid der –« Schnell bekreuzigte er sich. »Der Teufel?«

»Nun sei doch ehrlich. Wen sonst hast du hier unten vermutet? Das kleine Jesulein? Der liebe Gott hat dich und die deinen schon längst vergessen. Oder glaubst du wirklich, dass ein Mensch auf der Welt so hausen sollte wie ihr? Bis zu den Hüften in den Eingeweiden einer Stadt, während obertags geprasst wird? Ich bin hier, weil ich noch so etwas wie Mitgefühl empfinden kann.«

»Aber ... du bist eine Frau.«

»Eine Frau, ein Mann, ein Geißbock ... Ich bin so, wie du mich sehen willst. Wie ihr mich sehen wollt.« Sie schob die ausgestreckten Zeigefinger hinter dem Zylinder hervor. »Besser mit Hörnern?«

Der Strotter schüttelte stumm sein Haupt.

»Du musst wissen, ich war schon immer auf dieser Welt und schritt auf ihr unter vielen Namen. Nergal. Osiris. Thanatos. Hel. Yama. Und ja, seit knapp tausend Jahren als der ach so gefürchtete Luzifer. Es mag heißen, dass mit den Menschen die Götter sterben, aber das ist nur die halbe Wahrheit. Denn wir bleiben immerdar, denn ihr Menschen braucht uns.«

»Wer bitte braucht den Teufel, wenn Ihr mir die Frage gestattet?«, sprach Georg mit heiserer Stimme.

»Na, *Er* braucht mich.« Die Frau deutete mit dem Zeigefinger nach oben. »Wer keine Angst vorm Teufel hat, der braucht auch keinen Gott, mein Lieber. Und das würde Ihm wohl kaum gefallen.«

Georg zog die Brauen zusammen, unschlüssig, ob er verstand, was ihm da offenbart wurde.

»Doch genug der Spitzfindigkeiten. Ich möchte dir helfen, das habe ich bereits gesagt. Und im Gegenzug benötige ich deine Hilfe.«

»Meine …?«

»Lass mich dir zunächst versprechen, was dich erwartet, wenn du mir hilfst: Zu gegebener Zeit wirst du hierher zurückkehren und so viel Reichtum vorfinden, dass du ein Leben in Saus und Braus führen kannst.«

Georg überlegte. »Darf ich mein Geld auch mit anderen teilen? Mit anderen Strottern?«

»Selbstverständlich. Es ist dein und bleibt auch dein. Du kannst es ausgeben, verschenken, vererben. Denn siehst du, mir bedeutet es nichts. Es ist nur Geld.«

»Aber was willst du im Gegenzug dafür? Meine Seele?«

Die Frau lachte schallend auf. »Was ihr Menschlein immer mit euren Seelen habt … Was soll ich denn mit einer einzelnen Seele?«

Der Strotter zuckte mit den Schultern.

»Nichts! Du kannst deine Seele behalten, mein Wort drauf. Du musst wissen, es wird schon bald wieder ein Krieg geführt werden, der mir die Seelen der Verdammten zu Tausenden anschwemmt.« Nun wurde der Blick der Frau eiskalt. »Nein, ich möchte, dass du mir jemanden zuführst, der sich nicht an eine Vereinbarung mit mir gehalten hat und meinte, er könnte mir entrinnen.«

»Kenne ich diesen jemand?«

Die Frau schüttelte den Kopf. »Er ist auch nicht unbescholten. Zu seinen Untaten gehören Raub und Lustmord.«

»Dann bekommst du ihn ja ohnedies, wenn er stirbt, hab ich recht?«

»Fürwahr. Doch wie gesagt, ich habe mit ihm noch eine Rechnung offen, und, wie soll ich sagen … was dies betrifft, bin ich etwas kleinlich.«

»Ich soll diesen Jemand also töten?« Georg spürte, wie ihm allein die Worte ob solch einer Tat bleiern über die Lippen kamen. »Ich bin doch kein Mörder!«

»Wenn der Henker einen Unhold seiner gerechten Strafe zuführt, dann ist er ja auch kein Mörder. Sieh dich einfach als Vollstrecker einer gerechten Sache. Das ist keine Sünde. Wer weiß, wen dieser Wortbrecher sonst noch auf seinem Gewissen haben wird, bis er das Zeitliche segnet? So gesehen bist du gar ein Beschützer von Unschuldigen.«

Georg atmete tief durch. »Was, wenn ich mich weigere?«

Die Frau winkte lapidar mit der Hand. »Das macht rein gar nichts. Es waren schon so viele vor dir da. Dann warte ich einfach auf den Nächsten, der mir helfen will.«

»Und ich kann … einfach so gehen?«

Die Frau fixierte Georg mit ihren Augen. »Das natürlich nicht.«

Der Strotter senkte den Blick, schluckte trocken. Er hatte also die Wahl, für etwas belohnt zu werden, was er nicht tun wollte, oder für sein Gewissen bestraft zu werden. Andererseits – wenn dieser Jemand tatsächlich solch ein Schuft war, wem würde er schon schaden?

Georg sah die Frau wieder an.

»Ah!«, meinte diese scheinbar erleichtert. »Wie ich sehe, hast du eine Entscheidung getroffen. Und es ist die richtige Entscheidung.«

»Was wollt Ihr nun von mir?«

»Hör gut zu, Georg Maria Rosner. Wenn es an der Zeit ist, werde ich dich rufen, und du hast meinem Ruf zu folgen. Ich werde dich dann führen und dorthin geleiten, wo du dein Versprechen wahr machen kannst.«

»Und dann?«

»Dann kommst du hierher zurück und empfängst deine Entlohnung, so, wie ich es dir in Aussicht gestellt habe. Abgemacht?«

Georg zögerte einen Augenblick lang. Dann nickte er.

Drei Tage waren vergangen, seitdem der Strotter das Gespräch mit der Frau, oder was immer das Wesen vor ihm auch gewesen sein mochte, geführt hatte. Drei Tage, seit er sich auf den Handel eingelassen und sein Wort gegeben hatte. Doch seither war nichts geschehen. Sein Leben verlief genauso armselig wie bisher, war genauso eintönig und schmerzhaft gewesen wie all die Hunderten Tage zuvor.

Georg seufzte schwer. Einerseits war er erleichtert, hegte sogar die Hoffnung, dass das alles nur ein Hirngespinst gewesen war. Andererseits verspürte er doch den Wunsch, sein Leben noch einmal herumzureißen und so führen zu können, wie es für einen Mann seines Alters würdig war. Er freute sich sogar darauf, jene hier unten, die ihm all die Jahre über wohlgesonnen waren, an seinem Glück teilhaben zu lassen.

Der Strotter nahm sich die Mütze vom Kopf, fuhr sich durch sein verfilztes Haar. Heute Nacht war nicht der richtige Zeitpunkt, sich in Gedanken zu verlieren. Denn heute Nacht stand er Wache am Eingang zur Zwingburg. Nicht dass er befürchtete, dass die Polizei eine Razzia machen würde – dafür war die Stunde zu spät – aber man musste trotzdem auf der Hut sein.

»Georg ...«

Der Strotter zuckte zusammen. Eine Stimme, flüsternd und doch alles durchdringend.

»Georg.«

Er fluchte innerlich. Warum musste die Frau ihn gerade jetzt rufen? Wo er doch –

Ach, er wusste selbst nicht genau, was er hier tat. Aber er wusste, was er zu tun hatte. Heute Nacht würde er ebenso ruhig bleiben wie die Nächte und Monate davor. Der Strotter blickte prüfend um sich, dann folgte er der Stimme, die ihn tief in die Kanäle hineinführte ...

Ein Kanalgitter wurde knirschend zur Seite geschoben, ein Mann entstieg dem Schacht und verschloss ihn sogleich wieder.

Georg sah sich um, versuchte zu erkennen, wo er war – er stand mitten am Graben, dort, wo Gemischt- und Kolonialwarenhändler feinste Spezereien feilboten, wo Adel und Großbürgertum flanierten, ohne einen Gedanken daran zu verschwenden, dass sich die Menschen unter ihren Füßen gerade lausten. Aber nun war es tief in der Nacht, und entlang der lichtbeglänzten Flaniermeile war kaum eines der Fenster der vornehmen Häuser erleuchtet. Kein Hufgeklapper war zu hören, niemand zu sehen. Georg fühlte sich, als hätte er die Stadt für sich – und allein dieses Gefühl war es wert, dass er sich durch die engen Schächte gezwängt und die vielen rostigen Eisenleitern erklommen hatte.

Auch wenn er die Stimme, die ihn führte, nicht direkt vernehmen konnte, so wusste er doch, wohin er zu gehen hatte. Vom Ende des Grabens geleitete sie ihn in die enge Naglergasse hinein und von dort links in eine Sackgasse.

Georg verharrte, lauschte, dann vernahm er es: das leise Flehen eines Weibes. Er schlich zu der Tür eines Innenhofes, die schief in den Angeln hing. Dann sah er in dem Gang, der zur Treppe führte, schemenhaft zwei Menschen – einer davon war eine Magd auf den Knien, der andere ein gedrungener Mann, der bedrohlich vor ihr stand. Der Mann packte die Magd an den Haaren, drückte ihren Kopf in seinen Schritt. Als sie sich wehrte, holte er mit der anderen Hand aus und schlug ihr ins Gesicht.

»Wirst mir wohl gefällig sein?«, brummte er ungehalten. »Du tust ja gerade so, als wäre einer wie dir das fremd.«

Die Magd schluchzte unverständliche Worte.

Georg hatte genug gesehen. »Lassen S' die Mamsell in Frieden!«

Der korpulente Mann fuhr herum, sein Glied hing schlaff aus dem Hosenschlitz. »Verschwinde, du Haderlump, sonst mach ich dir Beine!«

»Ich sag's Ihnen nicht noch einmal«, drohte Georg, selbst überrascht ob der Strenge seiner Worte.

Der Gedrungene schlug der Knienden noch einmal brutal ins Gesicht, dass sie zu Boden fiel und liegen blieb. Er zückte ein Messer und schritt auf Georg zu. »Ich hab dich gewarnt, Bürscherl!«

Wie versteinert stand Georg da, wusste nicht, wie er sich verteidigen sollte. Dann war der andere auch schon da, zog das Messer durch und schnitt Georg quer über die Brust. Dessen schmutziges Hemd verfärbte sich rot.

Der Gedrungene rümpfte die Nase. »Wo kommst du denn her? Aus dem Häusl*?«

Bevor der Strotter etwas entgegnen konnte, sauste erneut das Messer auf ihn zu, doch diesmal konnte er die Hand des Angreifers fassen und sie aufhalten. Obwohl der Gedrungene die Klinge mit aller Kraft Richtung Georgs Brust drückte, schien dieser seine alten Kräfte mobilisieren zu können – jene Kräfte, die es ihm einst ermöglicht hatten, ganze Bierfässer zu stemmen.

Wie ein wildes Tier brüllte Georg auf, brach seinem Kontrahenten das Handgelenk, auf dass die Klinge nun in die dessen Richtung wies, und stieß zu.

Die Waffe drang in den Hals des Gedrungenen wie ein warmes Messer in Butter. Einen Augenblick lang sahen sich die beiden Männer ungläubig in die Augen – keiner von beiden schien zu verstehen, was gerade eben geschehen war. Dann zog Georg das Messer mit einem Ruck aus dem Hals des anderen, woraufhin sich daraus ein Blutschwall ergoss, der so kräftig war, als pumpte man Wasser aus einem Brun-

---

* Wienerisch: Toilette

nen. Das Gesicht des Gedrungenen wurde ausdruckslos. Schließlich sank er zusammen.

Georg stolperte einige Schritte zurück, beobachtete mit einer seltsamen Faszination, wie schnell das Leben aus dem anderen herauspulsierte. Irgendwann blickte er zu der Magd, die sich gerade aufrappelte. Augenscheinlich noch immer unter Schock stehend stammelte sie ein »Danke«, dann eilte sie die abgetretenen Stufen in den Mezzanin* hinauf.

Als der Strotter wieder den Innenhof betrat, fiel ihm ein Regentropfen auf die Nase. Dann noch einer. Gleich darauf begann es so heftig zu regnen, als würde eine Schleuse geöffnet. Er hob den Kopf, ließ die warmen Regentropfen sein Gesicht und damit auch sein Gewissen reinwaschen. Unzählige Blitze durchschnitten die Gewitterwolken, Donner ließ die alte Kaiserstadt unter sich erbeben. Erst langsam wurde Georg klar, dass er soeben sein Versprechen wahr gemacht hatte, und nicht nur das – er hatte sogar einer Dame in Nöten geholfen.

Er hatte es geschafft! Nun galt es nur noch, das Versprochene abzuholen.

Doch je weiter er die Naglergasse entlangeilte, desto bewusster wurde ihm, dass er erst das Gewitter abwarten musste – was würden schon ein paar Stunden auf oder ab ausmachen? So suchte er Schutz im Eingang eines Hauses und sah dem Regenwasser dabei zu, wie es das Kopfsteinpflaster entlanglief und all den Unrat mit sich riss, der auf der Gasse lag.

Die Morgendämmerung hatte bereits eingesetzt, als Georg zurück in die Kanalisation kletterte. Die Luft an der Oberwelt war herrlich erfrischend gewesen und hatte ihm das Gefühl vermittelt, dass er heute Bäume ausreißen könnte.

---

* Wienerisch: Halbstock zwischen Erdgeschoss und erstem Stock

Doch auch aus Wiens Unterwelt schien der Gestank verschwunden zu sein – kein Hauch von Moder, kein Geruch nach Fäkalien.

Den ganzen Weg bis zur Zwingburg begegnete der Strotter keinem anderen seiner Leidensbrüder, aber am Ende des Kanals fehlte das Brett, das zur Behausung führte. Georg blickte um sich und entdeckte schließlich ein anderes Brett, das er als fliegende Brücke nutzen konnte.

Er schritt darüber, schob den Fetzen beiseite und betrat den Unterschlupf.

Doch zu Georgs Überraschung war keine Menschenseele hier. Kein Schrob weit und breit, und nicht nur das – auch die Decken und Vorräte waren allesamt fort, die Lager leergeräumt. Die ganze Zwingburg wirkte, als wäre sie fein säuberlich geputzt und anschließend verlassen worden. Er prüfte, ob sein eigenes Lager ebenfalls ausgeräumt war, und tatsächlich – sogar die Initialen seines Namens, die er mit Kreide über die Mauernische geschrieben hatte, waren entfernt worden. Nichts hier erinnerte mehr daran, dass dies der Unterschlupf der Ärmsten der Armen war.

Dass er sein eigenes Lager leergeräumt vorgefunden hatte, erzeugte keinerlei Missstimmung in Georg. Immerhin war ihm mehr Reichtum versprochen worden, als er sich je hätte erträumen lassen.

Daher kroch er den engen Schacht aus der Zwingburg, schlurfte unter der Maueröffnung in den trockenen Kanal, den er erst vor wenigen Tagen entdeckt hatte, und folgte seinem Verlauf, bis er zu dem großen, gemauerten Raum kam. Im Gegensatz zu damals flackerten jedoch nur zwei Kerzen am Ende des Raumes, dort, wo der eigenartige Thron aus verspießten Geweihen stand.

Mit einem Mal keimte ein eigenartiges Gefühl in Georg auf, eine Beklemmung, die mit einer unaussprechlichen Vorahnung einherging. Er stolperte auf den Thron zu, erkannte die Gestalt, die auf ihn zu warten schien und der erneut jene schreckliche Anmut innewohnte.

»Du hast dein Wort gehalten, Georg Maria Rosner«, sprach die Frau in wohlwollendem Tonfall.

»Ja, das habe ich. Aber ... wo sind all meine Freunde?«, brach es aus Georg heraus.

»Oh«, stieß die Frau zart und unschuldig aus. »Jemand hat sie wohl vergessen.«

»Jemand ... Was soll das heißen? Wer hat sie vergessen?«, stammelte der Strotter ungläubig. »Wer ...?«

»Derjenige hat sie vergessen, der gestern Nacht hätte Wache stehen sollen, um seine *Freunde* vor dem sintflutartigen Hochwasser zu warnen, das die Kanäle geflutet und sie alle mitgerissen hat.«

Georg stand wie versteinert da, wollte nicht glauben, was er tief in seinem Inneren doch schon längst wusste.

»Du hast mich gefragt, was ich mit einer einzelnen Seele anfangen würde«, fuhr die Frau fort. »Nun, mit einer einzelnen musste ich mich dann doch nicht begnügen.« Sie blickte kurz himmelwärts. »Gott sei Dank.«

In dem Augenblick entzündeten sich die anderen Kerzen im Raum, erneut wie in einem Handstreich, und erhellten das Gewölbe aus roten Ziegeln, aus dem nun Hunderte von Schädeln ragten, erstarrt in entsetzlichen Schreien. Georgs Blick huschte von einem Haupt zum anderen, Männer, Frauen, Kinder – sie alle hatten wie die Schrobs in den Schächten der Sammelkanäle und im Wienkanal im Unrat geschlafen und waren von den Fluten überrascht worden.

Dann sah er sie – auch Willi und der Specklhansl waren unter ihnen. Er begann zu zittern.

»Warum habt Ihr sie mir genommen?«

Die Frau lächelte sanft. »Dein größter Wunsch war dein Reichtum, und den habe ich dir erfüllt.«

»Aber –«

Die Frau hob tadelnd den Zeigefinger. »Werde jetzt nicht undankbar. Wann immer du hier herunterkommst, wirst du weiteren Reichtum vorfinden, der nur auf dich wartet. Denn du hast nicht nur meine offene Rechnung beglichen, du hast mir zugleich etwas Wegzehrung geschenkt.«

»Wegzehrung?«

»Aber ja. Elf Jahre wird es noch dauern. Dann werden mir so viele Seelen auf einmal zuwandern wie nie zuvor. Und jetzt entschuldige mich, ich möchte mich persönlich jenem widmen, den du mir heute Nacht geschenkt hast. Wenn du also meinst, du verspürst ob des Verlustes deiner Freunde einen tiefen Schmerz, dann versuche dir vorzustellen, welche Schmerzen ihn erwarten.«

Die Kerzen neben dem Thron erloschen, und mit ihnen verschwand die Gestalt in den Schatten.

Georg blickte hinter sich, sah zwei Säcke voller Edelsteine und Gold, und war doch unfähig, sich von der Stelle zu rühren. Erst Stunden später wandte er sich ab, schulterte die beiden Säcke und verließ den Raum, ohne auch nur ein einziges Mal zu den Köpfen zu blicken, die ihn so schrecklich stumm anklagten.

Die »Goldene Kugel« galt als eines der vornehmsten Restaurants der Kaiserstadt. Jeder Gast hatte seinen persönlichen Ober*, das Porzellan war von edelster Qualität, das Besteck aus feinstem Silber. Ein Streichquartett untermalte die gediegene Stimmung mit angemessener, gedämpfter Musik. Das einzig Laute in dem ausgebuchten Saal war das Knallen der Champagnerkorken.

---

* Kellner

Georg hatte sich einen Frack auf den Leib schneidern lassen und wartete darauf, dass man ihm den fünften Gang servierte. Doch anstatt jener seligen Zufriedenheit, die er sich immer ausgemalt hatte, wenn er von diesem Moment geträumt hatte, war auf seinem Gesicht nur Abscheu und Ekel zu lesen. Der Champagner schmeckte nach Essig, die exquisiten Speisen waren wie Asche in seinem Mund. Selbst der Maßanzug fühlte sich an, als wäre er eine Zwangsjacke, die zu eng geschnürt war. Aber vielleicht würde sich ja noch alles zum Guten wenden, hoffte der ehemalige Strotter, bemüht, die Einsamkeit, die ihn seit Wochen umfing, wegzudrücken.

Nachdem das Restaurant zugesperrt hatte, stapfte Georg ziellos durch die Straßen, hatte sich an mehreren Ecken übergeben und all das ausgespien, was zuvor ein kleines Vermögen gekostet hatte.

Dann hatte Georg Maria Rosner ein eisernes Kanalgitter zur Seite geschoben, war in den Schacht geklettert und ward daraufhin nie mehr gesehen …

III.

Die Unholdin

Wien, 1604

WANN IMMER MAN MICH FRAGTE, ob ich eine Hexe sei, habe ich nur verständnislos den Kopf geschüttelt und mich gewundert, wie man mir gegenüber nur eine derart abstruse Anschuldigung vorbringen konnte.

Gut, die Menschen waren schon immer einfältig, manche mehr als andere. Außerdem neigen sie dazu, das zu verurteilen, was sie nicht verstehen. Oder zumindest sind sie versucht, alles in passende Töpfe zu stecken. Und wenn jemand wie ich jenes ihrer Leiden lindern konnte, wozu der ansässige Bader nicht imstande war, dann wuchs eben auch der Argwohn.

Aber mehr als eine vorsichtig gehauchte Frage hatte es nie gegeben.

Nun blicke ich an mir herab. Sehe das zerrissene Kleid aus hellbraunem Leinen, vollgesogen mit Blut, Schweiß und Exkrementen. Sehe meine feingliedrigen Hände, die all den Kranken, die ich damit kurierte, immer dienlich, aber nun schorfig und voller Schmutz waren. Und ich sehe die ausdruckslosen Gesichter der anderen Gefangenen, die mir entgegenstarren – seelenberaubt, leblos, und bar jeder Hoffnung.

Gleich würden sie mich holen, um mir bereits zum dritten

Mal jene sinnentleerten Fragen zu stellen, die mein Schicksal besiegeln sollten. Nur würden sie es diesmal nicht bei der gütlichen Befragung belassen, wie beim ersten Mal. Auch würde es nicht sein wie beim zweiten Mal, der Territion, wo man mir die Folterwerkzeuge nur zeigte und ihre Wirkung genau erklärte.

Die Daumenschraube. Die Beinschraube. Der Brustreißer. Eine Vielzahl von spitzen und stumpfen Zangen aller Art. Die Nadelprobe. Man braucht nicht viel Fantasie, um sich vorzustellen, welche Gräuel man mit den Werkzeugen verursacht. Bei Letzterem würde man mir mit einer spitzen Nadel in ein »Hexenmal« stechen, um zu sehen, ob ich Schmerzen empfinde oder Blut aus der Haut austritt, was der Teufel jedoch angeblich immer verhindert. Allerdings weiß ich, dass dieses Werkzeug auch so beschaffen sein kann, dass die Nadel in den Schaft zurückgleitet, sodass die Haut nicht verletzt wird. Zumindest hier könnte ich mit meiner Stimme entgegenhalten, könnte versuchen, den Scharlatan aufzudecken.

Soweit ich konnte, hatte ich mich gedanklich darauf vorbereitet. Hatte versucht, mir Auswege auszumalen. Nur dass es diesmal zur peinlichen Befragung kommen würde. Und dabei würden sie diese Werkzeuge auch anwenden. Ich habe also noch nicht den Hauch einer Ahnung, ob ich die Tortur überstehen könnte, oder ob mich der Schmerz dazu zwingen würde, etwas zuzugeben, was ich nicht bin und was ich nicht getan habe.

Noch nie.

Ich höre das kalte Klacken von Metall, als eine Tür aufgesperrt wird. Ich sehe die anderen Gefangenen zusammenzucken, sich aneinander oder in eine Ecke der Zelle drücken, gleich wie beschmutzt sie auch sein mag. Und ich rieche die ranzige Ausdünstung jenes Mannes, der nun vor mir steht, um mich dorthin zu geleiten, wo die hohen Herren selbstherrlich und begierig darauf warten, ihr Martyrium beginnen zu können.

Ich werde in die Höhe gezogen. Spüre, wie meine Knie ihren Dienst zu versagen drohen, dann aber doch gehorchen.

Nun würde es also beginnen …

An meinem zehnten Geburtstag nahm mich mein Vater zur Seite und führte mich in den Schatten der großen Linde, die in der Mitte des Gartens unseres weitläufigen Anwesens stand. Er sah mir tief in die Augen, schien einen Moment lang mit sich zu hadern, ob ich denn bereit wäre für das, was er zu erzählen im Sinn hatte. Schließlich gab er sich einen sichtlichen Ruck.

Glaubst du an Gott den Allmächtigen, Josefinchen?, fragte er mich.

Ich nickte, bekreuzigte mich und hoffte, dass mein Vater wusste, dass ich die Wahrheit sprach.

Und glaubst du, dass der Herr uns und alles um uns herum geschaffen hat, so wie es die Heilige Schrift überliefert?, fragte er weiter.

Ich nickte erneut, unsicher, was mein Vater von mir wissen wollte, oder wohin seine Fragen führen würden.

Dann glaubst du folglich auch, dass der liebe Gott unser Schicksal in Händen hält und uns widerfahren lässt, was Er in Seiner allmächtigen Güte für uns auserkoren hat?

Natürlich, Vater, kam es mir über die Lippen, die vor Unsicherheit bebten.

Was dann folgte, würde ich für den Rest meines Lebens nicht mehr vergessen – das Gesicht meines Vaters erstrahlte mit einem gütigen Lächeln, jenem Lächeln, das ich zumeist nur dann sah, wenn er tief in seinem Inneren Zufriedenheit verspürte.

Das ist gut, Josefinchen, fuhr er fort, hob den Zeigefinger und fuhr die spröde Baumrinde entlang, bis er zu einer Stelle kam, an der Harz austrat. Er benetzte den Finger mit der klebrigen Substanz und wandte sich wieder mir zu.

Doch genau in dieser Gottergebenheit, diesem Sich-ins-Schicksal-fügen, darin lauert eine Gefahr. Weißt du, welche?

Natürlich hatte ich keine Ahnung, worauf mein Vater hinauswollte, also schüttelte ich zaghaft den Kopf.

Schau, Josefinchen, fuhr er fort, wenn wir davon überzeugt sind, dass Gott alles vorhergesehen hat, dann bräuchten wir uns doch nicht jeden Tag aufs Neue abrackern. Wir müssten uns gar nur unter einen Apfelbaum setzen und warten, ob der Herrgott uns mit einer Frucht belohnen oder uns mit einem herabfallenden Ast bestrafen wollte.

Ich lächelte ob der Vorstellung.

Aber so einfach ist das eben nicht, mahnte er. Sieh dir die Ameisen an, die hier den Stamm hinauflaufen, als wäre er eben. Eine nach der anderen tut, was der Gemeinschaft am dienlichsten ist. Und der fromme Mann kann davon ausgehen, dass auch dies Gottes Werk ist. Aber nun komme ich.

Mein Vater wischte das Harz vom Finger auf die Baumrinde inmitten der Ameisenstraße. Nur einen Augenblick später war die erste Ameise darin gefangen, strampelte mit jenen Füßchen, die noch nicht im Harz festklebten, als könnte sie sich befreien, was ihr aber nicht gelang. Ihr Schicksal war besiegelt. Dann kam ein zweites Tierchen, das hängenblieb, dann ein drittes. Schließlich begannen die anderen Ameisen um die Stelle einen Bogen zu machen, änderten kurz die Marschrichtung und schon gingen sie wieder ihrem gewohnten Tagewerk nach, als wäre nichts geschehen, während ihre Artgenossen zum Sterben verdammt waren.

Was lernen wir daraus?, wollte mein Vater wissen.

Ich zögerte. Dann flüsterte ich: Macht euch die Erde untertan. Natürlich war dies nicht die Antwort, die er erwartet hatte.

So könnte man meinen, sagte er schließlich. Aber in Wahrheit zeigt es nur, dass ich aus reiner Willkür in den Kreislauf der Natur eingegriffen habe, die Natur jedoch sogleich einen Weg gefunden hat, mein Zutun nichtig zu machen. Auch habe ich keinerlei Konsequenz für meine Tat zu erwarten, weder eine Belohnung noch eine Bestrafung. Es scheint also, als wäre mein Handeln dem Herrgott einerlei.

Der Herr Lehrer hat aber gesagt, dass wir alle im Purgatorium für unsere Taten zur Rechenschaft gezogen werden. Kaum hatte ich den Satz vollendet, wurde mir bewusst, dass ich meinem Vater widersprochen hatte. Ihn schien das jedoch nicht zu erbosen, im Gegenteil.

Da hat der Herr Lehrer mit Sicherheit recht. Aber es obliegt eben dem Allmächtigen zu richten und nicht uns Sterblichen.

Mein Vater hob ein kleines Hölzchen aus der Wiese und befreite damit fürsorglich die drei Ameisen, die sich ihrem Schicksal bereits ergeben zu haben schienen. Sie putzten sich und kurze Zeit später reihten sie sich wieder in den Strom ihrer Artgenossen ein.

Und auch hier war es wieder ich, der aus freien Stücken den Tieren geholfen hat. Ohne Belohnung, ohne Bestrafung.

Ich nickte.

Im diesseitigen Leben, fügte er hinzu und sah mir wieder tief in die Augen. Warum sollte man also nicht anderen Menschen helfen, wenn man dazu imstande ist? Nur weil sich so mancher nicht erklären kann, welcher Hilfsmittel, die uns allesamt Gott geschenkt hat, man sich bedient? Nur weil andere Angst davor haben, dass sie selbst weniger von

Seiner Schöpfung verstehen, und dadurch ihren Namen und Rang gefährdet glauben?

Ich schüttelte energisch den Kopf. Ich würde allen Menschen helfen, wenn ich könnte, Vater.

Das weiß ich, mein Josefinchen, sagte er und gab mir einen Kuss auf die Stirn. Deshalb habe ich dich heute mitgenommen.

Ich spürte eine Freude in mir aufsteigen, eine Freude auf etwas, dessen Ausmaß ich noch nicht einmal zu erahnen vermochte, aber es hatte mit meinem lieben Herrn Vater zu tun und das schien schon Grund genug zu sein.

Von diesem schönen Sommertag an begann mich mein Vater die Geheimnisse der Natur zu lehren, oder das Arcanum, wie er es geheimnisvoll nannte. Dieses Arcanum blieb aber nur so lange eines, wie ich seine Wirkung nicht verstand. Hatte ich erst einmal gelernt, was Alraune oder Blutwurz bewirkten, war es, als würde ich einfach anwenden, was andere nicht vermochten. Gleich so, als würde man jemandem ein Buch zeigen, der nicht imstande war zu lesen. Brachte man es ihm bei, wurde aus dem Geheimnis Wissen.

Ich lernte, einfache Tinkturen zu mischen, war dabei, wenn mein Vater den Kranken half, die zu ihm kamen, und sah, welches Mittel wirkte und welches nicht, oder wo wir an unsere Grenzen stießen. All dies hatte nichts mit Glauben zu tun, auch wenn die Kranken stets beteuerten, meinen Vater in ihre Gebete mit einzuschließen, oder sich mit einem ehrfürchtigen »Gott vergelt's« bedankten.

Als mein Vater schließlich in hohem Alter starb, hatte er mir nicht nur sein ganzes Wissen weitergegeben, wir hatten auch gemeinsam eine Vielzahl von Rezepturen verfei-

nert oder gar neu erfunden. Und so wirkt sein Geist in mir
weiter bis zum heutigen Tage.

Aber dies ist nicht der Grund, weshalb ich gerade nackt vor
den fünf Männern stehe, die mich halb lüstern, halb angewidert anblicken. Der Grund dafür ist ein gänzlich bana-
ler, einer, der schon immer die Geschicke der Menschen
gelenkt hat.
Die Gier.

Die Personifikation dieser Todsünde war in Gestalt eines
Menschen in mein Leben getreten, von dem ich nie vermutet
hätte, dass er mir auch nur den kleinsten Schaden zufügen
würde. Gebhardt, ein Nachbarsjunge und so etwas wie ein
Ziehsohn für meinen Vater. Als Kinder hatten wir gemeinsam gespielt, hatten die gleiche Schule besucht. Ihm vertraute
ich mich an, wenn mich Gram erfasste, und ihm stand ich
bei, wenn sein Seelenheil Schaden genommen hatte. Beim
Begräbnis meines Vaters war er es, der die Grabrede hielt,
und er war für mich da, als vor einem Jahr mein Ehegatte
nach einer kurzen, aber schmerzvollen Krankheit gestorben
war. Eduard, mein herzensguter, aber einfältiger Gemahl.
Zeit unserer Ehe hatte er es geduldet, dass ich mich mehr
dem eigenen denn seinem Geschlecht hingezogen gefühlt
hatte, und es war ihm nie eine Klage darob über die Lippen gekommen. Auch nicht darüber, dass ich ihm keinen
Nachkommen hatte gebären können. Und als er fast auf
den Tag unseres Kennenlernens genau nach zehn Ehejah-
ren den Weg alles Irdischen ging, so war es Gebhardt, der
mich zu trösten versuchte.
Als ich diese Versuche, die anfangs von plumper Natur
waren und dann immer zudringlicher wurden, eindeutig
und wiederholt zurückwies, spürte ich, wie seine Zunei-

gung in Groll umschlug. Wir trafen uns nicht mehr, grüßten uns kaum noch, wenn wir uns zufällig beim Flanieren über den Weg liefen, und schienen das Band der Freundschaft, das uns seit Kindestagen verbunden hatte, endgültig zerschnitten zu haben.

Als ich schließlich eines Tages mit meiner Freundin Susanne, die seit vielen Jahren immer wieder das Bett mit mir teilte, die Freuden der Körperlichkeit genossen hatte, sah ich plötzlich Gebhardts Gesicht am Fenster meines Schlafzimmers. Er hatte mir wohl nachgestellt und nun den vermeintlich wahren Grund meiner Ablehnung ihm gegenüber entdeckt. So dachte ich zumindest.

Ich hatte nur keine Vorstellung davon, wie sehr ich mich irrte.

Gebhardt ließ seine Beziehungen spielen, machte sich zugute, dass er mit den Stadtoberen soff und den Kirchenoberen spendete. Und schließlich wurde ich verhaftet und mit der abstrusesten aller Anschuldigungen konfrontiert – der der Hexerei und der Teufelsbuhlschaft. Abstrus deshalb, weil einem kaum eine Chance blieb, dem Tribunal lebend zu entrinnen. Gestand man unter der peinlichen Befragung, damit die Schmerzen ein Ende nahmen, so war man überführt und die Seele wurde durch den Tod befreit. Leugnete man, so wurde die Befragung wiederholt, wobei die Methoden zur Wahrheitsfindung streng nach dem Kodex des Hexenhammers immer weiter verschärft wurden. Nur wenn man die Tortur dreimal überstand, ohne auch nur den Hauch eines Einlenkens zu zeigen, so war man wieder eine freie Frau.

Aber wie sollte man derart grobe Schmerzen überstehen? Dies war die Frage, die ich mir vom ersten Moment an stellte. Wie könnte man die Arglist seiner Peiniger überstehen, ohne einzuknicken? Es heißt, dass die meisten Beschuldigten bereits beim Zeigen der Folterwerkzeuge nicht nur all das gestehen, was ihnen zur Last gelegt wird, sondern vielmehr auch noch Freunde und Familie beschuldigen, in der Hoffnung, der eigene Tod würde dadurch schneller oder gnädiger sein.

Drei Frauen waren in den letzten zwanzig Jahren in Wien als Hexen verstorben. Die Bekannteste unter ihnen war Elsa Plainacher. Zum Zeitpunkt ihres Todes war sie bereits betagte siebzig Jahre alt. Mein Vater hatte mir von ihrem Schicksal erzählt: Letzten Endes ging es nur darum, dass Georg Schlutterbauer, von dessen Tochter Elsa die Großmutter war, deren Hof an sich bringen wollte. Alles Beteuern ihrer Unschuld half Elsa nichts, denn Schlutterbauer hatte einen Jesuitenpater, den Bischof und den Kardinal auf seiner Seite. Also wurde sie verbrannt. Zwei weitere Hexenprozesse fanden schließlich vor drei Jahren und im letzten Jahr statt, wobei die erste Frau sich selbst in einem Brunnenschacht das Leben nahm, die zweite verstarb an der Folter.

Als man mir die Werkzeuge zur Wahrheitsfindung gezeigt hatte, war ich noch bemüht gewesen, keine Miene zu verziehen und alles abzustreiten, auch wenn mir die Vorstellung dessen, was mich erwartete, Übelkeit und körperlich spürbare Schmerzen bereitete. Meine Standhaftigkeit rief bei den hohen Herren wohl eine Mischung aus Unverständnis und Genugtuung hervor, denn nun könnten sie walten, wie sie es sich vorstellten.

Und eben dieses Gefühl ist nun auch in ihren Gesichtern zu lesen. Einer der Herren erhebt sich.

Wie heiße sie? Wie alt sei sie? Wo sei sie derzeit wohnhaft und untertänig, welcher Religion gehöre sie an?

Ich beantworte die Fragen redlich und gewissenhaft, auch wenn es die gleichen Fragen wie an den Tagen zuvor sind.

Auf einen Wink des Vernehmers hin bindet man mir die Hände auf den Rücken und zieht mich an einem Seil in die Höhe, auf dass das ganze Gewicht meines Körpers von meinen Schultergelenken getragen wird. Und ich spüre, wie diese sich langsam ausrenken.

Der Schmerz scheint meinen Körper entzweizuschneiden. Rot, allumfassend, das erdrückende Gefühl von Todesangst …

Einen Augenblick später bin ich in einer anderen Welt.

Ich stehe auf einer blühenden Wiese, deren gelbe Blütenpracht mir bis zur Hüfte reicht und die so weit fließt, wie das Auge sieht. Den Horizont säumt eine Gebirgskette, deren felsige Spitzen wie mit feinem Zucker angestaubt sind. Leichter Wind umspielt meine Haut, wie eine zärtliche Umarmung, wie ein gehauchter Kuss. Und die Sonne scheint so warm vom Firmament, dass ich versucht bin zu meinen, sie wolle mein Herz im Inneren erwärmen. Während ich durch die Wiese streife, wiegen rund um mich Blumen und Gräser und setzen sich bis in weite Ferne fort, gleich den Wellen, die entstehen, wenn man einen Stein ins Wasser wirft.

Mit einem Mal legt sich jedoch ein Schatten über die liebliche Landschaft. Ich hebe den Blick, sehe ein geflügeltes Untier zwischen mir und der Sonne schweben. Ein Untier, das kreist, abwartet und die Geduld hat, seiner Beute zu harren, bis diese müde genug ist, damit es gefahrlos hinabstoßen und es erlegen könnte.

Seine Beute.

Ich.

Ich beginne zu laufen, achte nur noch auf den Schatten, der seine Flugbahn immer wieder ändert und mir so die eigene Richtung aufzwingt. Manchmal trägt mir der Wind Worte zu, gedämpft und unwirklich, und genauso gedämpft und unwirklich antworte ich darauf. Aber den Schatten scheint das nicht aufzuhalten, im Gegenteil. Je öfter mir der Wind Worte zuträgt, desto erdrückender scheint der Schatten zu werden, umso unmittelbarer scheint der Moment näher zu rücken, wo ich zur Beute werde ...

Doch mit einem Mal dreht der Schatten ab, entfernt sich so rasch, wie er gekommen ist.

Der Vernehmer schlägt mit der Faust auf den schweren Eichentisch vor ihm.

Sie leugne also weiterhin ihr Verbündnis mit dem bösen Feind? Dann werde man sie am nächsten Tag erneut befragen.

Ich habe also die erste Befragung überstanden. Ich lächle den hohen Herren trotzig in die feisten Gesichter, lasse mich aus dem Saal führen, wobei mich der Wärter mehr schleift, als dass ich laufe, und falle schließlich auf den mit ranzig riechendem Stroh bedeckten Boden der Zelle, der mir vorkommt wie ein Himmelbett. Ich schaffe es gerade noch, mir mit einem beherzten Ruck die Schultern selbst wieder einzurenken, dann reißt Dunkelheit mich und meinen Körper, der nur aus Pein zu bestehen scheint, ins erlösende Nichts.

Ein neuer Tag. Mein Körper fühlt sich genauso unbeschreiblich grauenvoll an, wie er behandelt wurde. Aber ich weiß, dass ich nur die Erste von drei hochnotpeinlichen Befragungen überstanden habe. Zwei weitere warten auf mich.

Wieder das Klacken des Schlosses. Wieder der Gestank des Wärters, gefolgt vom wissentlichen Weg in das gewisse Ungewisse. Wieder die satten und selbstzufriedenen Ausdrücke in den Gesichtern der hohen Herren. Doch diesmal scheinen sie sich nicht so sehr am Anblick meines nackten Körpers zu ergötzen wie tags zuvor. Übersät mit grünen und blauen Flecken sowie mit Krusten getrockneten Blutes gebe ich vermutlich ein wenig begehrliches Bild ab.

Was habe sie zur Verderbung ihrer frommen Mitmenschen und des Viehs gebraucht? Woher hat sie es genommen und wie hergestellt?

»Ich habe nichts dergleichen getan«, antworte ich, gewahr, welche Untaten diese Antwort nach sich ziehen würde.

Erneut ein gleißender, allumfassender Schmerz, der von meinen Schultern ausstrahlt – der mir gleichwohl den Atem wie meine Sinne raubt. Erneut der Drang, mit einem Geständnis dem Ganzen ein schnelles Ende zu bereiten.

Ich will auf meine Wiese zurück …
Ein pulsierender Stich.
Ich will …
Ich befinde mich wieder auf der blühenden Heide, fühle mich geborgen und behütet. Streife durch das hohe Gras, spüre das Kitzeln der Halme auf meinen Handflächen, rieche den zarten Duft mannigfaltiger Blüten. Eine Oase der Schönheit und Ruhe. Zumindest so lange, bis der Schatten auftaucht und erneut seine Bahnen über mir zieht. Diesmal sind seine Konturen jedoch schärfer, sodass ich beinahe seine Art bestimmen kann.

Die Jagd auf mich verläuft ähnlich und doch anders als beim letzten Mal – schneller, bedrohlicher.

Ich laufe, schlage Haken, verharre und laufe erneut los, so schnell ich kann. Doch immer häufiger habe ich das Gefühl, meinem Jäger nicht entrinnen zu können, gleichwohl ich bemüht bin, die Fragen, die mir der Wind ins Ohr säuselt, geflissentlich zu beantworten.

Der Schatten kommt näher, scheint mich irgendwie einzukreisen, mitten auf der Wiese in eine Ecke zu treiben. Gleich würde er mich schnappen, gleich würde er –

Blitze zucken vor meinen Augen wie grelle Nadelstiche, die sich mir in die Seele bohren. Mir wird schwarz vor Augen, ich falle nach unten, falle …

Ich erwache. Dunkelheit umgibt mich, wiegt mich für einen Moment lang in Sicherheit. Wo bin ich? Ich wende den Kopf zur Seite, spüre den pulsierenden Schmerz, der mein Körper geworden ist. Ich bin erneut in der Zelle, liege allein an die grobe Steinwand gelehnt, während die anderen Gefangenen aneinander gedrückt schlafen. Ein letzter Rest körperlicher Nähe für die kurze, verbleibende Zeit. Was würde ich dafür geben, jetzt neben Susanne zu liegen. Ihr sanftes Atmen zu hören, ihr leises Schnarchen, wenn sie in tiefen Schlaf verfällt. Ihre Haut an der meinen – aber wer auf Gottes Erden würde eine wie mich noch wollen? Gemartert, von Wundmalen übersät, die irgendwann einmal zu Narben werden, wenn ich das Glück habe, noch so lange zu leben? Die meine Seele noch mehr entstellen als meinen Leib? Und doch hege ich die Hoffnung, dass meiner Lieben das einerlei sein würde. Dass das Einzige, was für sie zählt, ist, dass ich am Leben bin.

Das Mondlicht fällt äschern durch das schmale, vergitterte Fenster, zeichnet drei helle Säulen an die graue Wand. Drei.

Am heutigen Tage müsste ich erneut so stark sein wie an den Tagen zuvor, und noch stärker. Denn der Zorn der hohen Herren würde sie dazu zwingen, noch nachdrücklicher, noch grausamer mit mir zu verfahren. Nur eine tote Hexe ist eine gute Hexe. Und doch könnte dieser dritte Tag aus mir, die ich vermeintlich mit dem Teufel tanzen soll, eine, wenn schon nicht ehrbare, so denn freie Frau machen.

Frei. Was würde ich als Erstes tun? Was tut man, wenn man ein weiteres Leben geschenkt bekommt? Vielleicht würde ich reisen. Weit genug, um einer Welt wie dieser, in der Glaube mehr zählt als die Ratio, zu entfliehen. In der ich die sein kann, die ich bin. Vielleicht würde Susanne mich begleiten?

Der Morgen bricht an. Verkündet vom ersten Zwitschern der Vögel, gefolgt von den orange-roten Strahlen der Sonne, die in all ihrer Wärme so unpassend in der kalten Zelle wirken. Der Wärter kommt. Er schlurft herein, bleibt vor mir stehen. Ich bin mir sicher, dass es für die nächste Befragung noch zu früh ist, was –

In seinem sardonischen Grinsen lese ich, weshalb er gekommen ist. Er wurde geschickt, um mich mürbe zu machen, und zwar so, wie man das bei einem guten Stück Fleisch macht – man klopft es. Zumindest ein Zeichen dafür, dass sich die hohen Herren ungewiss sind, ob sie mir doch noch ein Geständnis herauspressen können. So sei es. Ich hebe das Haupt und strecke es in die Höhe, als mich des Wärters Faust wuchtig trifft.

Die Kühle des Meeres umfließt mich. Wellen spülen über mich, brechen sich in der Ferne an Felsen, die sie durch ihre Beharrlichkeit über die Äonen von Zeiten glattgeschliffen haben wie einen polierten Edelstein. Wieder eine Welle, prickelnd, kühl und angenehm. Ein merkwürdig ehern er Geschmack in meinem Munde. Ich öffne langsam die Augen. Meine Lider schmerzen.

Rund um mich dasselbe Auditorium der letzten Tage. Vor mir die hohen Herren.

Man hat mich also ohne Bewusstsein hergeschleift und erneut hochgebunden. Mein Gesicht schmerzt bei jeder noch so kleinen Regung. Meine Zunge ertastet zwei Stellen, an denen mir Zähne fehlen. Ich blicke die Herren an, lese ihre Gesichter. Ich muss einen wirklich widerlichen und abstoßenden Anblick abgeben. Der Wärter hat seine Sache wohl gut gemacht. Jede einzelne Faser in meinem Körper sträubt sich dagegen, erneut zu erdulden, was mir abverlangt wird. Vier Worte sind alles, was ich sagen muss.

»Ich bin eine Hexe.«

Dann würde man von mir ablassen, würde mich in die Zelle zurückbringen, auf dass ich in Kürze diese Leidenswelt hinter mir lassen könnte, im Namen des Vaters, des Sohnes und des Heiligen Geistes, wie es so schön heißt.

Ich möchte es aussprechen, möchte es hinausschreien, hier und jetzt –

Wer ist die Gestalt in der Kutte, die sich dort im Schatten verborgen hält? Die hinter all den Schaulustigen steht, regungslos, mit versteinerter Miene? Susanne? Ich erkenne ihre Augen, glasig und rot geweint, sehe ihren Mund, die Lippen weiß aufeinandergepresst, damit ihnen ja kein Laut entfahren möge. Du bist bei mir, meine Geliebte …

Mein Blick fällt wieder auf die hohen Herren, mein Wille erstarkt. So fahret fort und beendet, was ihr so feig wart zu beginnen!

Atemlos bleibe ich inmitten der Wiese stehen, drehe mich um. Wo ist der Schatten? Meine Lungen brennen, als würden glühende Stäbe durch sie gebohrt. Mein Herz schlägt, als ob es aus meiner Brust springen wollte. Ich wende mich um, da sehe ich es: Der Schatten ist herabgefahren, hat eine Form angenommen und steht mir nun gegenüber – ein gewaltiges namenloses Monstrum, zu schrecklich, um in Worte gefasst zu werden. Ich weiß, dass ich dem Ungetüm nicht mehr entrinnen kann. Keine Beine der Welt könnten schnell genug laufen, um seinen Klauen zu entkommen, keine Flügel schnell genug schlagen, um seinen Mäulern zu entfliehen. Es wird mich verschlingen, und mit mir meine Kraft und meinen Willen auszuhalten, was mir abverlangt wird.

Stampfend bewegt es sich auf mich zu. Jeder Schritt gleicht einer Säule, die in das Erdreich gerammt wird. Ein ohrenbetäubendes Kreischen, das die Worte, die mir der Wind zuträgt, verschlingt wie der Donnerhall das Singen eines Rotkehlchens. Ich bin die Maus vor der Schlange, das Kaninchen vor dem Adler. Ich bin die Ameise, die in das Harz des Baumes getappt ist.

Das Ungetüm weiß, dass meine Zeit gekommen ist.

So sei es.

Ich breite die Arme aus, recke den Kopf gen Himmel. Und stimme ein Lied an, das mir mein Vater immer vorsang, wenn ich Angst vor einem drohenden Gewitter hatte.

Trutz, Tod, komm her, ich fürcht dich nit,
komm her und tu ein'n Schnitt!
Wenn er mich verletzet,
so werd ich versetzet,
ich will es erwarten,
in himmlischen Garten.
Freu dich, schön's Blümelein!

Überrascht merke ich, dass das Ungetüm meinem Lied lauscht. Doch als der letzte Laut verklungen, der letzte Ton verhallt ist, setzt es an. Es kommt über mich, schnappt zu –

– und erstarrt im letzten Augenblick. Ungläubig erkennt es, dass es nicht meine Zeit ist, die gekommen ist …

Es ist die seine.

Hasserfüllt löst es sich auf, verflüchtigt sich so schnell, wie es vor drei Tagen erschienen ist.

Ich bin allein auf der Wiese.

Ich bin im Gerichtssaal. Ungläubige Stille. Einer der hohen Herren erhebt sich und spricht.

»So sei sie frei von Schuld.«

Mein Blick gilt der Gestalt im Hintergrund, die mir unmerklich zunickt, die Augen voller Tränen.

Die Wochen, die folgten, waren geprägt von meiner Genesung, der hingebungsvollen Pflege durch Susanne und dem Ankämpfen gegen die grauenhaften Erinnerungen in meinen Träumen. Als die anderen Gefangenen aus meiner Zelle öffentlich hingerichtet worden waren, gehörte ich nicht zu den Schaulustigen.

Als ich wieder mein eigener Herr war, verkaufte ich das väterliche Anwesen, beschaffte mir und Susanne die notwendigen Papiere, und gemeinsam ließen wir die Kaiserstadt weit hinter uns. Erst als wir in Siebenbürgen waren, ließen wir uns nieder, da die Hand der Monarchie nur auf dem Papier bis hierhin reichte. Gestrauchelte, Lutheraner, alle waren hier versammelt, um ein neues Leben zu beginnen.

So wie Susanne und ich.

Wann immer man mich gefragt hat, ob ich eine Hexe sei, habe ich nur verständnislos den Kopf geschüttelt und mich gewundert, wie man mir gegenüber nur eine derart abstruse Anschuldigung vorbringen konnte.

Die Menschen in meinem Dorf, meiner neuen Heimat, schätzen mich, denn ich helfe ihnen, mit all meinem Können und Wissen.

Doch in den letzten Monaten habe ich damit begonnen, das zu erlernen, was mein Vater vor mir verborgen hatte. Jene Art der Heilkunst, die keine war. Die einzig der Erfüllung geheimer Wünsche und Sehnsüchte dient. Meiner Wünsche und Sehnsüchte.

Den hohen Herren, die mich so geflissentlich und nach dem Lehrbuch befragt hatten, würde nach und nach ein Unglück zustoßen ... ein strauchelnder Gaul, ein rollendes Fass, der herunterfallende Stein von der Fassade eines Gebäudes. Derlei Gestalt, die man nicht beim Namen nennen kann, sondern sich einzig mit den unergründlichen Wegen des Herrn erklären ließ.

Das Leben des Wärters würde durch eine schicksalhafte Begegnung mit einem tollwütigen Hund ein jähes, aber schmerzvolles Ende finden.

Und meinem Jugendfreund Gebhardt würden sich, so langsam, wie ein Tropfen einen Stein höhlt, die Gedärme zu Geschwüren wandeln, bis ihm der Schmerz die Sinne raubt, aber er ob des drohenden Jüngsten Gerichts doch zu feig wäre, sein Leben zu beenden, bis ihn die Pein irgendwann erlöst.

Wann immer man mich gefragt hat, ob ich eine Hexe sei, habe ich nur verständnislos den Kopf geschüttelt.

Bis heute.

Heute gibt mein schmales Lächeln wortlos darüber Auskunft.

IV.

Alles ist hin

Wien, 1681

DICHTER NEBEL HATTE mit der Dämmerung in die Kaiserstadt Einzug gehalten. Die Luft an diesem Novemberabend war schneidend kalt. Die wenigen flackernden Lichter, die aus den schmalen Fenstern der schiefwinkeligen Bürgerhäuser drangen, wirkten wie verlorene Seelen in einem Ozean aus Vergessenheit.

Keine Menschenseele war zu sehen, nichts war zu hören. Nicht das Klappern von Hufen auf den gepflasterten Straßen, nicht das Knarren von Wägen. Nicht einmal das Lachen oder Weinen eines Kindes.

Absolut nichts.

Es war, als hätte sich ein kaltes, feuchtes Leichentuch über Wien gelegt, das alles unter sich erstickte.

Die enge, verwinkelte Gasse »Auf der Burger Musterung« wand sich bergauf, bog scharfkantig nach rechts, bis sie auf den Fleischmarkt traf.

Dort, an jener Ecke, erhellten zwei Laternen den fast stofflichen Nebel. Unter ihnen leuchtete ein kleines Dach, das mit roter Farbe gestrichen war und wie ein Leuchtturm verirrten Schiffen den Weg heimwärts wies. Das Dach war auch der Namensgeber des Bierhauses, über dessen Eingang es sich schützend wölbte: »Zum roten Dachel«. Und hier konnte man zum ersten Mal seit einer schieren Ewigkeit wieder Lachen und Musik vernehmen, die aus dem Inneren des dreistöckigen Hauses drangen. Hier kehrte man ein, um das Leben zu feiern.

Die Bierstube war zum Bersten voll. Männer und Frauen, Bürger und Bauern, Meister und Gesellen, saßen, standen oder lehnten nebeneinander, als gäbe es keinen Stand – und keinen Anstand. Alle Augen und Ohren waren auf das kleine hölzerne Podest gerichtet, auf dem ein Mann Mitte dreißig stand, in einen einfachen braunen Rock gekleidet, die knielangen Hosen mit je einem roten Band über den hellen Strümpfen zusammengebunden, und einer Sackpfeife in den Händen. Sein braunes gelocktes Haar war dicht und kräftig, seine Nase und Wangen gerötet, und in seinen Augen blitzen Freude und Irrsinn zugleich.

Launig stimmte der Bänkelsänger die letzte Strophe eines Liedes an, das er mit einem gedehnten »De-e-enn …« begann, auf dass alle im Raum mit einstimmten, was sie auch taten.

»… lustig gelebt und lustig gestorben, heißt dem Teufel die Rechnung verdorben!«

Johlend und grölend wiederholte das Publikum den Vers, dann wurden Krüge aneinandergestoßen, Trinksprüche geschmettert und Bier getrunken, als gäbe es kein Morgen.

Der Mann auf dem Podest trank ebenfalls seinem Publikum zu, leerte den tönernen Humpen mit einem Zug und stieg dann, bereits leicht schwankend, hinab. Er drängte sich durch die Menge, wo die Männer ihm auf die Schultern klopften, ihm die Frauen Küsschen zuwarfen oder ihn völlig ungeniert auf die Wangen küssten, und ihm so mancher bierfidel mit den Worten zuprostete: »Auf unseren lieben Augustin!«

Schließlich hatte der Musikant einen kleinen hölzernen Tisch erreicht, der am anderen Ende des Raumes in einer Ecke stand und an dem ein junger Mann Anfang zwanzig saß, das blonde kurze Haar zu einem Scheitel gekämmt, das Hemd sauber gebleicht und die Hände gewaschen und gepflegt.

»Tut mir leid, schneller wollte man mir meinen nächsten Schluck nicht gönnen«, sagte Augustin mit leichtem Zungenschlag, stellte seine Sackpfeife unter die Bank und setzte sich zu dem jungen Mann. Dann ergriff er den vollen Krug Bier, der auf dem Tischlein stand und nur auf ihn gewartet zu haben schien.

»Ihr wart schlicht großartig«, sagte der junge Mann mit einem starken schwäbischen Akzent, hob ebenfalls seinen Krug und stieß mit Augustin an. Nachdem er einen kleinen Schluck genippt hatte, verzogen sich sämtliche Muskeln in seinem Gesicht, was er zu überspielen nur mäßig fähig war.

»Ihr seid kein Biertrinker?« Augustin zog argwöhnisch die Braue hoch.

»Ist das so offensichtlich?«, versuchte sich der junge Mann im Scherz und wusste doch, dass dies vergebene Liebesmüh war. »Nein, um ehrlich zu sein, spreche ich dem Wein zu, und dies auch nur in bekömmlichen Dosen.«

Der Bänkelsänger lachte hell auf. »So war Eure Heimat in den letzten Jahrzehnten nicht mit der Gottesgeißel geschlagen, Herr –?«

»Böheim. Ägidius Böheim. Mitnichten, dem Herrn sei Dank. Das letzte Mal, dass die Pestilenz mein liebes Augsburg heimgesucht hat, war 1628, also noch vor meiner Geburt.«

»Darauf lasset uns trinken!« Augustin hob erneut den Krug. Nachdem die beiden Männer getrunken hatten, der eine mehr, Ägidius weniger, wurde Letzterer wieder ernst.

»Wie ich Euch bereits angedeutet habe, möchte ich einen Artikel schreiben, und zwar für die ›Mercurii Relation oder

wöchentliche Reichs-Ordinari Zeitungen, von unterschiedlichen Orten‹.«

»Schmissiger Titel«, raunte Augustin und soff erneut aus
seinem Krug.

»Fürwahr«, entgegnete Ägidius, ohne den Sarkasmus seines Gegenübers verstanden zu haben.

»Und wie mag Euer Artikel wohl heißen?«

»Des Sängers Fluch entgegen«, sprach der Schreiber mit
Stolz in der Stimme.

Keine Reaktion des anderen.

»Er handelt davon, wie Ihr Euch als Sänger dem Fluch,
also dem Pestilenzhauch widersetzt habt.«

Augustin runzelte die Stirn. »Ihr wisst aber schon, dass
in der alten Volksweise ›Des Sängers Fluch‹ der Sänger den
König mit einem Fluch belegt und es nicht der Sänger ist,
der mit einem Fluch behaftet wird?«

Ägidius errötete. »Nun, der Titel ist ja noch nicht in Stein
gemeißelt. Außerdem sollen derlei Haarspaltereien der Lese-
freude keinen Abbruch tun.«

»Wohlan, denn«, meinte Augustin. »Wo wollen wir beginnen?«

»Dort, wofür Ihr bekannt seid: wie ihr der Pestgrube ent-
stiegen seid, und –«

Augustin hob tadelnd den Zeigefinger, der Schreiber
verstummte. »Mein lieber junger gelehrter Herr! Gute
Geschichten sind wie gute Lieder – sie verlangen nach einer
gewissen Struktur, einem strikten Aufbau.«

»Gewiss, aber –«

»Nichts aber! Es ist wie in der Liebe. Wenn Ihr Euren
Freunden davon berichtet, wie Ihr die schönste Dame des
Reichs beglückt habt, beginnt Ihr ja auch nicht damit, wie
Ihr Euch in ihr ergießt, oder?«

Nun wurde Ägidius' Gesichtsfarbe noch röter.

»Nein, Ihr beginnt damit, wie Ihr sie umgarnt. Wie Ihr der Angebeteten Schritt für Schritt näherkommt. Bei einem wohlfeilen Lied ist es nicht anders, und bei einer guten Geschichte sollte es ebenso sein.«

Ägidius holte einige Blatt Papier sowie Feder und Tintenfässchen aus der ledernen Tasche, die zu seinen Füßen stand, und begann zu notieren.

»Was schlagt Ihr also vor?«

»Beginnen wir doch damit, wie alles seinen Anfang genommen hat.« Augustin deutete der drallen Schankmaid, noch zwei Krüge Bier zu bringen, und hob unheilverkündend die Hände. »Und zwar mit den ersten Anzeichen des schwarzen Todes.«

Ägidius begann zu notieren, während Augustin dessen Krug ungefragt leerte.

»Alles begann im Winter vor drei Jahren, also anno 1678. Da traten die ersten Anzeichen der Geißel in der Leopoldstadt auf, die vor den Stadtmauern Wiens liegt. Die Pestilenz überdauerte den Winter und begann sich mit Eintreffen der warmen Jahreszeit zu mehren. Doch die Oberen der Stadt waren streng darauf bedacht, die Geißel als ›hitziges Fieber‹ abzutun. Zu groß war die Furcht davor, über die Stadt und ihre Vororte die Quarantäne zu verhängen, denn damit einhergehend würde der gesamte Handel zum Erliegen kommen – und damit auch der Wohlstand der Oberen.«

Ägidius blickte auf. »Was aus ökonomischer Sicht durchaus Sinn ergibt.«

Der Sänger nahm das frisch eingeschenkte Bier entgegen und trank es sogleich zur Hälfte aus. »Genauso närrisch dachten und sprachen die selbsternannten weisen Männer unserer Stadt auch. Nur dass sich der schwarze Tod nicht an derlei Gelehrtenwissen hält. Ihm ist Stand, Ansehen und Reichtum einerlei, er holt sich einen jeden. Und mit der

Ignoranz des Offensichtlichen wurden auch sämtliche Warnungen des Hofmedikus Paul de Sorbait ignoriert, der in seiner ›Pest-Ordnung‹ Maßnahmen vorschlug, dem entsetzlichen Sterben entgegenzuwirken. Im Sommer des gleichen Jahres war es dann so weit – der Pestilenzfunke übersprang die Stadtmauern ... Und damit begann das große Sterben der Reichen und des vornehmsten Adels, in ihren Palästen und auch in den prächtigsten Gebäuden der Stadt. Da in den anschließenden Monaten Tausende dahingerafft wurden, hörte man alsbald auf, die Totenglocken zu läuten. Die eisenbeschlagenen Räder der Sammelkarren, auf denen man die Leichenberge aus der Stadt schob, wurden mit Leinenfetzen umwickelt, damit ihr Geräusch auf den Pflastersteinen nicht zusätzlich die Angst schürte. Selbst Verbrecher, die man eingekerkert hatte, wurden freigelassen, auf dass sie sich als Siechenknechte und Totengräber die Freiheit erarbeiten konnten, was freilich so gut wie keiner von ihnen überlebte.«

Augustin ergriff des Schreibers linke Hand.

»Ihr müsst Euch das bildlich vorstellen: Die Straßen Wiens waren voll mit Toten, die dort lagen, wo sie gerade noch gingen oder standen. Die Gassen waren erfüllt mit dem Stöhnen und Ächzen der Sterbenden. Am Tiefen Graben siechten Kranke tagelang auf Sammelkarren. Man sah ganze Wägen voll der Edlen und Unedlen, Armen und Reichen, Jungen und Alten durch die Gassen zu den Toren hinausfahren, auf dass sie ihre grauenhafte Ladung in eine der riesigen Pestgruben kippten, die man vor der Stadt ausgehoben hatte. Nur um gleich danach wieder in die Stadt zurückzukehren und den Tanz aufs Neue zu beginnen. Nichts half. Weder Schwitzkuren noch Aderlässe, weder das Kauen von Wacholderbeeren noch die Verabreichung von Theriak. Selbst jene Heilkraft versagte, die man für gewöhnlich durch das Auflegen einer in Essig gelegten und aufgespießten Kröte auf die Beulen erreichte.«

Ägidius schluckte und legte die Feder zur Seite. Er war sichtlich betroffen. Dann trank er von seinem frisch eingeschenkten Bier, das ihm nun besser zu munden schien, und setzte die Feder wieder aufs Papier.

»Und was war Eure Rolle in dieser wahrlich schauerlichen Szenerie?«

»Die kaiserliche Familie und ein Großteil des Hofes hatten die Stadt verlassen. Und jene, die zurückblieben, schotteten sich entweder von allen ab, die ihnen lieb und teuer waren, oder sie erkannten, dass das Unvermeidliche eben unvermeidbar war, und warfen sich bedenkenlos der Lust in die Arme.«

»Der Lust?«

Augustin lächelte. »Sie gaben sich dem Müßiggang hin. Der Völlerei, den Gelagen, suchten ihr Glück im Spiel. Kaum eine Bierstube, von denen die noch geöffnet waren, die nicht zum Bersten voll war.«

Ägidius ließ den Blick durch das »Rote Dachel« schweifen, in dem sich noch immer die Gäste drängten. »So wie hier?«

Der Sänger lachte hell auf. »Ganz genau, so wie hier und jetzt, nur um ein Vielfaches ausschweifender! Und ich fand meine Erfüllung darin, die Menschen von ihren Sorgen zu befreien, indem ich die Freuden des Lebens besang, um sie so den Schmerzen der trübsinnigen Gewissheit zu entreißen. Denn wer lacht, ist frei. Zumindest für diesen einen Augenblick.«

»Ihr hattet keine Angst davor, dass Euch die Pestilenz ebenfalls befällt?«

Der Sänger wurde für einen Augenblick ernst. Er sah um sich, wandte kurz den Blick nach oben. Dann schüttelte er den Kopf, griff seinen Bierkrug und trank, bis er leer war.

Er rülpste kräftig und winkte der Schankmaid. Dann lehnte er sich vor und sprach im Flüsterton weiter. »Natürlich hatte ich Angst davor. Ich bin Sänger und Sackpfeifer, bin oftmals närrisch. Aber ich bin kein Narr!«

Ägidius nickte beschwichtigend. So hatte er offenbar seine Frage nicht verstanden wissen wollen.

»Aber ich wusste, dass es in dem ganzen Grauen Menschen bedurfte, die das höchste Risiko eingingen. Die Bader, der Medikus, die Siechenknechte, die Priester. Und eben auch wir Sänger. Denn erst wenn das letzte Lied verstummt ist, sind alle Menschen tot.«

Plötzlich wurde Augustin mit einer solchen Wucht von der Seite angerempelt, dass er beinahe vom Hocker gefallen wäre.

»Entschuldigt, holder Barde«, lallte eine hagere Frau, die vielleicht erst zwanzig Lenze alt war, aber so aussah, als zehrten bereits vierzig Lebensjahre voller Entbehrung an ihr. »Ich wollte nicht so ungestüm wirken –«

»Und doch tut Ihr es«, entgegnete Augustin verärgert.

»Ich wollte mich nur bei Euch bedanken. Ihr habt keinen von uns vergessen, als wir Euch am dringendsten gebraucht haben. Keiner von meinen Lieben wollte mir damals in die Schenke folgen, keiner! Und wo sind sie heute? Mein Gemahl, meine drei Kinder, meine Frau Mutter?«

Der Sänger zog argwöhnisch die Braue nach oben.

»Tot! Sie sind alle tot! Der Schnitter hat sie sich gekrallt, sie mit pechschwarzen Beulen übersät und zu sich geholt. Aber ich? Ich habe nur Euren Schmähliedern und Weisen gelauscht, und ich bin immer noch hier!«

Die Frau drückte Augustin einen feuchten Kuss auf die Wange. Dann flüsterte sie ihm ins Ohr. »Wenn Euch nach Fleischeslust der Sinn steht, dann kommt zu mir, wann immer es Euch auch beliebt, mein lieber Augustin.«

Wegen der unverfrorenen Dankbarkeit des Weibes gab sich Ägidius sowohl angetan als auch angewidert. Hier herrschte offenbar eine andere Form der Sittlichkeit als in Augsburg.

Der Sänger ließ seinen Blick über die eingefallenen Wangen, das knöcherne Dekolleté und die wurzelgleichen Finger der Frau wandern, zuckte dann mit den Schultern.

»Das werde ich, mein Kind, verlass dich drauf.« Er verabschiedete sie mit einem Klaps auf den Hintern, woraufhin sich die Frau kichernd entfernte.

»Euer Ruhm ist beneidenswert«, konstatierte der Schreiber.

Augustin lächelte schief ob des schmierigen Kompliments. »Wie ich sagte: Die Lebenden wissen es zu schätzen, wenn man in der Not für sie da ist.«

»Und doch seid Ihr selbst auch nur knapp dieser Not von der Schippe gesprungen, wie man sich erzählt.«

»Das könnt Ihr laut sagen«, bekräftigte Augustin, wissend, worauf sein Gegenüber anspielte. »Im September war die Zahl derer, die verstarben, am höchsten. An die viertausend wurden dahingerafft, ganz Wien glich einem einzigen Leichenhaus. Von da an mehrten sich die Abende, an denen die Bürger ihre Häuser einfach nicht mehr verließen. Ich saß also hier im ›Dachel‹ und war mutterseelenallein. Der Wirt lag in einer der Ecken und schlief selig, und so holte ich mir in meiner Trauer, wonach mich gelüstete. Wie viele Krüge es an diesem Abend gewesen waren, kann ich nicht mehr sagen. Doch anstatt mich ebenfalls in eine Ecke zurückzuziehen und meinen Rausch auszuschlafen, kam mir die glorreiche Idee, meinem Müßiggang nachzugeben – nur dass es kaum noch Schnepfen in der Stadt gab. Aber ich kannte wohl die eine oder andere Adresse, an der ich noch fündig werden könnte, zumindest bildete ich mir das in meiner Trunkenheit ein.«

»Ihr wollt mir also weismachen, dass, obwohl ganz Wien ein Leichenhaus war, Ihr Euch in einer Dirne erleichtern wolltet?«

Augustin zuckte mit den Schultern. »Na ja, ich war betrunken.«

Ägidius schüttelte ungläubig den Kopf.

»Ich wanke also durch die Gassen, immer darauf bedacht, die Seite zu wechseln, wenn ein Toter im Rinnsal lag. Ich stolpere über den Kohlmarkt zum Burgtor, und wohl durch das Tor hinaus. Und dann –«

Der Sänger brach ab, starrte ins Nichts.

»Und dann?«, drängte ihn der Schreiber und wagte nicht, die Feder vom Papier zu lösen.

»Dann weiß ich von nichts mehr.«

Wieder trank Augustin, bis sein Krug leer war. Wieder winkte er der Schankmaid, noch ein Bier zu bringen.

»Kennt Ihr das Gefühl, wenn Ihr am Abend zuvor so viel gesoffen habt, dass Ihr nicht mehr wisst, wie der Abend geendet hat, Ihr aber am nächsten Morgen aufwacht, Euch vielleicht genüsslich streckt und für einen kurzen Moment glaubt, die Welt sei in Ordnung?«

Ägidius schüttelte den Kopf. »So viel habe ich noch nie getrunken.«

»So schämet Euch«, sagte Augustin mit gespielter Entrüstung und einem Augenzwinkern. »Wie alt seid Ihr?«

»Fünfundzwanzig.«

»Na ja«, meinte der Sänger, »dann ist ja noch nicht ganz Hopfen und Malz verloren. Mir erging es jedoch so. Ich wachte nach dieser durchzechten Nacht auf. Die Augen noch geschlossen streckte ich die Glieder durch, bemerkte, dass ich angenehm weich lag. Gut, es roch etwas streng, aber was heißt das schon in einer Stadt? Ich spürte, dass meinem Schädel noch diese angenehme Taubheit innewohnte, die zu viel Bier verursachte, und dachte mir, während ich langsam die Augenlider aufpresste, dass es dann doch noch ein recht fideler Abend gewesen sein musste. Das grelle Tageslicht durchschnitt mir beinahe die Augäpfel, aber irgendwann hatte ich sie doch ganz geöffnet und starrte in einen strahlend blauen Himmel. Was für ein herrlicher Tag! Doch irgendetwas irritierte mich. Ruhte ich etwa in einer Grube? Langsam, beinahe feige, drehte ich meinen Kopf zur Seite ... und erstarrte.«

Augustin seufzte schwer. Dann schüttete er so viel Bier in seinen Mund, bis es ihm über die Mundwinkel lief und auf seinen braunen Rock tropfte. Er setzte den Becher ab und wischte sich das nasse Kinn in den Ärmel. Erst jetzt bemerkte er, wie ihn sein Gegenüber mit offenem Mund anstarrte.

»Dann stimmt es also tatsächlich, was man sich zu berichten weiß«, stammelte Ägidius.

Der Sänger nickte. »Es ist wahr, und zwar alles. Inmitten von unzähligen Toten erwachte ich. Männer, Frauen, Kinder. Kreuz und quer lagen sie durcheinander, stapelten sich übereinander. Die Gliedmaßen verrenkt, Augen und Münder aufgerissen, als schrie das Grauen selbst aus ihnen. Die Haut schorfig und übersät mit Beulen, Pusteln und wunden Stellen. Manche von ihnen waren nackt, andere hatten ihre Zunftkleidung an, als wollten sie sogleich ihrem Tagwerk nachgehen. Es war schier unbeschreiblich.«

Gewissenhaft notierte Ägidius das Erzählte, ohne den Blick abzuwenden.

»Ein monströser Schrecken durchfuhr mich«, sprach Augustin weiter. »Ich wollte nur mehr raus aus dieser Siechengrube! Ich stand auf, trat von einem Toten auf den nächsten, bis ich den Rand erreicht hatte, der gut zwei Mann hoch in den Himmel ragte. Dann suchte ich im Erdreich Halt und wollte hinaufklettern. Doch Pestgruben waren nicht ausgehoben worden, damit man ein Fundament in ihnen baute, und so war das Erdreich lose und gab einfach nach. Immer wieder konnte ich einige Fuß hochklettern, immer wieder rutschte ich zurück ins Grab der Unseligen. Schließlich hörte ich damit auf, denn es schien ein sinnloses Unterfangen zu sein. Ich betete zum Herrn, er möge mir Hilfe schicken, und war mir doch gleichzeitig bewusst, dass alle, die unter mir lagen, das Gleiche getan hatten. Keiner von ihnen war erhört worden. An manchen Tagen schien der Herrgott eben auf beiden Ohren taub zu sein. Alle lagen sie nun hier, kalt, starr, und bar jeden Lebens. Doch dann hörte ich es …«

Augustin fuhr mit der Hand zu seinem Ohr und formte sie zu einer Muschel, als wäre er Darsteller in einem Theaterstück.

»Es war das Ächzen eines Karrens. Jenes Geräusch, das die Kranken so sehr fürchteten. Doch für mich klang es wie das süßeste Lied, das ich je vernommen hatte. Ich holte tief Luft, dann schrie ich, so laut ich konnte, um Hilfe. Und als sich das pockennarbige Gesicht eines Siechenknechts über den Rand der Grube beugte, kam es mir vor, als würde ich in das Antlitz eines Engels blicken!«

»Was hat der Engel denn gesagt?«, warf Ägidius ein.

»Er war mindestens genau so erstaunt wie ich. Dann lachte er auf und meinte, ich hätte unsagbares Glück, dass die Grube, in die sie mich die Nacht davor hineingeworfen hatten, noch nicht voll gewesen war. Sonst wäre ich jetzt unter einer Schicht ungelöschtem Kalk und drei Fuß Erde begraben!«

»Das klingt wahrlich unglaublich!«

»Aber genau so war es! Der Knecht hat mir aus der Grube

geholfen, und hier bin ich nun und erfreue mich noch immer des Lebens.«

»Die Pestilenz ist also nicht auf Euch übergesprungen?«

Augustins Miene versteinerte einen Augenblick lang, dann fasste er sich wieder. »Wenn dem so wäre, säße ich Euch nun wohl kaum gegenüber.«

Der Schreiber stieß ein Lachen durch die Nase. »Das würdet Ihr in der Tat nicht!«

»Versteht mich nicht falsch – die Tage darauf wagte ich mich nicht aus meiner Behausung. Wann immer es mich irgendwo am Körper juckte, dachte ich, mein Ende wäre nah. Aber nach einer Woche war ich mir gewiss, dass der Herrgott mich verschont hat, um den Menschen weiterhin den Frohsinn zu bringen.«

Er machte eine kurze Pause.

»So, nun kennt Ihr die Geschichte vom lieben Augustin aus erster Hand.«

Ägidius legte die Feder zur Seite. »Ich und meine Leser danken Euch von ganzem Herzen. Nichts ist in Zeiten der Not wichtiger als die Hoffnung. Und Eure Geschichte spendet Hoffnung pur.«

»Darauf wollen wir nun aber ausgiebig trinken«, sagte Augustin und hob seinen Krug. Ägidius packte eilig seine Schreibutensilien fort, dann hob auch er seinen Humpen. »Das wollen wir tun!«

»Auf dass der morgige Tag so beginnen möge, dass wir nicht mehr wissen, wie der heutige geendet hat!«

Ägidius zögerte einen Moment, dann gab er sich innerlich einen Ruck. »So soll es sein!«

Behutsam drangen die ersten Strahlen der Morgensonne in den kleinen Raum, vertrieben die Dunkelheit und ließen die weiß gekalkten Wände in warmem Orange erstrahlen.

Ägidius Böheim gähnte laut und kehlig. Allmählich schien das Leben in ihn zurückzukehren, wie auch das Bewusstsein. Trunken vom Schlaf erhob er sein Haupt, blinzelte und schien erst nach und nach wahrzunehmen, wer und wo er war. Der Raum um ihn herum wirkte beengt, der Plafond war voller Ruß. Ihm gegenüber stand ein offener Kamin, zu seiner Rechten ein klobiger Holztisch. Er selbst saß wohl auf einem Stuhl. Warum sein Oberkörper nackt war, erschloss sich ihm nicht. Seine Arme fühlten sich seltsam taub an. Warum –

Er versuchte aufzustehen, doch etwas hielt ihn zurück ... Seine Arme waren mit Seilen auf die Sessellehnen gebunden, sein Oberkörper an die Rückenlehne. Auch seine Füße konnte er kein Stück bewegen. Ägidius blickte hektisch um sich, dann sah er ihn – der liebe Augustin saß ihm gegenüber, den Oberkörper ebenfalls entblößt, ein süßliches Lächeln im Gesicht.

»Guten Morgen, Herr Ägidius«, sprach er sanft und ohne Eile.

»Was ... wo bin ich?« Der Schreiber zerrte an seinen Fesseln, was jedoch vergeblich war.

»Ah, dann ist uns ja gelungen, worauf wir beide gestern aus waren. Naja, Euch zumindest.«

Ägidius runzelte die Stirn. »Worauf wir gestern ... ich ... kann mich nicht entsinnen.«

»Eben dies war doch unser erklärtes Ziel. So viel zu trinken, dass wir am heutigen Tag nicht mehr wissen, wie der gestrige geendet hat. Und was für ein fulminanter Abend es gewesen war!«

»Tatsächlich?« Ägidius vergaß seine Fesseln und sah sein Gegenüber herausfordernd an.

»Aber ja. Nachdem wir das ›Dachel‹ verlassen hatten, suchten wir noch Ablenkung in einer Spelunke auf einer der Basteien. Ihr habt Euch sogar mit zwei Muschen gleichzeitig vergnügt.«

Der Schreiber schüttelte ungläubig den Kopf. »Ich … habe meine geliebte Maria sündhaft betrogen?«

»Es wird niemand erfahren, das verspreche ich Euch, mein Guter. Genauso kundig, wie die Muschen darin sind, es Euch zu besorgen, verstehen sie sich darin, ihre geübten Münder mit Schweigen zu füllen.«

Nun fiel Ägidius' Aufmerksamkeit wieder auf seine missliche Lage. »Wenn wir einen so formidablen Abend hatten, warum zur Hölle bin ich dann festgebunden?«

Augustins Gesicht durchzog ein schmales Lächeln. Dann stand er auf und begann im Raum auf und ab zu gehen, ähnlich einem Lehrer, der dozierte.

»Seht Ihr, ich habe Euch gestern Abend zwar die Geschichte vom lieben Augustin erzählt, aber um der Wahrheit Genüge zu tun, eben nicht die ganze Wahrheit.«

Ein kalter Schauer durchfuhr den jungen Mann, der an einen Stuhl gefesselt war und nun über sich ergehen lassen musste, was immer der andere für ihn ersonnen hatte.

»Wahr ist, dass ich in der Pestgrube aufgewacht bin. Wahr ist ebenso, dass ich versuchte, aus der Grube zu klettern. Und wahr ist weiters, dass mir das nicht gelang. Als ich in all meiner Verzweiflung so dahockte und mir bereits mein klägliches Ende ausmalte, fiel mein Blick auf einen älteren Mann mit Augengläsern, der eine kleine lederne Tasche so fest umklammert hielt, als berge sie den größten Schatz der Welt. Auf dieser Tasche war das Zeichen eines Mörsers mit Pistill gestickt – offenbar war der Herr zu Lebzeiten Apotheker gewesen. Ich ergriff die Tasche und öffnete sie, doch bis auf einen eigenartigen Schlauch und ein Blatt Papier war sie leer.«

»Ich verstehe das alles nicht«, wimmerte nun Ägidius. »Was hat das alles mit mir zu tun? Bitte lasst mich gehen.«

»Ihr werdet noch verstehen, mein Bester, mein Wort darauf. Ich entfalte also das Papier, und als ich es so lese, wird mir merkwürdig zumute ... vergleichbar vielleicht damit, wenn man erfährt, dass man zum Tode verurteilt wird. Nur eben andersrum.«

Augustin lachte kurz auf, und schüttelte den Kopf, als könnte er selbst nicht glauben, was er sprach. »Wahr ist auch, dass ich danach tatsächlich tagelang glaubte, gänzlich unbescholten aus der Grube geklettert zu sein, so wie ich es mir gewünscht hatte.« Der Sänger atmete tief ein und aus. »Doch so war es leider nicht. Mein Körper begann zu schmerzen, Stellen meiner Haut begannen sich mit Eiter zu füllen und schwarz zu werden.«

»Und doch seid Ihr hier.«

»Meine letzte Hoffnung galt dem Papier, das der Mann mit den Augengläsern neben mir in der Grube in seiner Tasche aufbewahrt hatte – anscheinend hatte er einen Weg gefunden, wie man dem schwarzen Tod von der Schippe springen konnte, und zwar selbst dann, wenn man schon die furchtbaren Anzeichen der Pestilenz an sich sah.«

»Ein – Heilmittel? Ihr habt ein Heilmittel für die Pestilenz gefunden?«

Der Sänger hob beschwichtigend die Hand. »Nun, so einfach ist die Sache nicht, ganz abgesehen vom Prozedere. Denn neben einer ganzen Reihe von kostspieligen Arzneien und Tinkturen bedarf es noch etwas Weiterem.«

Augustin blieb stehen, wandte sich dem gefesselten Mann zu und streckte die Hände aus, als nehme er ein kostbares Geschenk in Empfang.

»Was ... was meint Ihr?«, stotterte Ägidius kaum hörbar, als wollte er die Antwort nicht vernehmen.

»Ob Ihr es glaubt oder nicht, aber ich lebe nun seit zwei Jahren mit der Pestilenz in meinem Körper. Ihr wisst doch sicherlich, dass man der Übertragung des Blutes nach-sagt, dass der Empfänger die Eigenschaften des Gebers annimmt?«

Der Schreiber schüttelt ungläubig den Kopf.

»Daher das Sprichwort: fromm wie ein Lamm.«

Ägidius runzelte die Stirn. »Wenn man eine Lammblut-Transfusion durchführt.«

»Richtig. Was ich also benötige, ist das, was Ihr in Euch tragt.«

Der Schreiber rutschte hektisch auf dem Stuhl hin und her, soweit es seine Fesseln zuließen. »Ihr wollt mein Blut? Wie viel davon?«

Augustin lächelte überrascht. »Natürlich alles.«

Dann holte er eine Tasche hervor, auf der das Zeichen eines Mörsers mit Pistill gestickt war, öffnete sie und nahm einen seltsam anmutenden Schlauch heraus, der in der Mitte mit einer Klammer gequetscht war und an dessen Enden jeweils grob gefertigte silberne Kanülen befestigt waren.

Dann griff er einen Hocker, platzierte ihn vor dem Gefesselten und setzte sich darauf.

»Ich kann Euch versichern, dass mir der Einstich der Nadel mindestens ebenso wehtun wird wie Euch.«

Ägidius' Atem ging immer schneller, sein Gesicht wurde rot, seine Muskeln spannten sich. »Lasst mich gehen, ich flehe Euch an! Ich werde auch niemandem über Euch berichten, das schwöre ich beim Leben meiner Kinder!«

»Und wisst ihr was? Ich glaube Euch«, sprach Augustin, während er die Ellenbeuge des anderen nach einer geeigneten Einstichstelle abtastete. »Aber wer sollte denn an meiner statt die Leute zum Lachen und Trinken bewegen? Wer soll ihnen fortan – wie sagtet Ihr so schön – Hoffnung bringen?«

Mit diesen Worten stach der liebe Augustin die Nadel tief in die Ader des Schreibers, dem ein lauter Schrei entfuhr. Dann löste der Sänger die Klammer am Schlauch, bis am anderen Ende Blut aus der Kanüle spritzte, und setzte erneut die Klammer, womit der Blutfluss unterbunden war. Dann setzte er sich selbst scheinbar seelenruhig die Kanüle in die eigene Ader und löste die Klammer ein weiteres Mal.

»Ihr seid des Teufels«, sprach Ägidius mit seltsam leeren Augen. »Ihr ernährt euch von den Lebenden, nur damit Euer Dasein ein wenig länger dauert.«

Augustin nickte schuldbewusst.

»Dafür werdet Ihr in der Hölle schmoren, Herr Bänkelsänger.«

»Mag sein. Aber nicht am heutigen Tage.«

Die beiden Männer teilten ein Schweigen.

»Und nun?« Ägidius' Frage klang müde und schwer.

»Nun warten wir, bis Euer Blut das meine erfrischt. Habt keine Sorge, Ihr werdet einfach einschlafen, so wie gestern Nacht.«

»Werde ich wieder erwachen?«

»Das weiß der Herrgott allein.« Augustin überlegte kurz. »Aber nein, Ihr werdet nicht wieder erwachen.«

Der Schreiber senkte müde sein Haupt. »Mein Blut wird Euch nicht auf ewig erretten.«

Der Sänger seufzte. »Aber das weiß ich doch. In drei Monaten werde ich mir einen neuen edlen Spender suchen müssen. Ihr seid also weder der Erste, noch werdet Ihr der Letzte sein. Ihr seid einfach ein Glied in einer Kette, die ich immer wieder aufs Neue verlängere.«

Er streckte die linke Hand aus, hob dem Gefesselten einfühlsam den Kopf und lächelte ihn zuversichtlich an.

»Aber das alles ist kein Grund, Trübsal zu blasen. Ihr

wisst doch, wie der liebe Augustin immer singt: Lustig gelebt und lustig gestorben, heißt dem Teufel die Rechnung verdorben.«

V.

Das Duell

Wien, 1752

WIE EIN MEER aus unzähligen Diamanten glitzerte der Morgentau auf den Wiesen und Feldern, die sich rund um die große Stadt ausbreiteten und bis knapp vor die Stadtmauern reichten. Ein sanfter Wind ließ die Gräser rascheln, und die Wipfel der Bäume bedächtig hin und her wiegen.

So auch in dem kleinen Buchenwäldchen, das im Westen der großen Stadt lag. Die morgendliche Luft war angenehm kühl, Stare und Grünfinken kündeten mit ihrem Gezwitscher vom neuen Tag.

Plötzlich peitschte ein Schuss durch die Stille.

Ein Mann sackte tot zusammen, in den Augen den ungläubigen Blick der Erkenntnis.

Ein anderer Mann stand ihm gegenüber auf der anderen Seite der Lichtung, eine rauchende Pistole in der Hand.

»Ich gratuliere Euch!«, rief Tereza begeistert und klatschte euphorisch in die Hände. Ihre langen blonden Haare waren kunstvoll aufgesteckt und teilweise von einer kleinen Haube verdeckt, ihre Robe à la française, ein exquisites rotes Kleid nach neuester französischer Mode, verlieh ihr eine würdevolle Erscheinung.

Sie wandte sich von dem erfolgreichen Duellanten ab und einem dritten Mann zu.

»Nun ist es an Euch, Eure Ehrenhaftigkeit zu beweisen.«

s Monate zuvor.

»Das kommt überhaupt nicht infrage, Reschen!«

Karel fuchtelte wild mit den Händen, während er mit hochrotem Kopf auf und ab schritt. »Wie stellst du dir das überhaupt vor?«

Die junge Frau auf dem Stuhl lächelte mit einem sanften Augenaufschlag, den Rücken gerade, die Hände artig gefaltet am Schoß. »Eleonore ist die Großnichte meines Onkels, und als Gastgeberin des Balls wird sie fein auf mich Acht geben. Das hat sie mir in ihrem letzten Brief hoch und heilig versprochen.«

»Was soll ich überhaupt unter diesen protzigen Adeligen, die bestimmt nur im Angeben wetteifern? Unter diesen Leuten werden wir uns nicht wohlfühlen, Liebste.«

Tereza senkte verlegen den Blick, als könne sie damit abmildern, was sie zu sagen gedachte. »Ich weiß. Ich möchte ja auch allein hingehen.«

»A–«

Karel blieb stehen, sah mit offenem Mund und ungläubigen Augen auf seine Gemahlin herab. Er war noch kein Jahr mit ihr verheiratet. Früher wollte ihr Onkel – Terezas Vormund – einer Vermählung seiner siebzehnjährigen Nichte nicht zustimmen. Und doch hatte Karel sie in den letzten Monaten als untadelige, höfliche und auf die Etikette Wert legende Frau kennen und lieben gelernt, die in trauter Zweisamkeit ebenso leidenschaftlich wie wild sein konnte.

Nie hatte sie seit ihrer Trauung von ihm etwas erbeten oder verlangt, immer hatte sie sich mit dem begnügt, was sie vorfand. Aber die Bitte gerade eben ging einfach zu weit.

»Du wirst nicht fahren.« Er verschränkte die Arme und wandte seiner Gemahlin den Rücken zu. »Das ist mein letztes Wort!«

Das Rascheln des Seidenkleids verriet, dass Tereza aufstand. Zwei Schritte verrieten, dass sie an ihn herantrat.

»Ich werde dich nie wieder um etwas bitten, wenn du mir diesen einen Wunsch erfüllst.«

Der Hauch ihres Atems verursachte Karel wohlige Gänsehaut. Das Flüstern ihrer Worte entfachte sein Verlangen, sich mit ihr zu lieben. Jetzt und auf der Stelle.

Er seufzte. »Wie stellst du dir das überhaupt vor? Von Olmütz bis Wien dauert es gut zehn Tage, bis wir mit der Kutsche ankommen. Die ganzen Strapazen nur für einen Abend?«

»Wir können so lange bleiben, wie es uns gelüstet. Mein Onkel stellt uns bestimmt gern seinen Sommersitz in Lichtental zur Verfügung.«

Karel verlieh seiner anhaltenden Aversion mit einem tiefen Brummen Ausdruck. Tereza fasste ihn um die Hüften und drückte ihn an sich, presste ihr üppiges Dekolleté an seinen Rücken.

»Im Lichtentaler Brauhaus brauen sie ein starkes, dunkles Bier, wie bei den Bayern. Das mundet dir doch so gut.«

Karels Schweigen sprach Bände.

»Und ich werde am Ball mit Sicherheit nur mit Eleonore am Schnattern sein, immerhin haben wir uns das letzte Mal vor drei Jahren gesehen. Da würdest du dich doch nur langweilen.«

»Da hast du nicht ganz unrecht«, meinte Karel und knurrte mehr, als er sprach.

Geschmeidig wie eine Katze strich Tereza an ihrem Gemahl vorbei und stand nun vor ihm. Sie blickte ihm tief in seine dunkelbraunen Augen, in deren Abgründe sie sich vom ersten Tage an verliebt hatte, und ließ ihre Hand von seiner Hüfte in seinen Schritt gleiten.

»Immerhin ist in den letzten drei Jahren eine Menge passiert. Und ich wette, Eleonore ist ganz begierig darauf, alles bis ins kleinste Detail zu erfahren.«

Sie verfestigte ihren Griff. Karel stöhnte wohlig.

»Wenn es dir so viel bedeutet, dann … dann soll dein Wunsch eben in Erfüllung gehen, liebstes Reschen.«

Sie gab ihm einen Kuss auf den Mund. »Unmäßig, wie ich bin, hoffe ich jedoch, dass mein augenblicklicher Wunsch ebenso in Erfüllung geht.«

Sie raffte ihren Rock hoch und führte seine Hand darunter.

»Ihr gehorsamster Diener, gnä' Frau«, raunte Karel mit breitem Grinsen.

Der beißende Geruch nach verbranntem Schwarzpulver lag noch greifbar in der Luft. Die dichten Rauchschwaden verwandelten die kleine Lichtung im Buchenwäldchen in eine unwirkliche Szenerie, wie ein plötzlicher Nebel, durch den die Strahlen der Morgensonne wie ein Messer schnitten.

Ein Mann lag regungslos im Gras. Das linke Auge bläulich geschwollen, den Gehrock auf Höhe des Herzens kreisrund zerfetzt. Ein anderer stand ihm gegenüber, sechzig Schritte entfernt, die rechte Hand noch ausgestreckt, eine Pistole haltend. Hinter den beiden Kontrahenten standen, mit gebührendem Abstand, drei Diener. Neben ihnen verweilte ruhig der Sekundant, ein hagerer Mann, zu dessen Füßen drei hölzerne Kassetten lagen. Ein dritter Kontrahent wartete abseits, eine junge Dame in einem roten Kleid neben sich.

Die Herren, die allesamt Mitte dreißig sein mochten, waren mit knielangen Hosen und feinen Gehröcken bekleidet, unter denen sie Westen trugen, die mit kostbaren dekorativen Stoffen belegt waren. Ihre Haare hatten sie allesamt zu einem Pferdeschwanz gebunden, auf dem Kopf trugen sie dunkle Dreispitze.

Die Dame fasste den Kontrahenten neben sich sanft am Arm. »Wilhelm, gebt Acht auf Euch.«

Der Mann machte eine abwiegelnde Handbewegung. Sein schmieriges Grinsen zeugte gleichermaßen von Überheblichkeit wie Arroganz. »Keine Angst, teuerste Tereza, Eure Ehre wird mit dem Schuss aus meiner Pistole wiederhergestellt sein.«

»Wenn Euer Schuss so treffsicher ist wie Euer Charme, dann werdet Ihr bald Václav Gesellschaft leisten«, spottete der siegreiche Duellant, dessen gerötetes Gesicht ebenso aufgedunsen war wie sein Wanst.

Der Gescholtene seufzte gespielt theatralisch. »Philipp von Zinzendorf. Eure Vergleiche sind genauso schal wie Euer Sinn für Mode. Aber müht Euch nicht mit einer Entgegnung, sondern spart Euch Eure spärlichen Gedanken für Eure letzten Worte.«

Ein Diener lief zu Václav von Chotkow, der immer noch tot im Gras lag, packte ihn bei den Armen und zerrte ihn an den Rand der Lichtung, wo er neben ihm sitzen blieb.

Wilhelm schritt zum Sekundanten, der in vorauseilendem Gehorsam die oberste Kassette nahm, deren Deckel aufklappte und sie Wilhelm entgegenstreckte. Der begutachtete die Zwillingswaffen, zwei ident aussehende, einläufige Pistolen mit brüniertem Lauf und poliertem Schaft aus Edelholz. Zwischen den Feuerwaffen lag eine Vielzahl von Utensilien zum Laden und Reinigen, in Samt gebettet.

Philipp trat neben Wilhelm und reichte seine abgefeuerte Pistole seinem Diener, der wie er mehr dem Essen zuzusprechen schien, als gesund für ihn war. Dann überflog er mit raschen Blicken die Zwillingswaffen.

»Nehmt Euch die, von der Ihr Euch mehr Glück erhofft«,

meinte er in lapidarem Tonfall. »Wie ein jeder weiß, bevorzugt Ihr ohnedies, was dem Auge gefällig ist, denn was mit inneren Werten brilliert.«

»Mitnichten«, entgegnete Wilhelm, »ich überlasse Euch den Vortritt. Sonst bin ich es noch, der letzten Endes an Eurem Tode schuld ist, da ich die vermeintlich treffsicherere Waffe ausgewählt habe.«

»Die Waffen sind ident«, sprach der Sekundant mit überraschend zarter Stimme. »Auch wurden beide mit den gleichen Handgriffen geladen. Nicht einmal der Waffenschmied selbst, der die Pistolen gefertigt hat, würde einen Unterschied erkennen.«

Daraufhin griff sich Phillip jene Schusswaffe aus dem Etui, die näher bei ihm lag. Sie fühlte sich schwer und kalt an, und doch brachte sie sein Blut in Wallung.

»Ist es nicht bezeichnend«, meinte er, ohne sich seinem Kontrahenten zuzuwenden, »dass ich mich zweimal beweisen muss, und Ihr nur einmal?«

Wilhelm nahm sich die andere Pistole und zog lakonisch die Augenbraue hoch. »Mitnichten, mein Bester. Ihr wart, wie jeder von uns dreien, mit den Modalitäten der Auslosung einverstanden. Also hört auf, wie ein Waschweib zu klagen. Ihr mögt vielleicht nur den halben Geist von mir besitzen, aber dafür habt Ihr die doppelte Leibesfülle. Wollt Ihr auch darob jammern, dass Ihr ein leichter zu treffendes Ziel seid?«

»Eure Überheblichkeit wird Euer Verderben sein.«

»Euer Unvermögen, Eure Mitmenschen einzuschätzen, das Eure.«

Die beiden Duellanten teilten einen hasserfüllten Blick. Dann trennten sie sich und schritten auf die Mitte der Lichtung zu, wo sie sich Rücken an Rücken stellten, die Hand mit der Waffe an die Brust angewinkelt.

Tereza atmete tief durch. Gleich würde sich zeigen, ob ihr jene Satisfaktion widerfahren würde, der sie seit so langer Zeit entgegenfieberte …

Oder nicht.

Eine Woche zuvor.

»Tereza!«, rief Eleonore verzückt, als sie ihre Freundin mit gerafftem Rock die Treppen des prunkvollen Familienschlosses heruntereilen sah.

Die beiden Frauen stürzten aufeinander zu und umarmten sich in einem wilden Reigen.

»Bitte verzeih, dass ich dich gestern Nacht nicht persönlich empfangen habe«, sagte Eleonore schließlich. »Aber ich war so aufgeregt und habe mich, um mich zu beruhigen, wohl in der Menge des Laudanums vergriffen.«

»Ach, was redest du?«, meinte Tereza aufgekratzt. »Karel und ich waren ob unserer langen Reise hundemüde. Deine Dienerschaft hat uns vortrefflich willkommen geheißen, und um ehrlich zu sein, sind wir gleich darauf ins Bett gefallen und haben geschlafen, ohne, du weißt schon …«

Eleonore machte große Augen und stemmte die Hände auf ihren ausladenden Reifrock, der aus großmustrigen Seidenbrokaten gearbeitet war. »So kenn ich dich ja gar nicht! Sieh dich an, aus dir ist eine Frau geworden!«

Terezas Gesicht erstrahlte. »Karel gibt mir jeden Tag das Gefühl, etwas Besonderes zu sein, und so fühle ich mich auch besonders.«

Eleonore strich sich ihr schwarzes Haar zurecht. Dann hakte sie ihren Arm bei ihrer Freundin unter und begann mit ihr die kerzengerade Allee entlang zu flanieren, die den weitläufigen Garten in zwei symmetrische Teile schnitt, wobei der eine das Spiegelbild des anderen zu sein schien, und umgekehrt.

»Ich konnte es ja aus deinen Briefen herauslesen«, gestand die Gastgeberin, »und ich bin überglücklich, dass du endlich dein Glück gefunden hast.«

Tereza seufzte theatralisch. »Das habe ich in der Tat.«

»Keine Albträume mehr?«

Das Gesicht der anderen wurde für den Hauch eines Moments todernst, dann umspielte es wieder die Leichtigkeit der Wiedersehensfreude. »Meine Albträume sind so gut wie verschwunden. Und ich hoffe, dass ich sie nach deinem Ball nie wieder durchleben muss.«

Die beiden Freundinnen schlenderten entlang der exakt in Form geschnittenen Hecken, bis sie zu einem kleinen Pavillon kamen, der aus kunstvoll geschnitztem Holz gefertigt und schneeweiß gestrichen war. Darin setzten sie sich auf eine Bank und nahmen sich bei den Händen.

»Ich kann noch immer nicht glauben, dass du da bist, aber ich freue mich unbändig«, sagte Eleonore und meinte dies von ganzem Herzen.

»So geht es mir auch.«

»Wann stellst du mir deinen Gemahl vor?«

»Heute Abend. Karel wollte bereits frühmorgens seinen Geschäften nachgehen und ließ sich in die Innere Stadt kutschieren.«

Eleonore setzte ein herausforderndes Lächeln auf. »Tüchtig und ein guter Liebhaber. Wie mein Friederich. Wir sind wahrlich beide vom Glück gesegnet.« Plötzlich blickte sie betreten und fügte eilig hinzu: »Also, heute geht es uns so.«

»Keine Sorge. Ja, es ist gut um uns bestellt.«

Tereza zögerte. Dann holte sie aus dem Ärmel ihres Kleids ein kleines gefaltetes Stück Papier hervor und reichte es ihrer Freundin.

Die faltete es auf und las, was darauf mit schwarzer Tinte geschrieben stand.

»Wer sind diese Leute?«

»Ich möchte dich bitten, diese Herren ebenfalls zu deinem Ball einzuladen. Und zwar nachdrücklich.«

Eleonore runzelte die Stirn. »Warum –«

»Bitte tue es. Für mich.«

Die Gastgeberin zögerte.

»Es ist nur ...«, setzte Tereza nach, »damit meine Albträume tatsächlich für immer begraben bleiben.«

Eleonore zögerte für einen weiteren, schier endlos langen Moment. Dann nickte sie knapp, aber bestimmt.

»Auf mein Kommando wird jeder von Ihnen exakt dreißig Schritte machen, sich auf der Stelle umdrehen und auf seinen Herausforderer einen Schuss abfeuern.«

Der Sekundant sprach so laut und bestimmt, wie es ihm möglich war.

»Ob Sie sofort den Abzug betätigen oder länger zielen wollen, obliegt ganz Ihnen. Jeder Duellant hat ruhig auf seinem Platz zu verweilen, bis der andere die Möglichkeit zum Schuss ergriffen hat. Sollte keiner von Ihnen den anderen treffen, wird das Prozedere wiederholt. Sollte auch nach der dritten Konfrontation keiner den anderen getroffen haben, so haben Sie das Duell trotzdem als erfolgreiche Satisfaktion zu betrachten. Haben Sie die Regeln verstanden, meine Herren?«

»Jawoll!«, antworteten die beiden Männer beinahe unisono. Mit einem flüchtigen Blick versicherten sie sich dem Wohlwollen von Tereza, die es scheinbar mühelos schaffte, mit einem schmalen Lächeln beiden Herren gleichzeitig ihrer Gunst zu versichern. Derart moralisch unterstützt wandten sie die Köpfe geradeaus und konzentrierten sich auf die tödliche Herausforderung, die vor ihnen lag.

»Meine Herren!«, rief der Sekundant. »Los!«

Beide Männer setzten nun mit einer solchen Bestimmt-heit einen Fuß vor den anderen, als würde ihr Gang bereits ihr Schicksal besiegeln.

Tereza zählte angespannt in Gedanken mit.

Siebenundzwanzig. Achtundzwanzig. Neunundzwan-zig …

Dreißig.

Die Duellanten blieben stehen, verharrten für die Ewig-keit eines Herzschlags an Ort und Stelle. Dann drehten sie sich um die eigene Achse, hoben die Hand, die die Pistole führte, und –

Nichts.

Beide standen da, den anderen im Visier, und machten trotzdem keine Anstalten abzudrücken.

Tereza schoss ein schrecklicher Gedanke durch den Kopf: Was, wenn die beiden ihre Meinung änderten? Was, wenn sie sich besinnen würden auf das, was sie einst verbunden hatte, in jener grauenvollen Nacht?

Das Schnalzen eines Schusses und der sich explosionsartig verbreitende Rauch aus Wilhelms Pistole setzten jedoch ihrem Zweifeln ein jähes Ende. Alle Blicke richteten sich auf Philipp, der regungslos dastand, die Pistolenhand noch immer aus-gesteckt. Er runzelte die Stirn, sah an sich herab und schien überrascht festzustellen, dass er unverwundet geblieben war.

Augenblicklich besann er sich wieder seiner Aufgabe. Der Pulverdampf rund um seinen Kontrahenten hatte sich ver-zogen, die dunkle Gestalt hob sich klar und deutlich vom satten Grün des Waldes ab.

Philipp hob die Pistole einen Fingerbreit, kniff das linke Auge zu, atmete tief aus – und drückte ab. Funken stoben aus der Mündung der Waffe, gefolgt von beißendem Pul-verdampf.

Wilhelm zuckte zusammen, schien getroffen. Doch auch er nahm augenblicklich wieder stramme Haltung an, strich mit seiner linken Hand prüfend über seinen Gehrock, der unversehrt geblieben war.

»Auf eine Wiederholung, meine Herren!«, rief der Sekundant und warf Tereza einen unschlüssigen Blick zu. Doch ihr schien jede Gefühlsregung fremd.

Zwei Tage zuvor.

»Das Mahl war unbeschreiblich.«

Karel tupfte sich den Mund mit einem weißen Tuch ab und lehnte sich im Stuhl zurück. »Einfach formidabel! Und ich hoffe, Eure Gastfreundschaft irgendwann erwidern zu dürfen, auch wenn es mir schwerfällt, im Augenblick an Essen überhaupt nur zu denken.«

Auf der Tafel, an der er, Tereza, Eleonore und Friederich, ihr Gemahl, dinierten, türmten sich die Köstlichkeiten aus den habsburgischen Ländereien. Zur Vorspeise gab es klare Suppen sowie Kapaunbrühe mit Gewürzen. Danach wurden Austern auf venezianische Art und gegrillte Schnecken gereicht. Es folgten gewickelte Krebsgermnudeln, Karpfen in schwarzer Brühe, Fasan nach Art von Halbthurn, gebratene Krammetsvögel, Schweinsragout mit Äpfeln und Rosinen sowie gefüllte Tauben. Als Spezialität pries Friedrich auf französische Art zubereitete Schildkröte an, die Tereza jedoch nur zaghaft gekostet hatte. Und als süßer Abschluss wurden schließlich karamellisierte Äpfel sowie »Wespennester« kredenzt.

Karel war jedoch nicht der Einzige an der Tafel, der weit mehr gegessen hatte, als es ihm zuträglich gewesen war. Eleonore und Tereza kämpften ob ihrer Korsetts mit

Kurzatmigkeit, und Friederich knöpfte sich stöhnend seine Weste auf, um seinem stattlichen Bauch mehr Raum zu gewähren.

»Was meinst du, Karel«, sagte er schließlich, »wollen wir uns in den Rauchsalon zurückziehen, um uns bei einer kubanischen Zigarre über die Sinnhaftigkeit der Errichtung des Keuschheitsgerichts zu ereifern?«

»Mit dem allergrößten Vergnügen«, entgegnete Terezas Gemahl. Die beiden Herren erhoben sich und deuteten eine knappe Verbeugung an.

»Ihr entschuldigt uns«, sprach Friederich und verließ mit Karel das Tafelzimmer.

Eleonore sah Tereza launig an. »Und wohin wollen wir uns rollen?«

»In ein Land, wo die Frauen kein Korsett tragen müssen«, gab diese zurück.

»Bei den Hottentotten sollen ja alle nackt herumlaufen.« Tereza kicherte. »Die Glücklichen.«

Die beiden Freundinnen teilten ein Lachen.

»Wegen der drei Männer, die ich einladen sollte …«, sprach Eleonore leise. »Du hast Glück, alle drei verweilen in Wien.«

Tereza schmunzelte knapp, versuchte, ihre Anspannung zu unterdrücken. »Werden sie denn zum Ball kommen?«

»Niemand in der Kaiserstadt würde es wagen, eine Einladung von Friederich von Lamberg auszuschlagen.« Eleonore beugte sich nah an Tereza und fuhr noch leiser fort. »Was hast du mit den drei Herren vor? Und was wirst du Karel sagen?«

Tereza hielt einen Augenblick lang die Luft an, sah ihrer Freundin tief in die Augen. »Es gibt da etwas, für das die drei geradezustehen haben. Ich plane dies, ach, seitdem ich denken kann. Und nichts und niemand wird mich davon abhalten, meinen Plan in die Tat umzusetzen. Auch nicht mein Karel.«

»Meinst du nicht, es wäre klüger, ihn einzuweihen?«

Tereza schüttelte stur den Kopf.

Eleonore nahm ihre Hand. »Wirst du etwas Ungesetzliches begehen?«

Tereza lächelte verstohlen. »Ich nicht, meine Liebe, glaube mir, ich nicht. Aber alle anderen schon.«

Der Sekundant nahm eine stramme Haltung an. »Meine Herren! Los!«

Philipp und Wilhelm gingen Schritt für Schritt auseinander, so wie sie es eben schon getan hatten.

Erneut zählte Tereza angespannt in Gedanken mit.

Achtundzwanzig. Neunundzwanzig. Dreißig.

Beide Männer blieben stehen.

Wieder verharrten sie an Ort und Stelle. Wieder drehten sie sich um die eigene Achse, hoben die jeweilige Hand, die die Pistole führte.

Ein Schuss.

Ein zweiter.

Tereza kniff die Augen zusammen, schnellte mit dem Kopf zwischen beiden Männern hin und her, die regungslos im Pulverdampf verharrten. Hatte einer der beiden getroffen? Waren beide getroffen?

Dann knickte Wilhelm ein.

Elf Stunden zuvor.

Der Ball war prunkvoller als jedes andere Gesellschaftsereignis, an dem Tereza je teilgenommen hatte. In den einzelnen Räumlichkeiten spielten Musiker auf, überall standen kleine

Tischchen mit erlesenen kulinarischen Köstlichkeiten darauf, und der Champagner wurde von den Dienern schneller nachgefüllt, als die Gäste ihn trinken konnten.

Als Tereza vierzehn Jahre alt war, hatte sie ihren Onkel zum ersten Mal zu einem Empfang begleitet. Und weil sie sich artig benahm, höflich Knickse machte und anmutig lächelte, hatte sie ihr Onkel seither immer wieder gerne mitgenommen, da er erkannte, dass das Wohlwollen, das man seiner Nichte entgegenbrachte, auch auf ihn übersprang. Und dies war gut fürs Geschäft.

Auch Karel hatte sie bei mehreren Terminen beruflicher Natur begleiten dürfen, und auch hier war ihr gewinnendes Wesen Karels Geschäften äußerst gedeihlich gewesen.

Aber an diesem Abend hatte sich Tereza nicht für ihren Onkel schön gemacht, und auch nicht für ihren Gemahl. An diesem Abend war sie in eigener Sache unterwegs. Gekleidet in eine rote Robe à la française und mit kunstvoll aufgestecktem blondem Haar war sie nicht einfach ein Gast, sie war eine Erscheinung. Und als sie einen Mann entdeckte, dessen Hochnäsigkeit nur von seiner Eitelkeit übertrumpft wurde, wusste sie, dass das Spiel begonnen hatte.

Wilhelm von Knecht.

Philipp von Zinzendorf.

Václav von Chotkow.

Nach und nach hatte sie neben dem ersten auch die beiden anderen Herren erspäht und unentdeckt beobachtet, wie bewusst sich die drei Herren aus dem Weg gingen. Anscheinend hatte ihre gemeinsam begangene Untat nicht das Zeug dazu, die Freundschaft zwischen den Männern zu erhalten. Ein Umstand, der ihr in den kommenden Stunden in die Hände spielen könnte, hoffte Tereza und drängte sich an den vielen anderen geladenen Gästen vorbei.

»Um Himmels willen, verzeiht!«, brach es aus Tereza hervor, als sie mit Wilhelm zusammenstieß und er den Champagner über seinen Gehrock schüttete.

»Mitnichten«, entgegnete dieser, während er Tereza von oben bis unten mit Blicken bemaß und ein haifischgleiches Grinsen sein Gesicht in Besitz nahm. »Ihr habt es wohl sehr eilig, von hier wegzukommen?«

»Keineswegs. Jedoch fühle ich mich gar unwohl, weil mich der Herr dort hinten bedrängt.«

Terezas Kopf wandte sich Richtung Philipp. Doch aus den Augenwinkeln beobachtete sie, ob Wilhelm ihrem Blick folgte. Er tat es.

»Hat er Euch beleidigt?«

»Ach, Ihr wisst vielleicht, wie das ist. Nicht jedermanns Worte sind seine schärfste Klinge.«

»Und auch nicht jedermanns Aussehen«, setzte Wilhelm nach und spielte damit auf Philipps stattlichen Ranzen an. »So gewährt mir einen gemeinsamen Tanz, auf dass ich Euch auf andere, wohligere Gedanken bringen möge.«

Tereza willigte erfreut ein, auch wenn jede Faser in ihrem Körper förmlich danach schrie, diesen Mann auf der Stelle eigenhändig zu erwürgen.

Nach dem Tanz zog sie sich mit einem verführerisch scheuen Augenaufschlag zurück und verschwand unter den anderen Gästen. Hätte man sie beobachtet, so würde man meinen, sie suchte Zerstreuung mit anderen Damen – ein Lächeln hier, ein Kompliment dort –, doch insgeheim hielt sie einem Raubtier gleich nur Ausschau nach ihrem nächsten Kontrahenten, und wenn sie ihn entdeckt hatte, zogen sich ihre Kreise immer enger um ihn herum, bis sie schließlich auf ihn stieß – welch köstliche Zufälle doch das Leben für einen bereithielt …

So machte Tereza nach und nach die Bekanntschaft der

drei Herren, streute bei jedem von ihnen ein Quäntchen Argwohn gegenüber den vermeintlich fremden anderen beiden, spielte mit der von ihr erwarteten Hilflosigkeit und weckte gleichzeitig deren Begierden, um schließlich alle drei in einem Raum versammelt zu haben.

Tereza stand nun buchstäblich inmitten des Geschehens und schürte immer, wenn die Flammen der Empörung oder der gegenseitigen Beleidigung auszugehen drohten, geschickt das Feuer erneut an.

»So seht mich an, Ihr Herren«, sprach sie mit dünner Stimme. »Hier stehe ich vor Ihnen, voll der Scham. Ich wage es kaum auszusprechen, aber meine Ehre ist beschädigt. So gerne ich den Abend mit einem jeden von Euch auf besondere Weise ausklingen lassen würde, so sehr hindert mich meine keusche Erziehung, dies zu tun. Denn eine Frau ohne Ehre ist minder als eine Dirne.«

»Ich würde Eure Ehre sofort wiederherstellen«, verkündete Philipp lautstark. »Sagt mir einfach, was ich zu tun habe!«

»Wer keinen Funken Ehre im Leib besitzt, der vermag auch nicht, die eines anderen wiederherzustellen«, spottete Václav.

Philipp machte einen Schritt auf den anderen zu. »Das nehmt Ihr augenblicklich zurück!«

»Den Teufel gedenke ich zu tun!«

Die beiden Männer starrten sich an. Schließlich zog Philipp einen seiner weißen Handschuhe hervor, die er stilsicher in seinen Gürtel geklemmt hatte, und schlug damit Václav ins Gesicht.

Tereza erschrak und machte einen Schritt zurück, wo sie auf Wilhelm stieß, der das Schauspiel sichtlich genoss.

»Um Gottes willen, was mag denn nun geschehen?«, stammelte sie.

»Nun, die Ehre gebietet, dass man sich mit dem anderen misst.«

»Wie … meint Ihr das?«

»Im Duell, meine Liebe. Im Duell misst sich der Ehrenmann.«

»Tatsächlich?«, fragte Tereza erstaunt, senkte das Haupt und wusste doch die Blicke der drei Herren auf sich gerichtet. »Wer so etwas ob meiner Ehre wagt, wer sein Leben für ein ungeschicktes Frauenzimmer wie mich einsetzt … nun, diesem Herrn mag ich mit Haut und Haar ergeben sein.«

Sie ergriff Wilhelms Arm, blickte mit gesenktem Kopf zu ihm hinauf. »Aber das scheint Euch nicht zu kümmern, habe ich recht?«

Václavs Gesicht nahm höhnische Züge an. »Ehre hat dem da noch nie etwas bedeutet. Solange er sein armseliges Aussehen als makellos betrachtet, ist für ihn die Welt in bester Ordnung.«

Wilhelm machte einen Schritt nach vorn und schlug Václav mit der Faust ins Gesicht. Der wollte sofort zur Gegenwehr ansetzen, aber Tereza drängte sich dazwischen.

»Meine Herren, ich bitte Euch! So spart Eure Kräfte, auf dass ich mich dem Sieger dankbar erweisen kann.«

Václav zog seinen dunklen Gehrock zurecht und tupfte sich das Blut, das ihm aus der Nase lief, mit einem seidenen Taschentuch ab.

»Morgen bei Tagesanbruch im Buchenwäldchen. Ich werde einen Sekundanten hinbeordern. Nehmt einen Diener mit, auf dass man Euren leblosen Leib von der Lichtung schleifen möge. Und Euch, liebreizende Mademoiselle, werde ich gerne für mich gewinnen.«

Václav wollte gerade gehen, da hielt ihn Wilhelm am Arm fest, zog ihn an sich heran. »Hört zu: Nach all den Jahren soll unsere Bekanntschaft nun so enden? Seid ihr Euch dessen gewiss?«

Der andere schien sich zu besinnen.

»Außerdem«, setzte Wilhelm nach, »Ihr wisst selbst, was die Konsequenz eines Duells ist, sollte man von der Rumorwache gestellt werden. Die sind schon bei Raufhändel nicht zimperlich, und denen ist es auch einerlei, ob man Adeliger oder ein Haderlump ist.«

Václavs Besinnung schlug in ein süffisantes Grinsen um. »Furcht ist ein schlechter Lehrmeister fürs Leben, mein Bester, denn so bleibt einem Großes verwehrt.« Er löste sich von seinem Kontrahenten. »Oder gar die Liebe. Aber wer weiß – womöglich gelüstet es Euch gar nicht nach der Hingabe einer holden Maid. Womöglich seid Ihr ein Freund der Knabenliebe?«

Wilhelm gab dem anderen einen Stoß. »Wir hätten das schon vor einer ganzen Weile aus der Welt schaffen sollen! Nun ist die Zeit gekommen.«

»Ganz recht.« Václavs straffte seinen Frack. »Kommt und sterbt als Ehrenmann, oder bleibt ehrlos fern. Hier wird man sehen, wie sich die Spreu vom Weizen trennt.«

Mit diesen Worten verschwand der Mann in der Menge der Gäste, die dem Schauspiel nicht viel Aufmerksamkeit geschenkt hatten.

»Ihr werdet unserem Duell doch beiwohnen?«, fragte Wilhelm und wandte sich Tereza zu. »Da das Buchenwäldchen der beliebteste Ort für die Austragung von Ehrenhändel unter Herren ist, wird es Euer Kutscher gewiss nicht verfehlen.«

Tereza raffte ihren Rock und machte artig einen Knicks. »Um nichts auf der Welt würde ich es missen wollen. Ich bin schon ganz aufgeregt.« Sie nahm Wilhelms Hand und drückte sie auf ihre Brust. »Spürt Ihr, wie mein Herz rast?«

»Das tue ich«, meinte der andere, ein wenig überrascht ob der unschicklichen Geste.

»Beim morgigen Tagesanbruch im Buchenwäldchen, also«, bekräftigte Tereza und maß der offensichtlichen Eifersucht Philipps, dass es nicht seine Hand war, die da über ihrem Herzen ruhte, scheinbar keine Bedeutung zu. Dann machte sie einen schnellen Schritt zurück, vermeintlich selbst über ihr eigenes Handeln überrascht.

»Gehaben Sie sich wohl, meine Herren.«

Wilhelm und Philipp deuteten eine Verbeugung an, tauschten einen hasserfüllten Blick und stoben dann in zwei unterschiedlichen Richtungen auseinander.

Auf Terezas Gesicht machte sich ein zufriedenes Lächeln breit.

Eleonore trat zu ihr. »Reschen, was hast du da gerade getan?«

»Nichts, was mir Albträume bereiten könnte.«

»Was wird Karel sagen, wenn er in der Nacht wiederkehrt?«

»Darüber mache ich mir keine Gedanken. Die Frage wird sein, was er von mir denken wird, wenn das alles vorbei ist.«

Mit diesen Worten ließ Tereza ihre Freundin allein zurück.

Ein Schuss.

Ein zweiter.

Tereza kniff die Augen zusammen. Hatte einer der beiden getroffen? Waren beide getroffen?

Dann knickte Wilhelm ein. Er drehte Tereza den Kopf zu und lächelte verhalten.

Auf der anderen Seite der Lichtung verzog Philipp schmerzerfüllt das Gesicht. Dann spuckte er Blut, brach zusammen und blieb regungslos liegen. Sein Diener eilte zu ihm, rüttelte ihn. Keine Regung. Seine kummervolle Miene verkündete schließlich, was alle Anwesenden bereits erahnten. Philipp von Zinzendorf war ebenfalls tot.

»Ihr seid unverletzt?« Tereza hob die Hände zum Mund, als würde sie sich freuen.

Wilhelm nahm eine stramme, stolze Haltung an. »Das bin ich, meine liebreizende Mademoiselle.«

Die Angebetete schien verunsichert, blickte um sich, als hielte sie nach etwas Ausschau.

Der Sieger kam unbeirrten Schrittes auf sie zu. »Ich habe Eure Ehre wiederhergestellt, wie ich es versprochen hatte. Darf ich davon ausgehen, dass Ihr nun Euer Wort halten werdet?«

Galant streckte er seine Hand aus. Tereza zögerte, dann ergriff sie das Angebot.

»Oh, ich stehe zu meinem Wort.«

Wilhelm lächelte, streckte den Kopf in Erwartung eines Kusses.

»So wie es scheint«, raunte Tereza, »wisst Ihr noch immer nicht, wer ich bin.«

Der Mann stutzte. »Nun, Ihr seid eine Freundin von Friederich von Lambergs Gemahlin. Tereza …«

Sie machte einen Schritt zurück. Ihr Körper spannte sich an, ihr Blick wurde eiskalt. »Ich bin Tereza Černá, Tochter von Venceslav und Laska.«

Wilhelm machte ein verständnisloses Gesicht. »Und warum in Gottes Namen soll mir das etwas sagen?«

Ein bitteres Lächeln umspielte Terezas Mund. »Wart nicht Ihr es, der vor zehn Jahren mit den anderen beiden Herren eines Nachts Rast in einem Gutshof in Böhmen gemacht hat?«

»Gut möglich«, entgegnete der andere, nicht bemüht, seine Unsicherheit zu überspielen. »Ich war schon in vieler Herren Länder. Und vor zehn Jahren auch mit Philipp von Zinzendorf und Václav von Chotkow.«

»Ach, dann war es also Usus, dass Ihr die Gastfreundschaft anderer ausgenutzt habt? Dass ihr so viel gesoffen
habt, dass Ihr kaum mehr zu stehen vermochtet? Und dass
Ihr, während ein siebenjähriges Mädchen geschickt wurde,
um aus dem Brunnen Wasser zu holen, wild um Euch
geschlagen habt, das Mobiliar zertrümmert und schließlich nur zum Gaudium Brand gelegt habt?«

»Ich –« Wilhelm wusste augenscheinlich nicht, wie ihm
widerfuhr.

Trotzig wischte sich Tereza die Tränen von den Wangen.
»Dass Ihr daraufhin meinen Vater an der Eiche vor dem
Haus am Halse aufgezogen habt, bis ihn der Tod ereilte,
und Euch danach an meiner Mutter vergangen habt, dass
sie drei Tage später verstarb?«

»Ich … weiß so gut wie nichts mehr von jener Nacht«,
stammelte Wilhelm. »Das müsst Ihr mir glauben …«

»Wenn mein Onkel nicht so großherzig gewesen wäre,
dann –«

Tereza brach ab. Ihre Atmung ging stockend, ihre
Hände verkrampften sich zu Krallen. Wenn sie gekonnt
hätte, hätte sie wohl den Mann angesprungen, um ihm
bei lebendigem Leibe das Herz herauszureißen, es trium-
phierend gen Himmel zu recken und so aller Welt zu zeigen, dass sie erreicht hatte, was sie sich vor so vielen Jahren geschworen hatte.

Aber die Zeiten ändern sich, und mit ihnen der Blick
auf Geschehenes.

Wilhelm hingegen schien sich wieder zu fangen. »Nun,
das ist fürwahr eine schlimme Geschichte, die Ihr da zu
berichten wisst. Aber wer soll Euch Glauben schenken, nach
all den Jahren? Abgrundtief sitzt nach wie vor mein Groll
darüber, wie Václav und Philipp einst versuchten, mich zu
übervorteilen. Aber sie haben bekommen, was sie verdien-

ten.« Sein Blick bohrte sich in Tereza. »Die Frage ist, ob ich nun ebenfalls bekomme, was ich verdiene?«

Tereza war fassungslos. »Nach all dem, was geschehen ist?«

Wilhelm schien nicht zu verstehen, was das eine mit dem anderen zu tun hatte.

Aus den Augenwinkeln nahm Tereza eine Bewegung wahr. Mit einem Mal fielen all ihr Hass und all ihre Verachtung von ihr ab. »Nun, mein Herr, auch ich bin jemand, die hält, was sie verspricht. Und ja, Ihr sollt bekommen, was Ihr verdient.«

Ein breites Lächeln machte sich auf Wilhelms rundlichem Gesicht breit. Doch nur, um einen Augenblick später zu erstarren.

»Im Namen Seiner Majestät, Sie sind verhaftet!« Die markante Stimme eines Hauptmanns der Rumorwache schallte über die Lichtung. Vier weitere Wachmänner näherten sich mit gezückten Säbeln.

»Was soll das bedeuten?«, gab sich Wilhelm erbost.

»Laut jüngstem kaiserlichem Patent ist die Austragung von Ehrenhändel per Todesurteil verboten«, konstatierte der Hauptmann. »Zudem soll der Verurteilte auf der Richtstätte verscharrt werden.«

Wilhelm wurde blass. »Habt Ihr eine Ahnung, wen Ihr vor Euch habt?«

»Einen Edelmann, gewiss, aber es sind eben nur die Edelmänner, die meinen, sich duellieren zu müssen. Ihr seid also in guter Gesellschaft.« Er gab seinen Männern einen Wink. »Den da – in Eisen abführen!«

Während Wilhelm Ketten angelegt wurden, wandte sich dieser Tereza zu, die sich ein zufriedenes Lächeln nicht verkneifen wollte. »Ihr habt das geplant, listig wie eine Schlange. Ihr habt mich vorgeführt!«

Doch die zeigte sich ungerührt. »Ich danke Euch, Herr Hauptmann, für Euer besonnenes Einschreiten. Eine schwache Weibsperson wie ich hätte sich wohl kaum der Gewalt eines solch groben Herren zu widersetzen vermocht.«

Der Hauptmann verbeugte sich. »Zu Ihren Diensten, meine Dame.«

Ohne weitere Widerrede wurde Wilhelm von der Lichtung abgeführt. Die drei Diener und der Sekundant schienen erst unschlüssig, was sie zu tun hatten. Dann gingen sie einfach ihrer Wege, als wäre nichts geschehen.

Als sie allein auf der Lichtung stand, die beiden Toten am Waldrand sah und den dritten Mann seiner gerechten, endgültigen Strafe zugeführt wusste, war Tereza mit einem Male, als würde ihr eine unendlich schwere Last von den Schultern genommen. Sie atmete tief die kühle Morgenluft ein und war überzeugt, dass nun auch ihre Albträume ein Ende haben würden.

Schließlich verließ sie die Lichtung, bahnte sich ihren Weg durch das kleine Buchenwäldchen und traf auf einen Weg, der der aufgehenden Sonne folgend nach Lichtental führte. Unweit von ihr stand eine elegante dunkle Kutsche.

»Geht es dir gut, Reschen?«

Karel, der im Inneren der Kutsche wartete, machte ein besorgtes Gesicht.

»Ja, Liebster. Es geht mir so gut wie schon lange nicht mehr«, antwortete Tereza ehrlich und stieg zu ihm.

»Sechs Schüsse habe ich vernommen.«

Sie zuckte unschlüssig mit den Schultern.

»Willst du mir irgendwann erzählen, was sich heute Nacht zugetragen hat? Das, worauf du schon so lange gewartet hast?«

Tereza fühlte sich ertappt, doch Karel lächelte sanft. »Ich bin vielleicht ein Mann, aber ich bin kein Narr.«

Sie küsste ihn auf den Mund. »Das weiß ich. Und ja, das werde ich, mein Liebster, das werde ich.«

Tereza gab dem Kutscher ein Zeichen, und gemeinsam mit ihrem Gemahl ließ sie sich dorthin fahren, wo das Leben sie erwartete.

VI.

Der Fluss und das Mädchen

Wien 1832

GRÜN WIE EIN SMARAGD wand sich der Strom durch die Landschaft, durchschnitt Wälder und Täler, Wiesen und Gebirge. Einst war er zwei kleinen Quellen entsprungen, die die Menschen, die dort lebten, Brigonā und Brigach nannten. Diese beiden Bäche hatten sich vereint und strebten fortan als ein Strom der Morgensonne entgegen, um schließlich in ein Meer zu münden. Auf seinem Weg durch den Kontinent durchschnitt der Fluss auch das Kaisertum Österreich, dessen Einwohner sich sein reines Wasser mit Mühlen und Zillen zunutze machen wussten.

Erst vor Kurzem war der letzte Schnee geschmolzen, und so schwoll der Strom an und trat teilweise über die Ufer. Doch das störte das Mädchen nicht, das an dessen Gestade spielte, im Gegenteil – immer wieder legte es Stücke einer Baumrinde auf die Wasseroberfläche und beobachtete voller Freude, wie die Wellen es hinforttrugen und dabei ein Geräusch machten, als würden tausend Stimmen flüstern.

Albine, wie das Mädchen von seiner Mutter gerufen wurde, hatte ihr rotes Haar zu einem Zopf geflochten, der ihr bis unter die Schulterblätter fiel. Ihre unzähligen Sommersprossen tanzten ihr lebhaft im Gesicht, ihr Kleid aus dunkelbraunem Webstoff trug sie stolz, denn vor ihr hatte es noch kein anderes Kind getragen, und somit war es weder zerschlissen noch ausgefranst.

Nachdem wieder ein Stück Rinde vom Strom mitgenommen worden war, zog Albine ihr Kleid bis über die Knie, hockte sich ans Ufer und trank gierig eine Handvoll Wasser nach der anderen.

So ist es recht. Stille deinen Durst, mein Kind.

Die Stimme einer Frau.

Überrascht blickte Albine um sich. Wer hatte gesprochen, so zart flüsternd und doch so vernehmbar?

Hab keine Angst, mein Kind.

Doch genau das Gegenteil trat ein. Albine wurde immer mulmiger zumute. Sie war unsicher, ob sie nicht besser in den Schutz der Bäume des k. k. Augartens laufen sollte.

Ich werde dir kein Leid zufügen.

Das Mädchen verharrte.

Wie ist dein Name?

»Ich ... heiße Albine.«

Albine, was für ein lieblicher Name. Weißt du denn, was er bedeutet?

Keine Antwort.

Albine bedeutet »die Reine«.

»Ich gebe ja auch stets Acht, dass mein Kleidchen nicht schmutzig wird!«, erwiderte das Mädchen ein wenig trotzig und fügte dann kaum hörbar hinzu: »Und ... wer bist du?«

Ich bin die, die dich schon seit jenem Sommer kennt, als du das erste Mal zu mir kamst und an meinem Ufer gespielt hast. Seither habe ich dich begleitet, vom Frühjahr bis in den Herbst hinein, habe gesehen, wie du gewachsen, und bewundert, wie hübsch du geworden bist. Selbst wenn du an Wintertagen zu mir kamst, war ich bei dir. Und nun ist die Zeit gekommen.

»Wo... wofür?«

Nun bist du alt genug, damit ich deine Hilfe erbeten kann.

»Meine Hilfe? Aber ... Wo bist du?«

Ich bin direkt vor dir, mein Kind.

Albine übersah den Flusslauf des Donauarms, der das Gebiet vor ihr in viele größere und kleinere Inseln zerteilte, schaute gegen und mit dem Strom –, aber es war keine Menschenseele auszumachen. Nicht einmal Fischer waren zu sehen. Schließlich senkte das Mädchen den Blick. Ein Windstoß kam und fegte das Wasser glatt. Und unter der grünlich schimmernden Oberfläche erkannte sie mit einem Male das Gesicht einer Frau, fein geschnitten und mit einem Lächeln so voller Güte, wie es nur eine Mutter ihrem Kind gegenüber zustande zu bringen vermochte. Ihr langes blondes Haar wogte im Wasser so sanft wie Seegras.

Albine zog die Brauen zusammen. »Bist du ... tot?«

In gewisser Weise bin ich das, sprach die Frau, ohne die Lippen zu bewegen. *Und in gewisser Weise bin ich es nicht. Wenn du mir dein Ohr leihst, dann möchte ich dir gern erzählen, was mir widerfahren ist.*

Das Mädchen zögerte einen Augenblick lang. Dann setzte es sich auf einen großen Stein am Ufer, stützte das Kinn auf die Hände und sah neugierig ins Wasser.

Einst lebte ich hier, in der Vorstadt, unweit der Schlagbrücke. Ich glaube, dass auch du von dort stammst?

Albine nickte.

Ich hatte eine Tochter, Pauline war ihr Name. Wie du kam sie immer hierher, um zu spielen. Sie war so ein lebensfrohes und arbeitsames Mädchen. Dann passierte es: Eines Abends kehrte sie nicht mehr in unser Haus zurück. Ich lief los, um sie zu suchen, aber je länger ich suchte, umso gewisser wurde ich, dass ihr etwas Schreckliches zugestoßen sein musste. Schließlich fand ich sie, hier am Ufer.

Die Frau im Fluss machte eine lange Pause. Ihr gütiges Lächeln verschwand, ihr Blick wurde schmerzerfüllt.

Mein Paulinchen lag im Gras, leblos und voller Schmutz, wie ein zerschlissener und schmutziger Kittel, dessen man überdrüssig geworden war. Irgendjemand hatte sich an ihr vergangen und ihr dann das Genick gebrochen.

Albines Blick wurde traurig. Ihr schien, als würden der Frau im Fluss Tränen über die Wangen laufen.

Ich hatte sie aufgehoben und so fest an mich gedrückt, wie ich konnte. Ich betete inniglich zum lieben Herrgott, doch mein Leben zu nehmen und es ihr zu schenken. Die ganze Nacht lang kniete ich am Ufer, betete, hoffte, verzweifelte. Aber vergeblich. Weder offenbarte Er sich mir, noch sendete mir der Herr ein Zeichen, dass Er mir helfen würde. Und als der Morgen graute, wusste ich, dass es kein Entrinnen gab. Also flehte ich Dana an, die alte keltische Göttin dieses Flusses, auf dass sie gut Acht auf mein kleines Paulinchen geben möge, ließ sie in die Fluten gleiten und vom Strom davontragen. Danach füllte ich mein Kleid mit Steinen und stieg in die Fluten, die mich und meine Trauer umschlossen und erlösen sollten. Doch es kam anders. Der Herrgott schwieg beharrlich, aber Dana hatte mein Flehen erhört. Und so gewährte sie mir den einen Wunsch, der meine Trauer die ganze Nacht über begleitet hatte – mich an dem zu rächen, der Pauline so schändlich zugerichtet hatte.

»Das kann ich verstehen«, flüsterte Albine. »Wie hast du dich gerächt?«

Noch gar nicht, mein Kind. Ich bin an den Strom gebunden, nur durch ihn kann ich walten. Wann immer das Wasser seither über die Ufer getreten war, hatte ich Ausschau nach dem Unhold gehalten, aber vergebens. Selbst als ich vorletztes Frühjahr die Leopoldstadt erreichen konnte, so

hatten sich doch alle Bewohner zuvor in Sicherheit brin-
gen können.

»Ich erinnere mich daran«, meinte Albine. »Das Hochwasser hat viele unserer Vorräte weggespült, sogar so manche Hütte.«

Das tut mir ehrlich leid. Aber bevor ich Dana das nächste
Mal bitte, nächtens über die Ufer zu treten, um den einen
oder anderen vielleicht im Schlaf zu überraschen, erbitte
ich nun deine Hilfe.

Albine zögerte. Sie wog ab, ob es redlich war, der Frau
im Fluss zu helfen, denn immerhin würde das wohl bedeuten, dass sie gegen jemanden aus ihrem Städtchen handeln
müsste. Was, wenn es jemand war, den sie mochte? Andererseits hätte dieser jemand die Tochter der Frau im Fluss
auf dem Gewissen und konnte daher kein redlicher Mensch
sein. Und natürlich wollte das Mädchen auch nicht, dass
die Leopoldstadt mitten in der Nacht von dem Strom weggespült wurde.

Schließlich nickte Albine. »Ich will dir helfen.«

Diese Worte zauberten der Frau im Fluss wieder ein
Lächeln ins Gesicht.

Ich danke dir, mein Kind. Denn erst wenn ich meine Rache
genommen habe, werde ich mit Pauline wieder vereint sein
können.

Albine nickte abermals. Nun war sie vollends überzeugt,
das Richtige zu tun.

Dana hat mir zugetragen, dass der Mann, der damals das
Unsagbare getan hat, noch sehr jung gewesen war. Aber mitt-
lerweile dürfte er zumindest so alt sein wie dein Vater. Und
er hatte eine Besonderheit – Narben, die sein Gesäß zier-
ten, eine Vielzahl davon. Nach solch einem Mann musst du
Ausschau halten.

Das Mädchen verstand nicht.

Vielleicht war der Vater des Mannes anders als der deine. Vielleicht war er mürrisch und brutal und hat ihn als Jungen geschlagen. Daher könnten die Narben stammen.

»Ich werde mein Bestes versuchen«, sagte das Mädchen und meinte es so.

Das weiß ich. Und ich verspreche dir, dass du dafür bei mir einen Wunsch freihaben wirst.

»Ich danke dir. Aber ich möchte nur, dass du deine Tochter wiedersiehst.«

Erneut lächelte die Frau im Fluss ihr bezauberndes Lächeln. Dann wirbelte ein Windstoß das Wasser auf und sie verschwand im Grün des Flusses.

Albine atmete tief durch. War das wirklich alles geschehen? Hatte sie tatsächlich einer Frau, die im Fluss lebte, ihre Hilfe zugesagt?

»Da bist du also!«, schallte es vom Ufer her.

Albine fuhr erschrocken herum. Vor ihr standen zwei Buben, dreist grinsend und mit einer Körperhaltung, als würden sie in den Kampf ziehen. Beide waren nur ein wenig älter als sie selbst – Otmar und Emil. Mit beiden stritt Albine, seit sie sich erinnern konnte, und wenn die beiden zu zweit auftraten, dann wusste sie, dass sie den Kürzeren ziehen würde.

Albine sprang auf, täuschte an, nach rechts laufen zu wollen, lief aber nach links. Die beiden Buben hechteten ihr mit Gebrüll hinterher, und bereits nach wenigen Schritten konnte Otmar Albines Kleid greifen und riss das Mädchen zu Boden. Er kniete sich auf sie und drückte ihr Gesicht in den Schlamm des Ufers.

»Du wolltest doch gerade Wasser trinken, hab ich recht? Wohlan, dann trinke!«

Otmar grinste Emil dreist an, der danebenstand und darüber lachte, wie sich das Mädchen wehrte. Schließlich gab er seinem Freund ein Zeichen.

»Ich glaub, die hässliche Albine hat genug getrunken.«
Otmar ließ von dem Mädchen unter ihm ab und gesellte
sich zu seinem Freund. »Hässlich und dreckig ist sie!«
Dann liefen die beiden Buben aufgekratzt lachend in den
Wald hinein.

Albine rappelte sich auf. Tränen liefen ihr über die Wangen, auf denen dick der Schlamm klebte. Auch ihr Kleid
strotzte vor Schmutz, war sogar am Kragen eingerissen.
Warum hatte sie nicht besser darauf Acht gegeben? Schluch-
zend zog sie sich die Kleidung aus, wusch sich erst Gesicht
und Hände im Fluss, dann sorgsam ihr Kleid. Erst nachdem sie das nasse schwere Gewand wieder angezogen hatte,
spürte sie, wie kalt ihr war. Zitternd lief sie Richtung der
niedrigen Häuser der Leopoldstadt und hoffte, dass sie bis
zur Ankunft aufgehört hatte zu weinen.

Der befürchtete Zorn ihrer Mutter war ausgeblieben, und so
wärmte sich Albine nun nackt auf dem gestampften Lehm-
boden hockend vor dem Feuer, das vor ihr im Kamin brannte.
Ihr Kleid hatte sie neben sich über einen Schemel gelegt, auf
dass es schnell wieder trocknen würde, und der warme Gers-
tenbrei, den sie schlürfte, begann sie von innen zu wärmen.
So kreisten Albines Gedanken bald nicht mehr um die beiden Raufbolde, sondern um das Versprechen, das sie am
Fluss gegeben hatte. Wer in der Leopoldstadt könnte etwas
über diesen Mann wissen? Und selbst wenn sie in Erfahrung bringen würde, wer er war, was könnte sie dann tun?
Albine schleckte den hölzernen Teller aus und stellte ihn
dann auf den niedrigen Tisch, der neben ihr stand.
Eine, die schier unendlich viele Geschichten zu erzählen
wusste, war die alte Măriuca, eine Zigeunerin, eine Wahr-
sagerin und Hellseherin. Mit ihrer Sippschaft überwinterte
sie seit jeher auf der Spitzwiese, ganz in der Nähe des Cir-

cus Gymnasticus, der gegenüber des Oberen Praters errichtet worden war.

Auch wenn Albine streng verboten war, sich auch nur in die Nähe des herrenlosen Gesindels zu begeben, wie ihre Mutter nicht müde wurde zu betonen, so war sie bestimmt schon ein Dutzend Mal dort gewesen und hatte am Lagerfeuer mit anderen Kindern den Geschichten der Alten gelauscht.

Dorthin wollte Albine am nächsten Morgen gehen.

Die Morgensonne durchbrach den Horizont und warf warme Strahlen auf die mit roten Schindeln gedeckten Dächer der Vorstadt. Die ersten Bewohner begannen ihren Tätigkeiten nachzugehen, als Albine bereits durch die Gassen lief. Von der Roten Sterngasse bog sie in die breite Jägerzeile ein, und von dort in die Praterallee. Als sie die Galizinwiese passierte, konnte sie bereits die mehr als ein Dutzend zählenden Schindelwagen der Zigeuner erkennen, die ringsherum wie eine Wagenburg standen, und aus deren Mitte der Rauch von Lagerfeuern aufstieg.

Albine umkreiste die Wagen und erspähte schließlich die Behausung, in der Măriuca lebte. Rund um ihren Wagen war ein behelfsmäßiger Zaun errichtet, in dem sie Schweine hielt. Das Mädchen versuchte zu erkennen, ob sich die Alte bereits um ihr Vieh kümmerte, und tatsächlich stand eine gebeugte Gestalt inmitten der Tiere.

»Măriuca!«, rief Albine aufgeregt, hüpfte auf und ab und reckte die Hand in die Höhe. »Ich will dich etwas fragen!«

Die Alte hob den Kopf und bedeutete dem Kind, gestützt auf einen Stock, näher zu kommen. Ihr Gesicht sah aus, als wäre es aus einem verschrumpelten ledernen Sack genäht worden, die wenigen weißen Haare, die ihr Haupt zierten, standen wirr ab. Ihre Hände wirkten wie die knorrigen Wurzeln eines alten Baums, und ihre Finger wie dessen blätterlose Äste. Die Alte presste die eingefallenen Augen zu schmalen Schlitzen.

»Die junge Albine, wenn ich nicht irre?«, sprach sie mit schriller Stimme und starkem Akzent. Dass ihr Atem angenehm fruchtig roch, überraschte das Mädchen nicht – es war kein Geheimnis, dass die Alte den ganzen Tag über dem Zwetschgenschnaps zusprach.

»Ja, die bin ich«, antwortete Albine.

»Ich freue mich, dass du mich wieder besuchen kommst. Auch wenn ich nicht glaube, dass deine Mutter dies gutheißt.«

Das Mädchen schwieg.

Măriuca schmunzelte. »Aber ich muss dich enttäuschen. Ich habe nun keine Zeit, um Geschichten zu erzählen, ich muss mich um meine Tiere kümmern. Wenn du aber am Nachmittag wiederkommen willst, dann –«

»Ich habe ein paar Fragen an dich«, unterbrach Albine die Alte frech.

Die verharrte erst regungslos, als wäre sie in der Bewegung erstarrt. Auf einmal durchfuhr sie ein Zucken und ächzend wandte sie sich um.

»Fragen hat sie, soso. Dann komm einmal her, meine Kleine.«

Măriuca setzte sich auf ein kleines Fass, das vor ihrem Wagen stand, und deutete mit einer flüchtigen Geste auf den Weidenkorb voller Eicheln zu ihren Füßen.

»Füttere die Schweine«, krächzte sie, »dann will ich hören, was du begehrst.«

Albine nickte gehorsam, nahm den Korb und begann die Eicheln vor die Schweine zu werfen, die laut grunzend mit ihren Schnauzen danach gierten.

»Du erzählst immer so wunderschöne Geschichten«, begann Albine zaghaft, »und da habe ich mich gefragt, ob ich dies nicht auch erlernen könnte.«

»Nun, warum nicht?«, sagte die Alte mit einem Blitzen in den Augen. »Aber du musst wissen, dass es viele Jahre dauert, bis man sich all die Erzählungen und Gedichte angeeignet hat.«

»Das schreckt mich nicht«, meinte Albine, während sie weiterhin die Eicheln ausstreute. »Du überwinterst hier jedes Jahr, da könnte ich immer wieder dazulernen. Außerdem kenne ich bereits einige Erzählungen.«

»Ach ja?«

»Ja. Wie zum Beispiel die des Schäfers, dessen Leben immer karger und ärmer wurde, bis er im Wald einer Fee zu Hilfe eilte und sie ihn dafür mit einer Blume beschenkte. Diese Blume, so sprach die Fee, würde ihm eine verborgene Tür in einem Hügel aufschließen. Als der Schäfer schließlich den Hügel entdeckte, fand er darin drei Truhen, die jedoch nur voller Schafszähne waren. Enttäuscht füllte er einige Hände voll Zähne in seine Tasche und verließ die Kammer, in der er auch die Blume zurückließ. Am nächsten Morgen jedoch hatten sich alle Zähne in pures Gold verwandelt.«

Măriuca lächelte. »Das hast du schön erzählt. Genau so ist es geschehen. Aber was lehrt uns diese Geschichte?«

Albine überlegte einen Augenblick lang, dann sah sie die Alte todernst an. »Dass wir die Geschenke, die man uns macht, zu würdigen haben, mögen sie auf den ersten Blick auch noch so wertlos erscheinen.«

Măriuca raunte ihre Zustimmung. »Aber eine Geschichte ist nur so gut, wie man sie auszuschmücken vermag, und du hast vergessen, mir zu sagen, was für eine Blume die Fee dem Hirten geschenkt hat.«

»Eine Schlüsselblume war es!«

»Eine Schlüsselblume, ganz genau.« Mǎriuca atmete tief durch. »Du scheinst dich wirklich außergewöhnlich gut an meine Erzählungen erinnern zu können. So erwarte ich dich von morgen Früh an beim ersten Sonnenstrahl. Du wirst meine Schweine und Hühner füttern, und dafür werde ich dir alte Geschichten, Sagen und Weisheiten über unser Volk erzählen. Einverstanden?«

Albine erstrahlte voller Glück.

»Und zum Abschluss jeden Tages trinken wir. Ich einen Zwetschgenschnaps, und du … du trinkst auch einen mit. Geh und hol uns was.«

Neugierig bestieg das Mädchen den Schindelwagen, der innen geräumiger aussah, als er von außen wirkte, und der von einem kleinen Ofen behaglich erwärmt wurde. Wie die Alte es ihr aufgetragen hatte, schnappte sie sich zwei Holzbecher und die verkorkte grüne tönerne Flasche, die danebenstand, und lief wieder zur Rückseite des Wagens. Mǎriuca nahm die Flasche entgegen, entkorkte sie und schenkte den einen Becher ganz und den anderen halb voll.

»Auf uns!« Mǎriuca trank ihren Becher zur Hälfte leer. Albine versuchte sich an einem Schluck, musste dann heftig husten.

»Das wird schon noch«, meinte die Alte und grinste zahnlos. Dann murmelte sie einige Worte, bevor sie ihren Becher zur Gänze leerte. »Trink aus und widme dich der Arbeit, die deine Eltern dir aufgetragen haben.«

Albine zögerte einen Augenblick. Dann trank sie den scharfen Schnaps, ohne abzusetzen, aus.

»Bis morgen?«, fragte sie mit dünner Stimme.

»Bis morgen«, sagte Mǎriuca, schloss die Augen und genoss die warmen Sonnenstrahlen im Gesicht.

Von diesem Tage an schlich sich Albine jeden Morgen zu der Alten, half ihr bei beschwerlicher Arbeit und erfuhr so nach und nach über das fahrende Volk, von alten Heldentaten und Tugenden, von gefährlichen Wesen und Schutzgeistern der Natur. Davon, dass Kreuzspinnen und Schmetterlinge Glück brachten, wenn sie einem freiwillig an der Kleidung hochkrabbelten, und Wachteln dämonische Eigenschaften innewohnten. Dass *mule* als die Geister der Toten eine bestimmte Zeit lang wiederkehren, einen warnen wie auch Angst einjagen können, und dass man diese von den Lebenden nur dadurch zu unterscheiden vermag, dass sie sich seitwärts fortbewegen und man deshalb ihre Gesichter nicht erkennen kann.

Begeistert verinnerlichte Albine Namen, Arten und Gaben, Gefahren und Hilfen.

Knapp einen vollen Mond nachdem Albine Măriuca zum ersten Mal besucht hatte, wagte sie es schließlich, die Frage zu stellen, die ihr von Anfang an auf den Lippen brannte: »Ich würde mich gern selbst darin versuchen, eine Geschichte zu erzählen.«

Die Alte warf ihre Stirn in noch mehr Falten, als diese bereits aufwies. »Ach, ist das so?«

Albine nickte schüchtern, hatte sie doch die halbe Nacht wachgelegen und sich auszumalen versucht, wie Măriuca wohl auf ihre Frage reagieren würde.

»Es geht darin um ein Unrecht, das wiedergutgemacht werden muss.«

»Da hast du wahrlich eine redliche Tugend ausgesucht.«

»Dazu möchte ich in Erfahrung bringen«, fuhr Albine nun etwas sicherer fort, »ob in unserer Vorstadt früher jemand gelebt hat, der sich durch sein unredliches Tun herausgetan hat. Vielleicht waren sie sehr jähzornig oder streitsüchtig, haben gar ihre Kinder mehr geschlagen, als diese es verdient hatten?«

Das Mädchen wippte auf den Zehen auf und ab und beobachtete Mǎriuca, die sich durch das spärliche weiße Haar fuhr.

»Mir ist tatsächlich ein Mann bekannt, der den Ruf hatte, sehr schnell wütend zu werden. Bei der kleinsten Gelegenheit konnte der Zorn aus ihm brechen, als würde ein Blitz aus der Erde schießen, und oftmals gab es Streit und Handgreiflichkeiten zwischen meinen Leuten und ihm. Friedrich Wagner war sein Name, wenn ich mich recht entsinne. Früher haben hier weit weniger Menschen gelebt als heute, musst du wissen, und man hat mehr über den anderen gewusst.«

»Hatte dieser Herr Wagner gar Kinder?«

»Ja, er hatte einen Sohn, und den hatte er ebenfalls nicht so erzogen, wie ein Vater dies tun sollte. Der Junge war oft grün und blau geprügelt. Einige Male war er bei uns, wenn ich am Lagerfeuer Geschichten erzählte, aber irgendwann kam er nicht mehr.«

Albine sah die Alte mit erwartungsvollen Augen an. Wann immer sie sprach, konnte Albine nicht anders, als an ihren Lippen zu hängen.

»Lebt Herr Wagner noch?«

Mǎriuca stieß ein Kichern aus. »Nein, du brauchst keine Angst zu haben. Soweit ich weiß, gingen er und ein paar andere Männer verbotenerweise auf die Jagd. Doch zurück kamen sie ohne ihn. Man hat ihn nie wiedergesehen«, schloss sie ihre Erzählung.

»Und was wurde aus seinem Sohn?«

»Aus ihm wurde ein ebenfalls stets griesgrämiger Mensch. Es ist der Raimund Wagner, der Vater von Otmar.«

Das Mädchen sah mit einem Male wieder, wie Otmar über ihr war, dann ihr Gesicht in den Schlamm drückte und über sie spottete.

»Den Herrn Raimund Wagner kennen wir alle«, meinte Albine und dachte an den grobschlächtigen Mann, der auf alle Kinder der Vorstadt immer schon einen einschüchternden Eindruck gemacht hatte. »Und seinen Sohn auch.«

Măriuca bemerkte den traurigen Blick des Mädchens und seufzte. »Ich weiß, der ist ebenfalls ein wütender Bub. Aber du wirst noch lernen, dich zu behaupten.«

»Ich hoffe es …«

»Wie lautet nun deine Erzählung?«

Albine rieb sich über die Sommersprossen auf ihrer Nase. »Ich werde dir die Geschichte erzählen, wenn sie erzählt werden will.«

Die Alte lächelte zufrieden. »Das wollte ich hören. Und jetzt habe ich Durst.«

Albine lief in die Hütte und holte zwei Becher Zwetschgenschnaps.

Die Wellen auf der smaragdgrünen Oberfläche des Flusses waren kaum auszumachen, so sanft floss er dahin. Albine hob ihr Kleid und kniete sich ans Ufer. Dann tauchte sie ihre rechte Hand ins Wasser und verharrte in dieser Stellung.

»Ich konnte womöglich in Erfahrung bringen, wer deiner Pauline das Leid angetan hat«, sprach sie im Flüsterton und wartete.

Kurze Zeit später kam ein Windstoß und fegte die Oberfläche des Flusses noch glatter, als sie bereits war. Ein Schatten kroch zwischen den Steinen des Flussbetts hervor, und aus ihm formte sich das Gesicht der Frau, deren Lächeln so voller Güte war, und deren blondes Haar im Wasser wie Seegras wog.

Ich habe gewusst, dass du mich nicht im Stich lässt, mein Kind.

»Was … was soll ich nun tun?«

Bringe ihn zu mir, wenn du sicher bist, dass er es ist.
Albine zögerte. »Du hast davon gesprochen, dass sein Gesäß voller Narben sei. Aber … dafür müsste ich ihn nackt sehen.« Bei dem Gedanken daran schauderte es das Mädchen.
Ich fürchte, das muss ich dir abverlangen.
»Was wirst du mit ihm machen, wenn du ihn erst hast?«
Die Frau im Wasser wurde ernst.
Nichts, was so furchtbar ist wie das, was er getan hat.
Albine nickte tapfer.
Ich danke dir, mein Kind.

Die folgenden Abende und Nächte zermarterte sich das Mädchen den Kopf, wie es Gewissheit darüber erlangen könnte, ob Raimund Wagner wirklich der war, den die Frau im Fluss beschrieben hatte.

Als sie an einem Morgen auf dem Weg zu Măriuca im Gebüsch ihre Notdurft verrichtete, kam ihr eine Idee. Auch Raimund Wagner würde wohl irgendwann die Leopoldstadt verlassen, würde sich vielleicht auf den Weg zum Fischerhaufen oder einer anderen Stelle machen, vielleicht, um zu angeln. Und womöglich würde es ihm dann wie ihr ergehen, und er müsste sich erleichtern. Wenn sie sich nur geschickt genug anstellte, könnte Albine dann erkennen, ob sein Hintern vernarbt war oder nicht.

Die darauffolgenden Tage streifte Albine vor dem Haus der Wagners auf und ab, immer darauf bedacht, nicht bemerkt zu werden, und doch zu erkennen, wann Otmars Vater vorhatte, die Leopoldstadt zu verlassen.

Tatsächlich war es irgendwann so weit: Raimund Wagner hatte eine Angel geschultert und sich Richtung Taborhaufen aufgemacht – und Albine folgte ihm auf dem Fuß.

Was ihr zuvor wie ein aufregendes Abenteuer vorgekommen war, wurde jedoch schnell zu einem Erlebnis, das sie das Fürchten lehrte. Nachdem sie die letzten Häuser hinter sich gelassen hatte, musste das Mädchen von einem Baum oder Gebüsch zum nächsten huschen, möglichst ohne einen Laut von sich zu geben. Auch wenn ihr ihr eigener Atem in den Ohren dröhnte und sie bangen ließ, jeden Moment entdeckt zu werden, durfte sie den Mann nicht aus den Augen lassen. Jeder ihrer Schritte wollte wohl gesetzt sein – das Knacken eines trockenen Astes, und es wäre wohl um sie geschehen.

Als nach einer schieren Ewigkeit der Mann einen Augenblick lang stehen blieb und um sich sah, beschwor Albine den Herrgott und alle wohlgesonnenen *mule*, sie mögen sie in diesem gefährlichen Augenblick beschützen.

Und tatsächlich – Raimund Wagner, den sie in einiger Entfernung durch das Blattwerk ausmachen konnte, kratzte sich nur missmutig den Wanst, furzte kräftig und sammelte einige Blätter der Pestwurz. Dann knüpfte er das Seil auf, das seine Hose an seinem Leib hielt, ließ diese zu Boden fallen und hockte sich hin. Albine wusste, dass dies die Möglichkeit war, auf die sie gewartet hatte. Gebückt und mit flinken kleinen Schritten näherte sie sich von hinten dem Mann, wurde langsamer und kroch schließlich auf allen vieren durch das Buschwerk. Wenn sie Glück hatte, würde sie wie ein Hase oder ein Fuchs klingen, dachte sie sich, während sie Raimund Wagner immer näher kam.

Dann war es so weit: Nur noch ein Strauch trennte das Mädchen von dem Mann, trennte die Erkenntnis von der Vermutung.

Albine hielt den Atem an. Mit der rechten Hand bog sie einen Zweig zur Seite und sah – dass das verschmutze Leinenhemd des Mannes über sein Gesäß fiel. Es war nicht zu erkennen, ob er vernarbt war oder nicht.

Albine seufzte schwer, wenn auch kaum hörbar. Die Aufregung wich der Enttäuschung, die Vernunft erkämpfte sich wieder ihren Platz. Was im Namen der Jungfrau Maria machte sie hier? Was wollte sie tun, wenn dies tatsächlich der gesuchte Mann war? Sie war ein leichtsinniger Narr gewesen!

Gerade als Albine den Zweig wieder loslassen wollte, raffte Raimund Wagner sein Hemd, wohl um sich mit den Pestwurzblättern zu reinigen – und entblößte nicht bloß sein Gesäß, sondern seinen gesamten unteren Rücken.

Da sah sie es: Seine Haut war ein Meer aus tiefen Narben, die kreuz und quer verliefen, gleich so, als würde man Dutzende lange Grashalme auf-, neben- und übereinanderlegen. Er musste als Bub unzählige Hiebe mit der Rute bekommen haben, kam Albine in den Sinn und für einen Augenblick empfand sie so etwas wie Mitleid für Raimund Wagner.

Doch dann fraß die Erkenntnis das Mitleid in dem Mädchen, ließ sie erschaudern ob der Tatsache, dass der Mann vor ihr tatsächlich derjenige war, der sich vor Jahren so schändlich an einem anderen Mädchen vergangen hatte.

Albine erhob sich, machte einen Schritt zurück – als nach dem schneidenden Knacken eines Astes die Vögel aus den Baumkronen stieben und den Mann vor ihr herumfahren ließen. Der überraschte Ausdruck in seinem Gesicht änderte sich einen Herzschlag später in einen wütenden.

»Wer zur Hölle –?«, stieß er hervor, als wollte er ihr allein mit seiner Stimme einen Schlag versetzen. »Was treibst du da?«

Das Mädchen stand so gerade und starr, als hätte es einen Stock verschluckt. Kein Wort kam ihm über die Lippen.

Raimund Wagner zog sich die Hosen hoch. »Beobachtest du mich etwa, du neugieriges Mensch?«

Keine Antwort.

Ein dreistes Grinsen bemächtigte sich seiner. »Oder hat dir gefallen, was du gesehen hast?«

Albine drehte sich um und lief davon. Sie lief, so schnell sie ihre Beine tragen konnten, das Kleid mit beiden Händen gerafft, damit sie nicht darüber stolperte. Aber wohin sollte sie? Zu ihren Eltern? Was könnte sie ihnen schon sagen? Niemand würde ihren Worten Glauben schenken, davon war sie überzeugt. Niemand. Sie war auf sich allein gestellt.

Raimund Wagner wollte dem Mädchen hinterherlaufen, verhedderte sich jedoch mit seiner Hose, die ihm zu den Knien gerutscht war, und stürzte zu Boden. Fluchend rappelte er sich wieder auf, zog die Beinkleider hoch und band das Seil um die Leibesmitte. Über das Buschwerk hinweg sah er einen roten Zopf, der wild hin und her schwang und vor ihm davonrannte.

Der Mann lief los.

Albine spürte, wie sie verfolgt wurde, denn sich umzudrehen wagte sie nicht. Zu viel Angst hatte sie davor, dass sie dann in einen Baum laufen könnte oder über Wurzelwerk stolperte.

Aber wohin sollte sie?

Dann, mit einem Male, wusste sie es. Es war weit, aber vielleicht hatte sie Glück, und –

Albine schlug einen Haken nach links und lief in jene Richtung, die zum Fluss führte. Immer wieder versuchte sie, zwischen möglichst eng zusammenstehenden Bäumen hindurchzulaufen, denn sie wusste, dass ihr Verfolger dafür zu dick war. Sie besann sich darauf, kleine Sträucher zu überspringen und große blitzschnell zu umrunden.

Auch wenn ihre Lungen wie Feuer brannten, ihre Stirn glühte und ihre Hände von den unzähligen Ästen und Dornen aufgeschunden und bar jeden Gefühls waren, so durfte sie nicht langsamer werden.

Es konnte nicht mehr weit sein. Dort vorne zwischen den Weiden erkannte sie bereits, wo sie hingehörte –

Da riss sie ein gewaltiger Stoß zu Boden.

Lichtblitze tanzten vor ihren Augen, ihr Schädel dröhnte. Sie hörte ein tiefes Keuchen hinter sich, roch die säuerlichen Ausdünstungen nach Schweiß und Notdurft. Dann spürte sie eine Hand, die sie wie ein Karnickel im Nacken packte, nach oben zerrte und schließlich herumwirbelte, sodass ihre Füße in der Luft baumelten.

Albines Gesicht war nur eine Handbreit von Wagners entfernt, der sie mit hochrotem Kopf wild schnaubend anstarrte.

»Ich weiß nicht, was du im Schilde führst«, knurrte er, scheinbar ohne die Lippen zu bewegen. »Aber ich werde dich lehren, dich zu benehmen, du verfluchtes Drecksmensch! Und wenn ich mit dir fertig bin, wirst du froh sein, wenn du noch auf allen vieren kriechen kannst.«

Mit diesen Worten brach er mit der linken Hand den Ast an einer Trauerweide ab und ließ ihn durch die Luft sausen, was ein so schneidendes Geräusch erzeugte, dass es Albine durch Mark und Bein fuhr.

»Am Ende wird dein ganzer Körper aussehen wie der meine, du kleine Ratte, so wie auch dein Gesicht. Dann kannst du sehen, welcher Saufbold eine wie dich noch zur Frau will.«

Raimund Wagner schritt auf einen Baumstumpf zu, das Mädchen noch immer fest mit der Hand gepackt.

Albine wand sich unter dem Griff des Mannes, aber sie spürte, dass sie keine Chance hatte. Selbst wenn sie ihm ins Gesicht schlüge, würde dies nichts ausrichten, sondern ihn nur noch zorniger machen.

Sie sah an sich hinab, sah, wie der Erdboden unter ihren Füßen vorbeizog.

Ihre Füße …

Mit ihrem rechten Bein holte sie so weit aus, wie sie nur konnte. Dann trat sie Raimund Wagner mit aller Kraft in den Schritt.

Der erfror in seiner Bewegung, presste dann seine Schenkel zusammen und stürzte mit einem Aufschrei auf die Knie.

Albine wusste jedoch auch, dass ihr der Mann diesen Tritt niemals verzeihen würde.

Nun ging es um ihr Leben.

Sie riss sich los und hetzte in jene Richtung, in der sie schon zuvor Rettung gesucht hatte.

Laut brüllend polterte ihr Raimund Wagner hinterher.

Nur noch ein paar Schritte, dann –

Albine stürmte aus dem Dickicht, rutschte über das Gras der Böschung und hinein in das smaragdgrüne Wasser des Flusses, dessen Kälte sie nicht erschauern ließ, sondern eigenartig wärmte. Mehrere Male glitt sie auf den glitschigen Steinen im Flussbett aus, fiel ins Wasser und richtete sich wieder auf. Als ihr der Strom bis zur Hüfte stand, wandte sie sich um und sah die Gestalt am Ufer, gleich einem Wesen aus der Hölle.

Mit der linken Hand hielt er sich den Schritt, mit der rechten ließ er die Weidenrute immer wieder singend durch die Luft sausen.

Dann schritt auch er ins Wasser.

Albine versuchte hektisch, mit den Händen die rauschende Wasseroberfläche zu glätten, um die Frau im Fluss zu rufen und ihre Hilfe zu erbitten, aber außer den verschwommenen Umrissen der Steine und des sich der Strömung beugenden Flussgrases war nichts zu erkennen.

Würde sie die Frau nun im Stich lassen? Hatte sie gar alles nur geträumt?

Ein Schatten fiel über das Mädchen.

Albine sah auf.

Raimund Wagner blieb nur eine Armlänge entfernt stehen. Hob den Arm mit der Rute.

Das Mädchen schloss die Augen.

Plötzlich spritzte Wasser, ertönten gurgelnde Geräusche. Albine öffnete die Augen, erblickte, wie der Mann von irgendetwas oder irgendwem unter die Wasseroberfläche gezogen wurde. Wie wild strampelte er mit Händen und Füßen, aber vergebens – er konnte sich nicht befreien. Nur hin und wieder streckte er seinen Kopf aus dem Wasser, gerade lang genug, um nach Luft zu schnappen, dann wurde er wieder unter die Oberfläche gezerrt.

Albine eilte aus dem Fluss und kam erst am Ufer wieder langsam zu Atem, während sie sich das Schauspiel des immer wieder beinahe Ertrinkenden ansah.

Ein unverhoffter Windstoß kam und fegte das Wasser zu ihren Füßen glatt.

Du hast Wort gehalten.

Das Gesicht der Frau im Wasser erschien.

»Er ist es?«, flüsterte Albine mit fragendem Unterton.

Ja, er ist es. Das ist der Mann, der Schuld trägt am Unglück meiner Pauline. Und an meinem Schicksal.

»Wirst du zu deiner Tochter zurückkehren?«

Das werde ich. Doch zuvor werde ich mit diesem Mann spielen, und es wird bis tief in die Nacht dauern, bis ich ihm endgültig sein Leben nehme.

Albine lächelte knapp, auch wenn sie sich die Qualen des immer wieder beinahe Ertrinkenden nicht vorzustellen vermochte.

Ich stehe für immer in deiner Schuld. Was ist dein Wunsch?

Das Mädchen schüttelte den Kopf. »Dein Glück ist Belohnung genug.«

Sicher? Die Blutlinie dieses Mannes ist wahrlich vergiftet, dessen bist du dir doch gewahr?

Albine zögerte. Wie würde Otmar reagieren, wenn sein Vater nicht mehr zurückkam? Würde er es irgendwann herausfinden, und wenn ja, was würde er dann tun? Sie blickte in das gütige Gesicht der Frau, nickte unmerklich. Dann noch einmal bestimmt. Die Frau lächelte und verstand.

Lebe wohl, meine Kleine.

Lebe wohl, dachte Albine und lief am Ufer entlang bis zur Jochbrücke und weiter durch die Leopoldstadt bis in ihr Heim, wo sie sich am Kaminfeuer wärmte, während irgendwo ein Mann in den eisigen Fluten gurgelnd nach Luft rang.

Raimund Wagner ward nie wieder gesehen.

Eine Woche später wurde ein Junge namens Otmar tot ans Ufer geschwemmt.

»Meine Geschichte wünscht nun erzählt zu werden«, rief Albine aufgeregt, noch während sie auf die Măriuca zulief, die sie bereits an der Rückseite ihres Schindelwagens erwartete.

Die beiden nahmen im Inneren des Wagens Platz, wo zwei Becher auf dem niedrigen Tischchen standen, beide randvoll mit Zwetschgenschnaps.

»Auf uns«, sprach Măriuca, das Mädchen tat es ihr gleich.

Dann leerten beide ihren Becher in einem Zug, denn seit Kurzem war der Hustenreiz, den Albine beim Trinken der gebrannten Flüssigkeit verspürt hatte, wie weggewischt, und sie genoss sogar den fruchtig-scharfen Geschmack.

»Also«, begann das Mädchen, »meine Erzählung heißt ›Der Fluss und das Mädchen‹.«

»Ein schöner Titel«, meinte die Alte und goss ihren Becher wieder voll.

»Grün wie ein Smaragd wand sich der Strom durch die Landschaft, durchschnitt Wälder und Täler, Wiesen und Gebirge«, fuhr Albine fort. »Erst vor Kurzem war der letzte Schnee geschmolzen, und so trat er teilweise über die Ufer. Doch das störte das Mädchen nicht, das an seinem Gestade spielte, im Gegenteil – immer wieder legte es Stücke einer Baumrinde auf die Oberfläche und beobachtete voller Freude, wie die Wellen es hinfort trugen und dabei ein Geräusch machten, als würden tausend Stimmen flüstern ...«

VII.

Die Porzellanfuhr'
Wien, 1753

»ACH, MACH ER EINE PORZELLANFUHR'!«

Ein vornehm gekleideter Mann mit schwarzem Hut stieg in den Wagenkasten des Fiakers, in dem Augenblicke zuvor eine adrette Dame verschwunden war.

Joseph Schuster nickte dienstbeflissen, ließ mit einer sanften Bewegung die Zügel schnalzen. Die beiden Rappen zogen an, die Kutsche setzte sich in Bewegung. Joseph genoss das beginnende rhythmische Wippen seines Kutschbocks. Gemächlich zogen die Pferde den Fiaker über den Hohen Markt, durch das Tor der Stadtmauer, über die hölzerne Schlagbrücke, die über den Donauarm führte, und weiter in die Leopoldstadt.

Joseph, der von allen »Schuster-Seppl« genannt wurde, war dafür bekannt, die ihm angeschaffte »Porzellanfuhre« so sanft zu fahren wie kein anderer Fiaker in Wien. Dabei handelte es sich selbstverständlich nicht um den Transport von gebrannter Keramik, sondern um das besonders ruckelfreie Fahren mit der Kutsche, damit sich im Kasteninneren die Fuhrgäste der Liebe hingeben konnten. Zumeist handelte es sich dabei um betuchte Herren und ihre Konkubinen, aber im Laufe der Jahre hatte Joseph beinahe alles erlebt – ältere Frauen mit jungen Männern, zwei Männer oder zwei Frauen, sogar zu dritt und zu viert stieg man bei ihm ein, sofern das Salär stimmte.

Wenn Joseph ehrlich war, dann waren ihm die Porzellanfuhren die liebsten Fahrten, denn erstens bezahlte man ihn dabei besser als bei einer reinen Lohnfuhre, und zweitens konnte er in gemächlichem Tempo die Hektik der Stadt hinter sich lassen, sich selbst seinen Weg suchen und seine Konzentration einzig und allein darauf legen, nicht in schlingernde Fahrrinnen zu geraten, über große Steine oder in Schlaglöcher zu rattern. Und da es sich herumgesprochen hatte, dass es beim »Schuster-Seppl« am angenehmsten zum »Schnackseln« war, bestand ein Großteil seiner täglichen Kundschaft aus Menschen mit dem Drang, sich hinter den blickdichten Vorhängen des Fiakers zu vergnügen.

Mit Anbruch der Dunkelheit endete auch an diesem Abend Josephs Arbeitstag. Auf seiner Kutsche fuhr er bis an die Nordgrenze der Leopoldstadt, wo die Felder begannen. Dort nannte er ein kleines Haus mit marodem Dach sein Eigen, einen eingeschlossenen schiefwinkeligen Stadl nutzte er als Stall.

Joseph versorgte seine Pferde, striegelte sie sorgsam, gab ihnen Futter und füllte die Tränke mit Wasser auf. Danach pflegte er mindestens ebenso sorgsam seine Kutsche, wischte Erde und sonstige Verunreinigungen aus dem Wagenkasten, fettete das Leder der Sitzbänke und säuberte Räder und Karosserie vom Dreck der Straße.

Erst dann betrat er sein Heim.

Dort erwartete ihn wie immer sehnsüchtig Emil, sein Sohn von sechs Jahren. Der Bub streckte sich seinem Vater entgegen und konnte es kaum erwarten, dass Joseph ihn in den Arm nahm. Der drückte ihn an sich, ließ ihn wie toll durch die Luft sausen, warf ihn in die Höhe und fing ihn scheinbar erst im letzten Augenblick wieder auf, sodass das Kind vor Freude aus vollem Halse quietschte – denn sprechen konnte der Bub nicht. Nach dem Ringelreia-Spiel setzte Joseph Emil wieder auf den Boden, wo dieser auf seinen Ellbogen davonkroch.

Denn Emil wurde nicht nur stumm, sondern auch mit verkrüppelten Beinen geboren.

Mit gütigem Blick betrachtete Joseph seinen Sohn, wie er in einer Ecke des Raums mit einem kleinen Pferd aus Holz zu spielen begann. Er hatte es ihm letzte Weihnachten selbst geschnitzt.

Wie ein Karnickel, das die Witterung suchte, reckte Joseph nun die Nase in die Luft und schnupperte. Aber es roch nicht nach einer warmen Mahlzeit. Der Fiaker ließ den Blick durch die kleine Stube schweifen. Die Glut in der Feuerstelle war erloschen, der Kessel, der darüber hing, leer.

Marianne, Josephs Gemahlin, war auch nicht hier. Er seufzte schwer, doch nicht überrascht, ging zur Waschschüssel und wusch sich gründlich Hände und Gesicht. Und wie jeden Abend war er erstaunt darüber, wie viel Schmutz auf der Haut eines Kutschers hängen blieb.

Dann nahm er einen Beutel aus Leinen, der auf einem Schemel unter dem Fenster lag, und setzte sich an den kleinen Tisch, der in der Mitte des Raumes stand.

Der Stuhl unter ihm knarrte, als würde er um Hilfe rufen, doch dies störte den Mann nicht. Auf seinen stattlichen Ranzen war er stolz, und auch darauf, dass seine Familie noch nie Hunger leiden musste. War ihre Behausung auch klein, sie hatten immer genügend Feuerholz, und seit einigen Jahren sogar Kerzen, die ihnen ein warmes, sauberes Licht spendeten, im Gegensatz zu den rußenden Talglampen.

Joseph öffnete das Bündel, nahm ein Scherzl Brot und ein Stück Speck heraus. Mit dem Taschenfeitel schnitt er eine Ecke des Specks ab, schob sie sich in den Mund und begann genüsslich darauf herumzukauen. Noch bevor er die Schwarte zerbissen hatte, riss er ein Teil vom Brot ab und schob es sich ebenfalls in den Mund.

Diesen Augenblick des Tages, wenn das Werk getan war, wenn das Klappern der Hufe, das Quietschen der Blattfedern und der Lärm der Straße hinter ihm lagen, genoss Joseph am meisten.

Der Gedanke daran, wo seine Frau sich aufhielt, beunruhigte ihn nicht. Mehrmals die Woche kam sie erst nach Hause, wenn er bereits im Bett lag und schlief. Aber er sah es ihr nach, denn den ganzen Tag auf Emil aufzupassen und die Hausarbeit zu erledigen, war anstrengend genug. Da hatte auch sie sich ein wenig Ablenkung und Tratsch verdient.

Nachdem der Fiaker fertig gegessen hatte, packte er das Bündel wieder weg, legte Emil in dessen Bettchen und setzte sich zu ihm auf den Boden. Bei Kerzenschein las er ihm aus der »Sammlung satyrischer Schriften« von Gottlieb Wilhelm Rabener vor.

»Hör gut zu, mein Lieber, heute wollen wir zum Einschlafen eine Lobschrift auf die bösen Männer lesen. Was also meint Herr Rabener damit? Er schreibt: ›Ein Frauenzimmer ist ein Tier, welches vor andern Tieren die Ehre hat, dass es ein Mann zur Frau nimmt.‹«

Der Junge lächelte seinen Vater an, der fuhr fort.

»›Welches bloß des Mannes wegen in die Welt gesetzt ist, und das mit einer blinden Ehrfurcht dem Willen seines Oberhauptes unterwürfig sein muss.‹«

Joseph blickte mit todernster Miene zu seinem Sohn, der lautstark gähnte. »Ich weiß, du willst dagegen protestieren, aber lesen wir doch zu Ende. ›Dieses ist der eigentliche Begriff, den man sich macht. Wer diesen Begriff zur Wirklichkeit bringt, der verdient allererst den rühmlichen Beinamen eines bösen Mannes.‹ Siehst du, mein Sohn, das ist der Unterschied. Ein guter Mann behandelt Weib und Kinder wie seinesgleichen. Denn nur wer die seinen liebt, der verdient auch deren Liebe.«

Emils Augen wurden immer schwerer.

Joseph las noch weitere fünf Seiten des Kapitels, kam dann zum Ende der Satireschrift. »›… wenn uns ein böser Mann stirbt, so trauern wir, weil uns der Schneider eine schwarze Kleidung gemacht hat; und wenn wir ja weinen, so geschieht es, weil sein Absterben nicht eher erfolgt ist.‹«

Der Fiaker schlug das Buch zu, sah mit beseeltem Blick auf den schlafenden Buben. Dann nahm er die Kerze und legte auch sich selbst zur Ruh. Mit müden Knochen im Leib blies er die Flamme aus, sprach ein kurzes Schutzgebet für seine Familie und war Augenblicke später eingeschlafen.

»Mach Er mir bittschön eine Porzellanfuhr’!«

Dienstbeflissentlich öffnete Joseph die Tür zum Wagenkasten und nickte dem älteren Mann zu, der im Schutz eines kleinen Vordachs am Hohen Markt stand, neben sich eine verführerisch aussehende junge Dame. Ihr Dekolleté war ein Euzerl zu ausladend, wie der Wiener zu sagen pflegte, die Schminke ein Euzerl zu stark aufgetragen, und ihr Duft ein Euzerl zu betörend – da man ihr Parfüm selbst durch den dichten Regen riechen konnte, der seit mehreren Stunden auf die Kaiserstadt prasselte.

Danach kletterte Joseph auf seinen Kutschbock, zog sich den Kotzen aus Loden enger um den Hals, in der Hoffnung, die Nässe würde nicht den Weg über seinen Rücken finden, und schnalzte die Zügel.

Wie jeden Tag nahm er die gleiche Strecke zur Leopoldstadt hinaus, auch wenn er bei Regenwetter wie heute noch genauer darauf achten musste, dass die Fahrt langsam und ohne merkliches Ruckeln verlief.

Wie jeden Tag ließ er seine Gedanken schweifen. Er erinnerte sich an seine Jugend, die er als jüngster Sohn einer Bauernfamilie im Burgenland verbrachte hatte und die ihm als wunderbare, gänzlich sorgenfreie Zeit in Erinnerung geblieben war. Er dachte daran, wie er als Knecht eines Wagenschmiedes nach Wien gekommen war und wie ihn die mehrstöckigen Bauwerke und besonders die Domkirche St. Stephan beeindruckt hatten. So etwas konnte nur unter Gottes schützender Hand erschaffen werden, davon war er als junger Mann überzeugt gewesen.

Als der Wagenschmied überraschend am Palmsonntag nach der Messe tot umgefallen war und Joseph den Betrieb erbte, da der Schmied keine Nachkommen oder sonstige Verwandte hatte, sah er seine Chance gekommen. Er verkaufte alles, was er hatte, machte eine beträchtliche Anzahlung auf Kutsche und Pferde, und begann, als Fiaker zu arbeiten. Seine Profession würde wohl nie obsolet sein, davon war er auch heute noch überzeugt, denn wie sonst würden die Bürger von A nach B kommen?

Mit Tüchtigkeit und Fleiß hatte er in kürzester Zeit seine Schulden abbezahlt, und mit dem Geld, das ihm daraufhin blieb, konnte er sich Grund und Haus am Rande der Leopoldstadt leisten.

Vor acht Jahren lernte er schließlich Marianne kennen. Ihre Überdrehtheit, ihre Lebensfreude und ihr Lachen hatten ihn sogleich in ihren Bann gezogen, und auch sie verliebte sich Hals über Kopf in Joseph. Nur drei Monate später heirateten die beiden und sie zog bei ihm ein.

Was folgte, würde Joseph immer als die glücklichsten Monate seines Lebens benennen. Er und Marianne waren unzertrennlich. Oftmals saß sie mit auf dem Kutschbock, genoss es einfach, den ganzen Tag bei ihm zu sein. Immer wieder verdingte sie sich – als einzige Frau – als Wassererin, die den durstigen Zugpferden am Stellplatz Eimer voll Wasser brachte und manchmal vors Maul schnallte.

Nach getaner Arbeit würden Marianne und Joseph, wenn es das Wetter zuließ, vor dem kleinen Haus sitzen, auf die Felder blicken, die sich vor ihnen erstreckten, und davon träumen, auch noch in zehn Jahren eine so innige Zweisamkeit zu leben, dann allerdings umringt von einer Vielzahl von Kindern.

Doch dann kam alles anders ...

Marianne wurde schwanger. Unter starken Schmerzen verlor sie ihr erstes Kind nach nur vier Monaten.

Sie wurde erneut schwanger, und diesmal schien alles gut zu verlaufen. Sie und Joseph konnten es kaum erwarten, bis ihr Sprössling das Licht der Welt erblickte. Doch als Emil dies nach neun Monaten tat, war den frischgebackenen Eltern bereits am Kindsbett klar, dass Emil nie sein würde wie andere Kinder. Seine Beine waren unnatürlich verdreht, seine Arme schwach.

Für Marianne war dies ein Zeichen des Herrn, dass es ihr wohl nicht vergönnt war, einen gesunden Nachkommen in die Welt zu setzen. Für Joseph war es ein Zeichen des Herrn, dass ihnen ein Kind anvertraut wurde, das besonderer Aufmerksamkeit bedurfte.

Und so kümmerten sich Marianne und Joseph jeder auf seine Weise um ihren Sohn. Marianne tat, was getan werden musste, hatte aber tagtäglich eine Gottesstrafe vor Augen. Für Joseph wiederum war Emil ein Gottesgeschenk, eben weil er so besonders war.

Zu Josephs zunehmendem Verdruss verlief ihr Eheleben auch nicht, wie sich das beide einst erträumt hatten. Seit Emils Geburt verweigerte Marianne strikt jegliche Intimität, was Joseph zwar zur Kenntnis nahm, was jedoch zu einer immer größer werdenden Entfremdung der beiden führte. Marianne wurde still, ertränkte ihren Kummer im Wein. Joseph andererseits hatte zeitlebens weder Wein noch Bier dermaßen zugesprochen, wie es die Allgemeinheit tat, und so wollte er sich auch nicht in einen Rausch flüchten. Einzig eine erfrischende Prise Schnupftabak gönnte er sich hie und da, den er in einer kunstvollen Tabatiere aus ziseliertem Blech aufbewahrte, die ihm eine besonders zufriedene Kundschaft einst geschenkt hatte.

Die Entfremdung zu seiner Gemahlin ließ in ihm jedoch den Wunsch nach körperlicher Nähe immer größer werden. Sich ein Liebchen zu halten, wie es viele seiner Kollegen taten, kam für ihn nicht infrage – zu sehr fühlte er sich seinem Ehegelübde verbunden.

Nein, es wuchs der Wunsch nach etwas, was ihm jeden Tag vor Augen geführt wurde, ein leichtes Vergnügen, etwas, bei dem er keinerlei Verpflichtungen einging, etwas, was ohne Folgen blieb, und was man, vorausgesetzt man hatte die nötigen Gulden, in abwechslungsreicher Art und Weise wiederholen konnte.

Während der Fiaker die von Laubbäumen gesäumte Jägerzeile entlangfuhr, entwich dem Kutscher ein seliges Lächeln.

Einmal im Leben wollte auch Joseph sich eine Porzellanfuhr' gönnen.

Doch sein Lächeln verschwand genauso schnell, wie es entstanden war. Denn er hatte es bisher nicht fertiggebracht, die nötigen Gulden zu sparen. Die Arzneien, die Marianne für das stumme Kind kaufte, waren überaus teuer, und auch sonst war immer etwas dazwischengekommen, wenn sich Joseph im Besitz von ausreichend Gulden wähnte. Eine Dachreparatur, ein notwendiger Hufbeschlag für die Rappen, neue Kleider für Marianne … die Liste ließe sich schier endlos fortsetzen.

Aber irgendwann, das schwor sich der Fiaker, würde es so weit sein. Natürlich nicht mit irgendeiner krätzinösen Grabennymphe, nein, mit einer Dame von Welt. Eine modisch gekleidete Kurtisane müsste es sein, und auch er würde sich dafür einen feinen Zwirn auf den Leib schneidern lassen. Die Porzellanfuhr' selbst sollte dann ausgiebig lang sein, sodass man sich zuerst im Dunkel des Wagenkastens kennenlernen, über das Wetter und aktuelle Querelen sprechen und dazu eine Flasche edlen Weines trinken konnte.

Josephs Blick wurde selig, den herunterprasselnden Regen spürte er nicht mehr.

Dann würde sich die Dame an ihn schmiegen, zärtlich und wohlduftend. Er würde es genießen, ihre Lippen auf seiner Wange zu spüren, ihre Hand, die ihm über Brust und Wanst streichelte. Und dann –

»Passen S' ein wengerl auf!«

Die verärgerte Stimme aus dem Inneren seines Fiakers riss Joseph aus seinen Träumen. Er hatte einen großen Stein übersehen, der aus dem aufgeweichten Erdreich ragte und die Kutsche erst vorne und dann hinten ordentlich durchrüttelte.

»'tschuldigen S' vielmals, der Herr.«

Joseph mahnte sich zur Konzentration. Immerhin hatte er einen Ruf zu verlieren. Vielleicht würde es ihm ja auch genügen, einfach den nackten Leib der schönen Dame an dem seinen zu spüren, Haut an Haut. Mit einem Male wurde er sich bewusst, wie sehr er die körperliche Nähe zu seiner Gemahlin vermisste, wie sehr er sich nach Zuwendung und Zärtlichkeit sehnte. Und er nahm sich vor, dies bei nächster Gelegenheit anzusprechen.

Drei Tage später schwang die Tür des kleinen Hauses am Rande der Leopoldstadt mit solcher Wucht auf, als würde sie eine Sturmbö aufstoßen. Marianne torkelte in die Stube, die blonden Haare zerzaust, das blaue Kleid auf Höhe der Knie aufgeschunden, das Dekolleté falsch zugeknöpft. Ihr wirrer Blick schlingerte von Emil, der bereits schlief, auf Joseph, der neben dem Bettchen seines Sohnes hockte und vorlas.

»Ich habe auf dich gewartet«, sagte der Fiaker mit gütiger Stimme und legte das Satirebuch zur Seite.

»Ach was?« Mariannes Stimme klang schwer und trunken, ihre Augen waren gerötet. Von der lieblichen Anziehungskraft, die einst von ihr ausging, war nichts geblieben. Die Frau verharrte einen Augenblick lang wie erstarrt, dann warf sie die Tür ins Schloss. »Und warum?«

»Ich wollt mit dir reden. Wir … wir nehmen uns keine Zeit mehr, um miteinander zu reden.«

Marianne setzte sich an den Tisch. Der Ausdruck in ihrem Gesicht verriet, wie wenig Lust sie auf ein Gespräch hatte.

Joseph setzte sich ebenfalls an den Tisch, seiner Gemahlin gegenüber. »Unsere Leben laufen nebeneinanderher. Tagsüber bin ich nicht hier, und abends du nicht.«

»Dann bleib doch morgen daheim«, lallte die Frau. Ihr Atem roch nach schwerem Wein.

»Du weißt, dass das nicht geht, Liebes. Aber du könntest doch zumindest einen Abend hier sein, wenn ich nach Hause komme, oder?«

»Ich muss meine Freundschaften pflegen. Freundschaften sind wichtig. Wenn man sie nicht genau so hegt und pflegt wie Pflänzlein, dann verwelken sie und sterben, weißt’ das nicht? Hm, weißt du das?«

Joseph seufzte. »Und was ist mit uns? Mit unserer Freundschaft?«

Marianne zog eine übertrieben altkluge Miene, deutete mit dem Zeigefinger auf das kleine Bettchen. »Unsere Freundschaft liegt dort drin begraben.«

»Herr im – das ist doch unser –«

»Ja, du hast eh recht«, unterbrach sie ihn. »Mein Fehler. Es ist *unser* Grab.«

»Das meinst du doch nicht so.«

»Musst du dich den ganzen lieben langen Tag um das Balg kümmern? Das Leben saugt einem der Krüppel aus und was einem bleibt, das vernichten die anderen Leut' mit ihren strafenden Blicken. Als hätte ich's mir ausgesucht! Als wäre ich ein schlechter Mensch und er meine Sühne.«

Marianne begann bitterlich zu weinen.

Joseph ergriff ihre Hand, drückte sie. »Wir sind alles, was unser Emil hat. Und du bist ihm eine gute Mutter, Liebes.«

Die Frau putzte sich die Nase im Ärmel, ihre Stimmung wurde zornig. »Ach ja, und woher willst du das wissen? Erkennst du das, wenn du hoch oben auf deinem Kutschbock hockst und auf mich herunterblickst? Ich habe das Leben bekommen, das ich verdiene! Geschlagen mit einem Krüppel und einem Trottel.«

»Jetzt ist aber gut.« Dass in seinen Worten keinerlei Wut mitschwang, überraschte Joseph selbst, als er sie sprach. Aber er war nicht zornig auf Marianne. Sie tat ihm leid. Und sie war nicht Herr ihrer Sinne.

»Weißt' was?«, fragte der Fiaker. »Kommenden Sonntag wollen wir alle drei einen Ausflug machen. Wir steigen einfach in die Kutsche und lassen uns von den beiden Schwarzen ziehen, wo es sie hinträgt. Zu Mittag werden wir in ein Gasthaus einkehren und uns den Bauch vollschlagen, und am Abend werden wir vor Anbruch der Dunkelheit wieder zu Hause sein. Dann legen wir Emil schlafen, köpfen ein Flascherl Wein und setzen uns vors Haus, wie früher. Was meinst?«

Marianne hob den Kopf, die Augen nur mehr halb geöffnet. »Schau ma einmal.«

Ihr Haupt fiel auf den Tisch und sie begann lautstark zu schnarchen.

»Ja«, meinte Joseph müde. »Schau ma einmal.«

Den Sonntag darauf blieben Fiaker und Rappen im Stall. Trotz strahlenden Sonnenscheins war Marianne nicht fähig, sich aus dem Bett zu erheben. Am Vorabend hatte eine ihrer Freundinnen Geburtstag gefeiert und den Sliwowitz gab es umsonst.

Joseph hatte Emil in eine Buckelkraxe gesetzt, diese geschultert und war mit ihm den ganzen Tag zu Fuß unterwegs gewesen. Die verurteilenden Blicke seiner Mitmenschen ließen ihn kalt. Und obwohl er mit seinem Sohn gut auswärts essen war, so hatte er doch ein wenig Geld sparen können, das ihn seiner ersehnten Porzellanfuhr' ein wenig näherbrachte – so dachte er zumindest.

Denn am Abend verlangte Marianne zwanzig Kreuzer, da sie mit Emil am nächsten Tag zu einem Medikus gehen wolle. Von der Freundin, mit der sie gestern gefeiert hatte, habe sie erfahren, dass der dem armen Jungen vielleicht doch noch helfen könne, sich allein fortzubewegen.

Ohne zu zögern, griff Joseph in sein Erspartes und übergab seiner Gemahlin einen ganzen Gulden für die nächsten drei Behandlungen.

Die Monate vergingen. Josephs Hoffnung, dass sein Traum einer eigenen Porzellanfuhr' doch noch irgendwann in Erfüllung gehen würde, rückte in schier unerreichbare Ferne. Emils Behandlung kostete beinahe mehr, als er verdiente.

Nicht, dass es ihn betrübte, dass er sich nichts mehr ersparen konnte – aber sosehr sich Joseph auch bemühte, er konnte keinerlei Fortschritt im Verhalten seines Sohnes erkennen, und dies betrübte ihn zutiefst.

Marianne wiederum war gänzlich unwillens, auch nur einen einzigen Tag mit ihm und Emil zu verbringen. Entweder sie schützte vor, sich unpässlich zu fühlen, oder sie war schlichtweg nicht zugegen. Wo genau sie sich aufhielt, teilte sie Joseph auch weiterhin nicht mit.

Und so bestanden seine Tage darin, anderen Leuten dabei zuzuhören, wie sie sich in seiner Kutsche ihren Leidenschaften hingaben, während er schon gar nicht mehr wusste, ob überhaupt noch ein Funke von Leidenschaft in ihm gloste.

Als er eines Abends wieder an Emils Bettchen saß und ihm zum ungezählten Male aus der »Sammlung satyrischer Schriften« vorlas, fasste er den Entschluss, dass es seinem Sohn womöglich dienlicher wäre, den Medikus zu wechseln.

Als Marianne kurz vor Mitternacht in die Stube gestolpert kam, stellte er sie zur Rede.

»Medikus Sperger tut doch eh, was er kann!«, fuhr ihn seine Gemahlin an. »Nur der Herr weiß, wie es Emil erginge, würde ich nicht dreimal die Woche mit ihm zur Behandlung gehen!«

»Du hast recht«, meinte Joseph ruhig, »das weiß wahrlich der Herr allein. Denn augenscheinlich ist es nicht.«

Marianne verschränkte trotzig die Arme über der Brust. »Wohlan, dann hast du allein auf dem Gewissen, wenn es deinem Sohn schlechter geht.«

Joseph atmete tief durch. »Du machst das eh großartig. Vielleicht hilft es mir, wenn ich mit diesem Medikus persönlich einige Worte wechsle? Vielleicht kann ich dann besser verstehen, was die Behandlung bewirkt?«

»Also gut. Wenn wir uns leisten können, dass du einige Fuhren am Vormittag auslässt, dann komm eben am nächsten Montag mit.«

»Danke, Liebes.«

Marianne machte eine Geste, als wollte sie eine lästige Fliege verscheuchen, und legte sich mit ihm zugewandten Rücken ins Bett.

Montags darauf kutschierte Joseph seine Gemahlin und seinen Sohn bis zur Großen Pfarrgasse, blieb vor einem heruntergekommen aussehenden, zweistöckigen Haus stehen. Marianne ging voraus, Joseph folgte mit Emil in den Armen.

Sie gingen die breiten, abgetretenen Stufen über den Mezzanin bis in den ersten Stock, wo Marianne an einer schäbigen Holztür klopfte. Ein Mann öffnete, in einen zerschlissenen dunklen Mantel mit großen Manschetten und eine Reithose gekleidet, ein lose gebundenes schmutziges helles Tuch um den Hals und eine zerzauste Perücke auf dem Kopf. Sein Gesicht zeugte von übermäßigem Weingenuss, seine Augen wirkten fahrig.

»Medikus Sperger, schön, Euch zu sehen«, tönte Marianne mit singender Stimme.

»Frau Schuster, kommen S' doch herein.« Der Mann öffnete weit die Tür.

»Ich bin der Schuster Joseph«, meinte der Fiaker mit skeptischem Blick.

»Ist mir eine Ehre«, gab sich der Medikus erfreut und geleitete die Familie in ein Zimmer, das hell ausgekalkt war, und an dessen Wänden einige Stühle sowie eine geschundene Kommode standen. Die Holzdielen des Bodens waren zerkratzt und mit dunklen Flecken übersät, in einer der Ecken lagen einige Flaschen.

»Womit kann ich Ihnen helfen?«, wollte der Medikus wissen und wandte sich Joseph zu.

»Ich sag's grad heraus«, sprach dieser. »Mein Weib kam nun etliche Male zu Euch, und ich müsste lügen, wenn ich behaupten würde, auch nur die geringste Veränderung in Emils Verhalten zu erkennen.«

»Das wundert mich in keinster Weise«, sprach der Mann lauter, als es vonnöten war. »Inwieweit sind S' mit der Vier-Säfte-Lehre vertraut?«

Joseph zuckte mit den Schultern. »Ich war noch nie so richtig krank.«

»Diese Lehre«, fuhr der Medikus unbeirrt fort, »geht auf den Griechen Hippokrates zurück und besagt, dass unsere Gesundheit davon abhängt, in welchem Verhältnis unsere Körpersäfte zueinander stehen. Die gelbe Galle, die schwarze Galle, das Blut und der Schleim können, so sie aus dem Gleichgewicht sind, unseren Körper unglaublich martern, ja bis zum Tode führen. Meine Aufgabe ist es, diese vier Säfte wieder in Einklang zu bringen. Und wenn mir das bei Emil gelingt, so wird auch sein Körper wieder damit beginnen, sich so zu entwickeln, wie es bei Kindern seines Alters Usus ist.«

Joseph nickte bedächtig. Nicht, dass er wirklich etwas von dem verstand, was ihm der Mann mit der zerzausten Perücke gerade vorgetragen hatte, aber das musste er ja auch nicht. Wichtig war, dass der Medikus etwas davon verstand. Genauso wie er seinen Fiaker lenken konnte, der Medikus jedoch wohl kaum. Joseph blickte zu Marianne, die ihn zum ersten Mal seit Wochen wieder zuversichtlich anlächelte, und so wog auch er sich in Zuversicht.

»Ich danke Ihnen für Ihre Bemühungen«, sagte Joseph und meinte es auch so. Er gab dem Medikus zwei Gulden. »Für die nächsten sechs Behandlungen.«

Der nickte dankend.

»Ich muss nun wieder meiner Arbeit nachgehen, Sie verstehen das bestimmt.«

»Aber natürlich«, gab der Medikus ebenso freundlich zurück. »Gehaben Sie sich wohl, Herr Schuster.«

Joseph bestieg seinen Kutschbock. Auch wenn ihn sein Bauchgefühl vor dem Mann warnte, so mahnte ihn sein Verstand, dass dieser wohl alles in seiner Macht Stehende tat, um seinem Sohn zu helfen. Und was wollte er schon mehr?

»Fahren S' in die Stadt?« Eine ältere Frau sah zu ihm auf, ein junges Mädchen an der Hand.

»Steigen S' ein, gnä' Frau«, antwortete der Fiaker mit breitem Lächeln und ließ gleich darauf die Zügel schnalzen.

Die Wochen vergingen wie im Flug, so schien es Joseph zumindest, und schon nahte der Herbst. Er hatte sich keinen einzigen freien Tag gegönnt, immerhin wollte Emils Behandlung auch bezahlt werden. Das Verhältnis zwischen ihm und Marianne hatte sich auf wenige Worte am Morgen reduziert. Abends war sie nie zugegen, kam immer erst spät nachts nach Hause, und jedes Mal mit einer Körperausdünstung, die roch, als wäre sie in ein Weinfass gefallen. Genaue Auskunft, wo sie ihre Zeit verbrachte, gab sie wie immer keine und Joseph war schlichtweg überdrüssig, danach zu fragen.

Als am letzten Sonntag im August ein nicht enden wollender Wolkenbruch auf die Kaiserstadt niederging, beschloss Joseph, den Arbeitstag früher als gewöhnlich zu beenden. Zum einen war kaum ein Mensch auf den Straßen, der seiner Dienste bedurfte, zum anderen rann ihm trotz Kotze das Regenwasser bereits bis in den Schoß und bildete dort eine Lacke.

Nachdem er seine Rappen abgespannt und sie zum Stall geführt hatte, sah Joseph gerade noch aus dem Augenwinkel, wie Marianne eilig das Haus verließ. Nicht einmal ein solches Unwetter konnte sie in der gemeinsamen Stube halten, bedauerte Joseph mit einem Seufzen. Dann versorgte er seine Zugtiere und reinigte die Kutsche.

Erst ließ er Emil durch die Luft sausen. Dann legte Joseph einige Scheite nach und wärmte sich ausgiebig am prasselnden Feuer, denn die Nässe war ihm bis tief ins Gebein gekrochen. Er löffelte ein wenig von der Kohlsuppe, die er sich in einem Topf erwärmt hatte, anschließend setzte er sich an Emils Bett und las ihm zum Einschlafen eine Satire vor. Joseph wollte gerade ebenfalls zu Bett gehen, da bemerkte er, dass die Truhe, die dem Tisch gegenüber an der Wand stand, wie zur Seite gerückt wirkte. Er ging hin und stellte zu seiner Überraschung fest, dass der Boden der Truhe tatsächlich nicht deckungsgleich mit dem helleren Rechteck auf den Dielen war, wo sie ansonsten stand.

Warum sollte Marianne diese Truhe verschieben? Sie stand auf diesem Fleck, seitdem er hier eingezogen war. Aus Liebe zur Ordnung rückte er die Truhe an ihren angestammten Platz, dann legte sich der Fiaker schlafen.

Joseph riss die Augen auf. Ein wirrer Traum hatte ihn durch den Schlaf gehetzt, und mit ebenso wirren Gedanken aufwachen lassen. Der Blick des Fiakers fiel auf die Truhe an der Wand, auf die das silbrige Licht des Mondes schien. Er stand auf, schüttelte dabei den Kopf, als könnte er selbst nicht glauben, was er hier gerade tat. Er kniete sich auf den Boden, schob mit festem Ruck die Truhe beiseite. Aber es gab nicht mehr zu sehen als den hellen Fleck auf den Dielen, der bekundete, dass hier die Truhe seit Jahren ruhte.

Unschlüssig, was ihn angetrieben hatte, die warme Bett-statt zu verlassen, war Joseph gerade im Begriff, die Truhe wieder an ihren Platz zu schieben, als ihm auffiel, dass eine der Dielen gebrochen war und seltsam lose schien. Er griff das Stück Holz und hob es hoch. Was er dort, versteckt unter dem Bretterboden sah, raubte ihm schier den Atem –

Der Regen hatte aufgehört. Gleich einem gehetzten Tier stapfte Joseph Schuster vor seinem Haus im Schlamm auf und ab. Was zur Hölle hatte er gerade entdeckt? Was bedeu-tete dies für ihn, für seine Familie? Für Marianne?

Er holte seine Tabatiere aus der Westentasche. Mit gekonnten Griffen klopfte er auf den Deckel, ließ ihn auf-springen, nahm eine Prise Tabak und schnupfte sie, so fest er konnte. Dann noch eine. Und noch eine. Endlich spürte er das Kribbeln, das sich von seinem Kopf aus über den ganzen Körper ausbreitete, und die damit einhergehende Klarheit, die seinen Geist befreite. Er wusste, er musste etwas unter-nehmen. Einfach nur hierzubleiben, würde ihn vermutlich binnen kürzester Zeit in den Wahnsinn treiben.

Joseph ging los. Sein Ziel waren die Wirtshäuser und Brannt-weiner der Leopoldstadt, denn in einem von ihnen, davon war er überzeugt, würde er seine werte Gemahlin antref-fen – und zur Rede stellen.

Doch auch drei Stunden später war Joseph nicht fündig geworden. Mit der Genauigkeit eines Kartographen und der Gewissenhaftigkeit eines Bankiers war er alle Straßen und Gassen der Vorstadt penibel abgegangen, hatte jedes noch so kleine Tschocherl besucht. Vergebens. Wo in aller drei Teufels Namen war Marianne abgeblieben?

Aber er musste eben hinnehmen, was er nicht zu ändern vermochte. Enttäuscht und bedrückt machte er sich auf den

Heimweg, das Haupt gesenkt, die Hände in den Taschen, die Schultern gebeugt. Gerade passierte er die Große Pfarrgasse, als Gelächter und Gejohle an sein Ohr drang, leise und kaum wahrnehmbar, aber doch vorhanden. Joseph hob den Kopf, versuchte zu erkunden, woher der gesellige Lärm kam, und ging diesem nach. Schließlich stand er vor einem Haus, in dem er erst Wochen zuvor gewesen war. Das Haus von Medikus Sperger. Die Feierlaute schienen aus dem Innenhof zu kommen, doch das große doppelflügelige Eingangstor war verschlossen.

Der Fiaker ging um den Häuserblock, versuchte sich an jeder Tür, bis er schließlich eine öffnen konnte. Ein Innenhof führte in einen weiteren, und der, durch einen schmalen Durchgang, in wieder einen. Schließlich stand Joseph vor einer zwei Mann hohen Mauer, von deren anderen Seite das Gejohle und Gelächter herrührte. Er sah um sich, entdeckte zwei marode Kisten aus Holz, stapelte diese und erklomm sie.

Vorsichtig schob Joseph den Kopf über die Mauerkante, blickte in den angrenzenden Innenhof. Gut drei Dutzend Menschen hatten sich versammelt. Männer wie Frauen jeden Alters standen, saßen und lagen auf dem Boden, lachten, tranken, grölten und küssten sich. Das Ganze erweckte den Eindruck, als würde hier zügellos der letzte Abend auf Erden gefeiert, weil morgen die Welt unterging.

Josephs Blick wanderte über die Feiernden, deren Gesichter im flackernden Schein der Fackeln wie Fratzen im Fegefeuer wirkten … Dann sah er sie – Marianne, in einer Hand eine Flasche Wein, die andere Hand um die Hüfte eines Mannes gelegt, der Joseph den Rücken zuwandte. Die beiden schienen vertraut, neckten sich, lachten gemeinsam. Küssten sich ungeniert vor allen. Dann ließ Marianne von dem Mann ab, stellte die Flasche auf den Boden und ging mit wankendem Schritt zu einem der Tische, auf dem weitere Flaschen standen. Der Mann sah ihr nach, und mit einem Male konnte Joseph dessen Gesicht erkennen – es war das des Medikus Sperger. Allerdings trug er weder eine Perücke noch den abgewetzten Mantel mit den großen Manschetten. Hier, im Feuerschein und unter den anderen Säufern wirkte er wie ein gewöhnlicher Trunkenbold.

Langsam, beinahe wie in Trance, stieg Joseph von den Holzkisten, lehnte sich mit dem Rücken an die Mauer, hinter der das Leben hemmungslos pulsierte, während es ihm vorkam, als würde sein eigenes gerade enden.

Marianne hatte ihn nach Strich und Faden belogen. Vermutlich war der Mann nicht einmal ein Medikus, sondern nur irgendein trunkener Quacksalber. Ein Quacksalber, der nicht einmal fünf Kreuzer wert war, geschweige denn zwanzig.

Josephs Herz schlug ihm bis zum Hals. Sein Kopf dröhnte, sein Mund war staubtrocken. Seine Hände zitterten, sein Magen schmerzte wie ein harter Klumpen in seiner Leibesmitte.

Nichts war so wie noch vor wenigen Augenblicken und würde auch nie wieder so sein. Sein Leben, seine Liebe, sein Sohn.

Emil.

In diesem Augenblick schämte Joseph sich so sehr, dass ihm dicke Tränen über die Wangen liefen. Wie hatte er nur so selbstsüchtig sein können? Wie konnte er zulassen, dass sein größter Traum der war, einmal im Leben eine Porzellanfuhr' zu genießen?

Doch als sich der Fiaker die Tränen vom Gesicht wischte, war auch sein Traum mit einem Mal wie weggewischt. Er erinnerte sich an ein Gespräch, das er vor einiger Zeit mit einer Kundschaft geführt hatte, erinnerte sich daran, was ihm der Herr Erstaunliches zu berichten wusste. Und so wusste er nun ebenso, was er zu tun hatte. Er machte sich auf und marschierte schnellen Schrittes zu seinem Haus zurück.

»Heast, warum steht die Kutsche noch im Hof?«

Die Worte aus Mariannes Mund klangen gedehnt und kaum verständlich.

»Das will ich dir gerne erklären, Weib«, sprach Joseph mit ruhiger und gefasster Stimme. Er saß am Tisch, das Bündel aus Leinen neben sich, das immer sein Abendbrot beherbergt hatte. »Aber erst bitte ich dich, mir etwas zu erklären.«

Marianne zog eine bereitwillige Grimasse und stolperte dabei zwei Schritte rückwärts. Sie fing sich wieder, machte erneut einen Schritt nach vorn.

Joseph wartete, bis er sich sicher sein konnte, ihre ungeteilte Aufmerksamkeit zu haben, dann schlug er das Bündel auf. In dessen Mitte lagen silberne Ringe, Broschen und Geschmeide. Ein kleines Vermögen, zumindest, wenn man es mit dem Maßstab seiner Zunft maß.

Mariannes Gesicht versteinerte. Dann riss sie den Kopf zur Seite, starrte an die Wand, an der die Truhe stehen sollte, es aber nicht tat, und wo der Bretterboden geöffnet war. Mit einem Male schien sie völlig nüchtern zu sein.

»Was machst du mit meinen Sachen, du Hund?« Ihr Blick war hasserfüllt, ihre Hände zu Fäusten geballt. »Das ist meins!«

Joseph schnellte in die Höhe, schlug mit der Hand auf den Tisch. »Das ist nicht deins! Das alles gehört Emil! All die Arzneien, die du für sein Wohl angeblich kaufen musstest, alle Tinkturen! Das Honorar für diesen selbsternannten Medikus!« Wieder schlug er mit der Faust auf den Tisch, dass Ringe und Geschmeide in die Höhe hüpften. »All das war gelogen!«

Mariannes Mund nahm verächtliche Züge an. »Und wenn schon. An diesem Krüppel wären sie doch nur verschwendet. Das Silber am Tisch steht mir zu, weil ich es mit ihm und mit einem wie dir so lange ausgehalten habe.«

Joseph atmete tief durch, schlug dann das Leinentuch wieder zu einem Bündel zusammen. In dem Augenblick stürzte sich Marianne auf ihren Gemahl, aber der war schneller als die trunkene Frau. Mit einem gezielten Hieb schleuderte er sie zu Boden, wo sie neben Emils Bettchen zu liegen kam. Nach einem Moment des Schreckens begann sie zu weinen. »Ich habe doch sonst nichts auf der Welt.« Sie sah durch die Gitterstäbe des Bettchens. »Wo ist Emil?«

Joseph verschnürte das Bündel mit einem Knoten. »Hab keine Sorge. Emil kommt mit mir. Ab sofort kannst du dein Leben versaufen, wie du willst. Auch brauchst du dich um niemand anders mehr kümmern als um dich. Du wirst alle Zeit der Welt haben.«

Er griff eine Stange aus Eisen, die auf dem Stuhl neben ihm lag. »Und glaube mir, diese Zeit wirst du auch brauchen.«

In güldenem Schein erhob sich die Morgensonne aus ihrem Schlaf, weckte mit ihren Strahlen Wiesen und Felder, Mensch und Tier. Joseph Schuster genoss die Wärme in seinem Gesicht, genoss das Schaukeln der Kutsche unter ihm und das Geklapper der Hufe vor ihm. Als müsste er sich selbst überzeugen, griff er in die Tasche seines Mantels, erspürte das Bündel aus Leinen, das darin sicher ruhte.

Ein leises Gähnen ließ ihn zu seiner Rechten blicken, dort, wo er die Buckelkraxe festgezurrt hatte, in der Emil bis eben selig geschlafen hatte.

Nichts hatte das Kind erleben müssen, nicht den Streit in der Stube, nicht das Beladen der Kutsche, nicht die Stadttore, die er und sein Vater Richtung Westen passiert hatten.

Als die Sonnenstrahlen nun auch ihn an der Nase kitzelten, kicherte er glückselig.

Joseph atmete tief die frische Luft ein, dachte an Marianne. Diese konnte nicht mitkommen, sie musste im Hause bleiben. Gekrümmt am Boden liegend hatte er sie zurückgelassen, mit zerschmetterten Gliedern. Sie war nun ebenso unfähig, sich fortzubewegen, wie ihr Sohn und würde dies auch immer bleiben.

Voller Liebe strich Joseph Emil über die Wange, dann wandte er seine Aufmerksamkeit wieder der Straße zu, auf der er so sanft und ohne Holpern fuhr wie kein Zweiter.

Sein Ziel lag noch einige Tagesreisen entfernt, aber er wusste jetzt schon, dass es sich lohnen würde. Eine Kundschaft hatte ihm nämlich erzählt, dass in Nürnberg ein gewisser Uhrmacher namens Stefan Farfler gelebt hatte, der ebenfalls zeitlebens verkrüppelte Beine gehabt hatte. Doch er war findig, und so hatte er für sich ein Gefährt mit drei Rädern entworfen und gebaut, das er mit der Kraft seiner Hände antreiben konnte – quasi ein mit Muskelkraft betriebener rollender Stuhl. Das Geld für die Konstruktion eines solchen Gefährts wusste Joseph in Form von Schmuckstücken in seiner Manteltasche. Mit diesem würde Emil endlich jene Freiheit erhalten, die ihm bisher verwehrt geblieben war. Und das, so war Joseph überzeugt, würde auch ihm mehr Freude bereiten als alle Porzellanfuhren der Welt.

VIII.

So a̖ Hetz!

Wien, 1796

»Pass auf, hinter dir!«
»Ma, den hätt's beinah erwischt!«
»Steig doch dem oasch Hundsviech auf den Kopf!«
Die Zuschauer krakeelten, johlten, schimpften, jubelten und schrien auf, als ginge es um ihr eigenes Leben – dabei kämpfte in der Arena ein wütender ungarischer Ochse gegen ein halbes Dutzend kläffender Hunde um sein Leben.

Knapp dreitausend Schaulustige waren an diesem Sonntag gekommen, besetzten die drei Galerien des Amphitheaters bis auf den letzten Platz, und dies trotz der teils nicht unerheblichen Preise: Eine Loge kostete eine ganze Dukate, die Sperrsitze der ersten Galerie einen Gulden und zwanzig Kreuzer. In der dritten Galerie, für die nur mehr zehn Kreuzer zu berappen waren, drängte sich schließlich der gemeinste Pöbel, und dementsprechend ungehemmt gebärdete man sich dort.

Das Schauspiel in der Arena wurde nun weiter angefacht. Waren die Hunde bis jetzt noch Neulinge, die schüchtern winselten oder angsterfüllt kläfften, wurde nun ein Gitter hochgezogen, durch das drei Schweinshunde[*] preschten. Geifernd umzingelten sie den rasenden Ochsen, der seine langen Hörner zu Boden gesenkt hatte, sprangen ihn wie auf Kommando an, die Zähne gefletscht.

---

[*] Jagdhunde zur Jagd auf Wildschweine

Das Publikum jauchzte auf.

Wie wild versuchte der Ochse, die Hunde abzuschütteln, doch zwei von ihnen hatten sich bereits in seine Ohren verbissen und würden wohl nicht mehr davon ablassen. Mit der Kraft der Verzweiflung traf der gehetzte Ochse einen der Neulinge mit dem Huf, schleuderte den Hund gegen die Palisaden, wo er regungslos und übel zugerichtet liegen blieb.

Ein enttäuschtes Raunen wehte durch die Galerien – ob aus Mitleid mit dem Hund oder aus Enttäuschung, dass nicht mehr Blut floss, war nicht herauszuhören.

Die verbliebenen Neulinge stimmten in die Vorgabe der Schweinshunde mit ein, sprangen nun ebenfalls zähnefletschend den Ochsen an, der sich heulend vor Schmerzen wand und verzweifelt versuchte, seine Peiniger abzuschütteln. Vergebens. Irgendwann verließen das Tier die Kräfte, blutüberströmt stürzte es in den Sand, die Augen weit aufgerissen und bar jeden Lebens.

Das Publikum war außer sich vor Begeisterung.

Ein Tusch der Musikkapelle, gefolgt von einem flotten Marsch mit türkischem Flair kündete davon, dass das Schauspiel zu Ende war. Der Hetzmeister, ein Mann in Jägerkleidung gewandet, betrat die Arena. Auf sein Kommando hin ließen die Hunde von dem zu Tode gehetzten Ochsen ab und liefen in eine der offenen Tierfallen an der Seite der Arena. Das tote Tier, das von einem Wiener Fleischhauer gestellt worden war, wurde nach Ende des Spektakels an eben diesen wieder geliefert, der sein Fleisch verwertete und es als etwas ganz Besonderes anpreisen konnte.

Eugen und Kaspar Aichhorn standen vor dem Ausgang des Amphitheaters, nickten den herausströmenden Besuchern wohlwollend zu. Eugen, der ältere der beiden Brüder, war hochgewachsen und spindeldürr, in dunkle Kniehose, Weste und Rock gekleidet, auf dem Kopf einen modischen, ebenso dunklen Dreizack. Seine blasse Haut, die spitze Nase und die hohen Wangenknochen unterstrichen sein distinguiertes Aussehen.

Kaspar Aichhorn war um gut zwei Köpfe kleiner, jedoch von kräftiger Statur. Seine blauen Augen wirkten lebhaft in dem sonnengegerbten Gesicht, seine dreiunddreißig Lenze sah man ihm nicht an. Die in gedämpften Erdtönen gehaltene Jägerkleidung wies ihn als den Hetzmeister aus.

Beide Männer hatten je einen Hund an der Leine. Kaspars war ein Wasserhund mit gelocktem, leberbraunem Fell, etwas Weiß an Brust und Pfoten, die Ohren wie breite Lappen. Das hintere rechte Bein des Tieres war verkrüppelt und starr. Der Hund zu Eugens Füßen war ein kniehoher Mischling mit treuen Augen, der leise vor sich hin winselte, das Fell blutig gebissen.

»Formidable Darbietung, Herr Aichhorn!«, schmetterte ein verschwitzter Bürger Kaspar entgegen, während er ungefragt dessen Hand packte und sie kräftig schüttelte. »Ich bin schon heute gespannt, womit Ihr uns beim nächsten Mal erfreuen werdet!«

Der Hetzmeister nickte wertschätzend. »Dann beehren Sie uns wieder, der Herr.«

Noch während sich der Besucher abwandte, drängte sich eine dralle Magd mit buschigen Augenbrauen durch den Menschenstrom vor Kaspar, atmete tief durch, während sich ihr üppiges Dekolleté wogend hob und senkte. »Ihr habt Euch heute selbst übertroffen, Herr Hetzmeister.« Neckisch schob sie sich eine schwarze Haarsträhne unter die weiße Haube.

»Euer Zuspruch versüßt mir wie immer den Tag, Frau Marie«, charmierte Kaspar und bemühte sich, ob des ebenfalls wie immer beißenden Geruchs der Dame nach Schweiß nicht die Nase zu rümpfen.

Verstohlen strich sie mit dem Zeigefinger den Hals abwärts, hielt inne, als sie ihren Brustansatz berührte. »O, wie gern ich Euch auch den Abend versüßen würde. Aber Ihr wisst ja, mein Gemahl …«

Kaspar lächelte wissend. »Aber natürlich. Bis nächste Woche, Frau Marie.«

Nachdem die Magd gegangen war, beugte sich Eugen zu seinem Bruder. »Deine Bären stinken nicht so wie die elendige Mamsell.«

»Und sind untenrum wohl auch nicht so behaart«, legte Kaspar nach. Die beiden Brüder teilten ein Schmunzeln.

Plötzlich schnellte Eugen nach unten, packte einen Mann an dessen zerschlissenem Gehrock, der gerade im Begriff war, den Hund an seiner Seite an sich zu nehmen. Dann riss er ihn zu sich hoch. »Was hamma denn da vor, der Herr?«

Der alte Mann, dem die wenigen Haare ins schmutzige Gesicht hingen, stammelte eine Entschuldigung. »Ich … ich wollt doch nur meinen Seppl wieder mit nach Haus nehmen.«

»Nun, das können S' ja auch gern tun, Herr Krautinger. Aber zuerst berappen S' einmal das Entreegeld.«

Flehend blickte der alte Mann von Eugen zu dessen Bruder und zurück. »Aber der Seppl hat doch eh mitgehetzt.«

Eugen lachte auf. »Das nennen S' mithetzen? Das tattrige Hundsviech ist nur winselnd in der Arena herumgestanden und hat ein Lackerl nach dem andern gemacht. So haben wir nicht gewettet, Sie Hallodri! Nur wenn Ihr Wauwau angreift, sparen Sie sich auch das Entreegeld.«

Der Alte wandte sich an Kaspar. »Gehen S' bittschön, Herr Hetzmeister, haben S' doch Mitleid mit einem armen Tagelöhner.«

Kaspar seufzte und gab seinem Bruder mit einem Schul-terzucken zu verstehen, dass dieser auf die Einnahme ver-zichten solle. Doch der verschränkte als Antwort die Arme.

»Ganz zugerichtet ist mein Seppl auch.« Zitternd strich der Alte dem Hund über den Kopf.

»Daran hätten S' denken sollen, bevor sie gekommen sind.« Eugens Stimme wurde rauer. »Man nimmt halt keine Maus in eine Schlangengrube mit, wenn S' verstehen, was ich meine. Zehn Kreuzer macht das dann.«

Mit einsichtigem Nicken suchte der Alte etwas in den Taschen seiner Weste, als Kaspar eine Münze aus der eige-nen Joppe zog und sie seinem Bruder in die Hand drückte.

Der steckte die zehn Kreuzer weg und warf dem Alten einen stechenden Blick zu. »Auf Wiederschaun, Herr Kraut-inger!«

Der Alte nahm seinen verletzten Hund an sich und schlich davon, nicht ohne fortwährend ein »Dankeschön« zu mur-meln.

Kaspar schüttelte den Kopf. »Du wirst noch einmal an deiner Habgier ersticken.«

Eugen hob das Kinn. »Und du wegen deinem Mitleid im Armenhaus landen.«

Das warme Licht der Abenddämmerung fiel durch die Schei-ben des Hauses des Hetzverwalters, das direkt an das Amphi-theater angebaut war. Von draußen war das gelegentliche Kläffen eines jener über siebzig Hunde zu hören, die in einer Umzäunung außerhalb des Hetztheaters gehalten wurden.

Josefine, eine aparte Frau Mitte dreißig, mit grünen, güti-gen Augen, stellte eine gusseiserne Pfanne auf den Tisch in der Stube. Darin brutzelten geröstete Erdäpfel mit Zwiebel und Speck. Ihr gegenüber hatte Eugen bereits Platz genom-men, eine hölzerne Schüssel vor sich.

»Bist du zufrieden mit der heutigen Hetz?« Ohne ihren Gemahl anzusehen, füllte sie seine Schüssel mit der Speise.

Der knurrte. »Ausverkauft waren wir, da kann ich nicht meckern. Aber hängen bleiben tut trotzdem zu wenig.«

»Aber geh, wir haben doch alles, was wir brauchen. Die Stube ist warm, wir müssen nicht hungern. Gesund sind wir auch.«

»Und so einfältig wie genügsam, wie mir scheint.« Eugen zog tadelnd eine Augenbraue in die Höhe. »Du bist in der Tat, wie ein Schäfchen Gottes zu sein hat.«

Josefine setzte sich ebenfalls und nahm zwei Löffel der Speise. »Und du bist wohl nie zufrieden mit mir.«

Mit einem Tusch schmetterte Eugen seinen Löffel neben die Schüssel. »Wie gut kennst du mich eigentlich?«

Die Frau seufzte. »Geh, ich weiß doch eh, dass du es nur gut meinst. Aber irgendwie kann ich es dir nie recht machen.«

Eugen begann wieder zu essen. »Nimm es dir nicht zu Herzen«, sprach er und nahm einen weiteren Bissen vom Gröstl. »Das kann keiner.«

Eine Kerze aus Bienenwachs warf zuckendes Licht an die Wände der Stube. Kaspar lag in seinem Bett. Am Fußende standen seine Stiefel, für den nächsten Tag bereits sauber gewichst. Seine Jägerkleidung hing gewissenhaft zusammengelegt auf einem Stuhl.

Ein unrhythmisches Tapsen ließ den Hetzmeister zu Boden blicken, wo seine Hündin auf ihn zugewackelt kam, wobei ihr das rechte Hinterbein immer wieder wegknickte.

»Na, Stanzerl, bist auch schon müde?«

Als verstünde die Wasserhündin ihr Herrchen, gähnte sie und legte sich dann auf eine zusammengefaltete Decke, die für sie am Boden bereitlag. Stanzerl war der erste Hund, der bei einer Hetze verletzt worden war, die Kaspar leitete. Nach dem Spektakel wollte Eugen die Hündin an die Knochenmühle im Süden Wiens verschenken, doch Kaspar erbarmte sich des Tieres. Seither folgte Stanzerl ihm auf Schritt und Tritt.

»Du schlaf auch gut«, sagte der Hetzmeister und sah auf den verrußten Plafond über ihm. Innerlich ärgerte er sich über sich selbst, ärgerte sich darüber, dass er am heutigen Tage zum wiederholten Male nicht den Mut gefasst hatte, seinem Bruder zu sagen, dass er seinen Beruf an den Nagel hängen wollte. Es war ein Gefühl, das vor gut einem Jahr in ihm aufgekeimt war und seither wucherte wie Efeu, der dabei die Pflanze, an der es hochkletterte, erstickte. Natürlich genoss er Jubel und Zuspruch des Publikums, und die Erlöse kamen noch dazu der Armenkasse zugute. Aber er war es leid geworden, so viele tote und verletzte Tiere zu sehen, ihr Wimmern zu hören und dabei das Gefühl zu haben, für ihre Wunden verantwortlich zu sein. Was zu Beginn wie ein hehrer Wettstreit zwischen Mensch und Biest anmutete, war in Wahrheit nur ein feiges Gemetzel zwischen wehrlosen und bereits dem Tode geweihten Kreaturen, allein zum Gaudium der Volksmenge. Er war vom vermeintlichen Helden zum Schlächter verkommen, und das wollte er einfach nicht mehr sein. Vielleicht würde er sich als Kunstreiter verdingen können, oder er würde einfach nur irgendwo als Knecht arbeiten. Aber zumindest würde seine Seele Frieden finden, und sein Herz zur Ruhe kommen … gemeinsam mit ihr.

Kaspar nahm ein handgroßes Blatt aus starkem Papier, das auf einem niedrigen Tischchen neben dem Bett lag, und besah es sich. Darauf war mit einem Scherenschnitt die Silhouette eines Frauenkopfes geklebt. Erst im letzten Jahr hatte sie ihm das Bildnis geschenkt, in einem der wenigen gemeinsamen Augenblicke, die sie erlebt hatten. An diesem Abend war es schon unglaublich lange her, entsann sich Kaspar, dass er sie im Arm halten durfte, eine gefühlte Ewigkeit. Dass er ihren verführerischen Duft auf ihrer zarten Haut riechen konnte. Dass er die Weichheit ihrer Lippen auf den seinen gespürt hatte.

Kaspar seufzte so schwer, wie es nur Menschen taten, die von unerfüllter Sehnsucht gemartert wurden. Schließlich legte er den Scherenschnitt auf das niedrige Tischchen neben seinem Bett und blies das Kerzenlicht aus.

»Guten Morgen!« Mit seiner humpelnden Hündin bei Fuß ging Kaspar auf Eugen zu, der vor dem Amphitheater stand und stumm zu dessen Satteldach hinaufblickte.

Das Rundgebäude befand sich unmittelbar am Glacis, dort, wo vor knapp über hundert Jahren noch die Türken die Kaiserstadt belagert hatten. Ihm gegenüber lag das östliche Ende des Ochsenmarkts. Ein fahrender Franzose namens Carl Defraine hatte das Bauwerk dort 1755 aufgrund eines ihm verliehenen Privilegs errichtet und bis zu seinem Tode geführt. Aufgrund der außerordentlich hohen Einnahmen verleibte es sich danach die Kaiserliche Theatral-Direction ein und verpachtete es seither.

Das »Schauspiel der Nation«, wie Defraine es marktschreierisch genannt hatte, fand seither in dem tonnenförmigen Hetzhaus statt, dessen Erdgeschoss aus Mauerwerk, die darüber liegenden drei Stockwerke mit ihren Galerien jedoch aus Holz bestanden. Über dem Eingang prangte stolz ein steinerner Adler.

»Was gibt's dort oben zu sehen?«, wollte Kaspar wissen, nachdem er seinen Bruder erreicht hatte und dessen Blick gen Himmel gefolgt war.

»So weit denkt der Mensch.«

Kaspar runzelte die Stirn, sah seinen Bruder fragend an.

»Du und die anderen, ihr denkt nur so weit, wie euer Blick reicht. Bis zur Überdachung«, fuhr Eugen fort, mehr zu sich selbst. »Warum glaubst du, werden die Schiffe der Kathedralen immer weiter in die Höhe getrieben? Kann man den Herrn denn nicht auch von seiner Wohnstube aus anbeten? Glaubst du, Er würde dir weniger Gehör schenken, nur weil die Decke tiefer hängt?«

Der Hetzmeister zuckte mit den Schultern.

»Der eigentliche Sinn dahinter ist, dem einfältigen Manne vorzugaukeln, hier habe der Herr selbst Seine Hände im Spiel.«

»Du meinst, aus dem gleichen Grund überschlagen sich die Bauten des Adels auch mit Prunk?«

»Ganz recht. Aber mein Horizont, werter Herr Bruder, endet nicht beim Dach unserer Wirkungsstätte. Mein Horizont endet dort, wohin man sehen kann, wenn man inmitten der Arena steht und nach oben blickt.«

»Am … Himmel?«

Eugen entfuhr ein Lächeln, das aufgrund seiner hageren Gestalt wirkte, als würde ein Skelett grinsen. »Nein, nicht am Himmel. Sondern in den Weiten einer sternenklaren Nacht. Im Unendlichen, wenn du so willst. Denn das Amphitheater ist eine Goldgrube, wenn man weiß, wie man in ihr schürft.«

»Aber wir schürfen doch«, sagte Kaspar leicht verärgert und wurde ernst. »Ich muss mit dir etwas besprechen, Eugen.«

»Nun, das kannst du gerne tun. Aber im Augenblick habe ich keine Zeit für dich und deine Hirngespinste. Ein großes Spektakel naht und will vorbereitet werden.«

»Ich weiß, aber –«

Wie ein Schulmeister hob Eugen den Zeigefinger. »Schluss jetzt! Wenn du die Viecher gefüttert hast, komm in mein

Haus. Ich möchte dir den Text für das nächste große Hetz-schauspiel am Annatag diktieren, verstanden?«

Stanzerl bellte, als würde sie protestieren.

Eugen warf der Hündin einen feindseligen Blick zu. »Hat dein Köter immer noch keine Manieren?«

Ohne auf eine Antwort zu warten, ließ Eugen seinen Bruder vor dem Amphitheater stehen, nicht ohne im Weggehen Stanzerl noch einen leichten Tritt zu versetzen.

»Wir nehmen den Schmuckkopf mit Löwen, Affe und Hyäne«, fabulierte Eugen, während er die Stube auf und ab schritt und dabei unsichtbare Formen mit seiner rechten Hand in die Luft zeichnete. Kaspar saß auf einem Stuhl und notierte die Ausführungen seines Bruders, Stanzerl ruhte zu seinen Füßen.

»Das k. k. privilegierte Hetzamphitheater unter den Weißgärbern wird Dienstag, den 26. Juli 1796, folgenden ausgesuchten Tierkampf unter wohlbesetzter türkischer Musik abhalten.« Mit einem raschen Blick vergewisserte sich der Verwalter, dass sein Bruder alles notiert hatte, korrigierte sich dann aber sogleich selbst: »Ersetze Tierkampf mit ›Hetze auf Mord und Tod‹. Oder nein, noch blumiger: ein ›Tiermassaker ohne Gleichen‹.« Bei diesen Worten lächelte er zufrieden. »Du wirst einen Stierkampf nach spanischer Art exerzieren, bereite dich also darauf vor. Wir kündigen auch ein böhmisches Wildschwein an, das von drei gepanzerten Fleischhackerhundsviechern gehetzt wird, eine amerikanische Hyäne und einen russischen Bären. Und einen ›Affen als Parforcejäger‹, et cetera pp. Die weiteren Floskeln kennst du ja. Diesmal wird das Schauspiel das Größte, das wir je veranstaltet haben. Wir werden Löwe und Tiger kämpfen lassen und mit einem grandiosen Feuerwerk enden.«

Kaspar pfiff durch die Zähne. »Das wird aber ein teures Spektakel.«

»Das Affentheater kostet so schon rund fünftausend Gulden per anno. Was sind da schon ein paar Gulden mehr? Zudem es nicht darum geht, was es kostet, sondern darum, was es abwirft. Aber das hat dich nicht zu kümmern. Und lass die Zettel in roten Lettern drucken, verstanden?«

Kaspar schnaubte verärgert. »Was ich mit dir noch besprechen wollte –«

»Später«, schnitt ihn sein Bruder ab. »Jetzt schick den Moritz zu mir. Ich muss den Hetzknecht noch gesondert instruieren.« Eugen machte eine Handbewegung, als würde er ein unsichtbares Insekt verscheuchen. Der Hetzmeister stand auf und verließ mit Stanzerl den Raum.

»Ich musste dich einfach sehen«, flüsterte Kaspar, während er die Frau an sich zog. »Keinen Moment länger hätte ich es ohne dich ausgehalten. Und ich muss dir etwas gestehen: Ich will nicht mehr ohne dich sein.«

»Das will ich auch nicht, mein Herz. Aber er wird uns niemals fortlassen.«

Kaspar seufzte. »Was er will, interessiert mich nicht mehr. Die Hetzjagd am Annatag wird meine letzte sein. Eugen wird sich im Siegestaumel befinden, da er bei den Hundewetten ordentlich mitschneidet, ja sie sogar manipuliert. Er denkt, ich weiß nichts davon, aber er bereichert sich hinter unser aller Rücken, und das schon viel zu lange. Du könntest deine Habseligkeiten packen, und gemeinsam könnten wir davonziehen, an einem Abend alles hinter uns lassen. Ich liebe dich, Josefine.«

»Ich liebe dich auch.« Ihre Augen wurden feucht. »Und ich bin so froh, dass du dich endlich dazu durchgerungen hast. Nicht einmal mehr Eugens Antlitz ertrage ich. Seine abweisende, rechthaberische Art. Seinen Geiz. Ich will nicht viel vom Leben, das weißt du, aber ich will endlich glücklich sein. Mit dir.«

»So ist es beschlossen?«

Sie nickte knapp. Dann küssten sich Kaspar und Josefine, leidenschaftlich, inniglich, und voller Liebe.

Die Schläge der beiden Stadttrommler hallten durch die belebten Straßen der Inneren Stadt, brachen sich an den Stuckfassaden und trugen die Kunde vorneweg, dass etwas Aufregendes bevorstand. Es war der 25. Juli, der Tag vor dem Annatag. Hinter den Trommlern ritt, hoch auf einem prächtig geschmückten Rotschimmel, Kaspar in Jägerkleidung, den Hirschfänger links an seiner Seite im Wehrgehänge. Mit theatralischem Blick sah er zu den Schaulustigen, die sich links und rechts der Straßen drängten, winkte Kindern, nickte Männern und zwinkerte Frauen zu. Hinter ihm folgten vier Hetzknechte in kurzer, gelber Ledermontur, die die mit roten Lettern bedruckten Hetzzettel verteilten. Das Spektakel konnte beginnen!

Ab Mittag wich die Wolkendecke zurück, öffnete der Sonne den Weg und ließ diese ungehindert auf die Kaiserstadt, ihre Vorstädte und das Amphitheater hinunterbrennen.

Inmitten der Arena kniete Kaspar im Sand, streichelte Stanzerl über Kopf und Rücken, kraulte sie hinter den Ohren, während sie mit dem Schwanz wedelte und genüsslich knurrte. Mit wehmütigem Blick sah er zu jeder Einzelnen der zwanzig Tierfallen, in denen Löwen, Tiger, Bären, Wölfe, Wildschweine und alle anderen Tiere gehalten wurden, die in knapp einer Stunde zum Gaudium gehetzt werden sollten. Ein letztes Mal, ging dem Hetzmeister durch den Kopf, dann würde sich alles in seinem Leben ändern.

Würde er die Ehrerbietung des Publikums vermissen, das Jauchzen und Johlen, wenn er sich durch seinen Wagemut oder seine Gewandtheit auszeichnete? Vielleicht ein wenig, gestand er sich ein. Aber er würde dafür etwas viel Wertvolleres erhalten: die Freiheit, sein Leben nach seinen Vorstellungen gestalten zu können, und die Liebe der Frau, die auch er liebte.

Kaspars Blick erfasste die Militärwachen. Die hatten bereits seit drei Uhr ihre Posten bezogen, um einen reibungslosen Ablauf zu gewährleisten. Er sah zum Balkon hinauf, auf dem sich die Militärtambours und die Pfeifer bereit machten, für die musikalische Untermalung zu sorgen. Der Hetzmeister erhob sich. Ein letztes Mal durchschritt er die zweiundzwanzigeinhalb Klafter* messende Arena, prüfte den Sitz der Bretter, die das mit Wasser gefüllte Bassin in der Mitte des Kampfplatzes zudeckten. Dann sah er zu den beiden besprossten Steigbäumen hoch, die sich sieben Klafter in die Höhe reckten, um den Hetzknechten Zuflucht zu bieten, oder den Bären als Klettergerüst dienten.

Kaspar prüfte seine Taschenuhr – es war kurz vor vier. In wenigen Minuten würde der Einlass beginnen. Es war so weit. Sein letzter Kampf war angebrochen.

Eugen lehnte an der Galerie des dreitorigen Portalbaus, durch das Massen von Menschen in das Hetzhaus strömten. Viele von ihnen hatten in den umliegenden Wirtshäusern wohl bereits seit etlichen Stunden gebrauten oder gegorenen Getränken zugesprochen, gemessen an ihren unsteten Schritten und ihren lauthalsigen Gesängen.

Der Hetzverwalter wandte sich an den grobschlächtig aussehenden Knecht zu seiner Linken. »Hast du alles so vorbereitet, wie ich es dir aufgetragen habe?«

---

* 22,5 Klafter = ca. 43 Meter. 7 Klafter = ca. 13 Meter

Moritz nickte dienstbeflissen. »Das habe ich, Herr. Die von Euch ausgewählten Hunde habe ich nicht gefüttert, drei der großen habe ich die Pfoten aufgerieben und eingesalzen. Der Pöbel wird ob ihres bulligen Äußeren auf sie wetten, aber gewinnen werdet Ihr.«

»Und dir werde ich es dementsprechend vergelten«, sprach Eugen mit leiser Stimme und lächelte selbstzufrieden. Der heutige Tag würde ihm einen außerordentlichen Gewinn bringen, davon war der Hetzverwalter überzeugt, und die wohlfeil versteckte Schatulle in seinem Haus würde sich ein weiteres Mal mehr füllen.

Die Musik schmetterte eine kurze Intrade, wonach es unter den dreitausend Schaulustigen so still wurde, dass man eine Nadel hätte fallen hören können. Mit ehernem Rasseln öffnete sich das Gitter einer der Fallen in der Arenawand. Wild schnaubend kam ein großer schwarzer Stier herausgestürmt, der sogleich die beiden lebensgroßen, in Rot gekleideten Strohpuppen, die an einem der Steigbäume angebunden waren, mit seinen Hörnern anvisierte.

Das Publikum brüllte vor Begeisterung, das blutige Hetzspiel nahm seinen Lauf …

Eugen stand an der Balustrade der ersten Galerie und beobachtete, wie sein Bruder nicht nur seiner Profession als Hetzmeister gerecht wurde, sondern es darüber hinaus auch noch verstand, die Massen zu begeistern. Die Männer zollten ihm aufgrund seines Mutes Anerkennung. Die Frauen, die immerhin mehr als ein Drittel der Besucher ausmachten, fieberten ob seiner Tapferkeit mit. Eugen wurde wehmütig zumute. Denn was er gestern Abend in seinem eigenen Hause entdeckt hatte, fühlte sich an, als hätte man ihm einen Dolch direkt ins Herze gestoßen. Aber noch war nicht alles zu spät, noch gab es einen Funken Hoffnung. Und diesen Funken hieß es nach der Vorstellung wieder zu einem Feuer zu entfachen, damit seine Leidenschaft für das Hetztheater und dessen Gewinne weiterhin so hell lodern konnte.

Hinter einem Eisengitter stand Kaspar in Sicherheit, blickte verschwitzt und außer Atem in die Arena, in der gerade der Tiger einen Schweinshund nach dem anderen zerriss. Nach ihm war noch der Löwe an der Reihe. Danach würde ein Feuerwerk nicht nur dem heutigen Kampftag, sondern auch seinem bisherigen Leben als Hetzmeister ein Ende setzen. Er griff in die Tasche seines Rocks, fühlte das raue Büttenpapier des Briefchens, das ihren Scherenschnitt umschloss. Einer gemeinsamen Zukunft mit Josefine stünde nun nichts mehr im Wege. Endlich.

Innerhalb weniger Minuten war das Getöse vorbei gewesen, war die Volksmenge nach draußen geströmt, wohl um bei Bier und Wein die Kämpfe noch einmal Revue passieren zu lassen. Kaspar machte seinen letzten Kontrollgang, wie immer begleitet vom humpelnden Stanzerl. Besonnen schritt er den Gang entlang, der kreisförmig hinter den Fallen verlief, prüfte die Verriegelungen der Türen, die in die Fallen führten, damit die Knechte diese entmisten und die Tiere füttern konnten. Alles war, wie es sein sollte. Schließlich erspähte er seinen Bruder, der beim Ausgang auf etwas zu warten schien – oder auf jemanden.

»Großartig hast du deine Sache gemacht, Respekt sei dir gezollt!«, rief ihm Eugen zu, als sich Kaspar näherte. »Aber das haben dir mit Sicherheit schon einige Frauenzimmer und Trunkenbolde attestiert.«

»Danke dir«, antwortete der Hetzmeister knapp.

»Und doch entsinne ich mich, dass du mit mir über etwas reden wolltest. Was liegt dir auf dem Herzen, Bruder?«

Kaspar winkte ab. »Das hat sich bereits erübrigt. Alles gut.«

Eugen blies die Backen auf, sodass sein hageres Gesicht unnatürlich fleischig wirkte. »Alles gut?« Er machte eine unnötig lange Pause, fuhr dann mit jovialem Ton fort. »Nun, dann muss *ich* dich um ein kurzes Gespräch bitten.«

Der Verwalter machte eine einladende Geste in Richtung des Kampfplatzes. Aufgrund des Zwielichtes und Eugens hagerer Gestalt wirkte es für Kaspar einen Augenblick lang, als würde ihm der Gevatter persönlich den Weg weisen.

Widerwillig folgte er seinem Bruder, auch wenn es ihm unter den Nägeln brannte, das vermaledeite Bluttheater endlich hinter sich zu lassen. Stanzerl knurrte, als sie Eugen passierte.

Die beiden Brüder und die Hündin betraten die Arena. Ihre Schritte knirschten auf dem Sand, in den vielerorts noch das Blut der heutigen Kämpfe zwischen den Körnern versickerte.

»Also, was ist dein Begehr?«, drängte der Hetzmeister. »Du hast dich doch noch nie um mich –«

»Weißt du, warum ich ein so glücklicher Mensch bin, Kaspar?«

Der andere war baff. »Ich hatte noch nie den Eindruck, dass du glücklich bist, Bruder.«

»Oh, aber das bin ich. Nur weil ich immerzu nach Höherem strebe, heißt das doch nicht, dass ich mich meinem inneren Glück verschließe. Vielleicht ist es mir einfach auch nicht möglich, es zu zeigen. Die Schau ist ja eher dein Metier.«

Kaspar zuckte mit den Schultern. Er hatte keine Ahnung, worauf diese Unterredung hinauslaufen sollte.

»Aber zu deinem besseren Verständnis: Ich habe wahrhaftig alles, was das Herz eines Mannes begehrt«, fuhr Eugen fort und zählte dabei mit seinen knöchernen Fingern auf. »Ich habe ein festes Dach über dem Kopf, ein regelmäßiges Salär, ausreichend zu speisen, und ein Weib, das mich liebt. Die vier Säulen in meinem Leben.«

Kaspar atmete tief durch. Warum sollte er seinem Bruder ausgerechnet jetzt, nur Minuten vor ihrem letzten Abschied, die Dinge an den Kopf werfen, die ihn ein Leben lang geplagt hatten? Das immerwährende Gefühl, er könnte es seinem älteren Bruder nicht recht machen. Die zutiefst kränkende Art und Weise, wie Eugen seine Mitmenschen, seine Frau und ihn selbst behandelt hatte. Seine teils an Größenwahn grenzenden Ideen und die Verschwörungstheorien, die er spann, weil er sich immerzu von der Welt benachteiligt gefühlt hatte? Immer waren es die anderen gewesen, die Schuld daran trugen, wenn er einen Fehler gemacht hatte. Nein, beschloss Kaspar, zu diesen klaren Worten hätte er sich schon vor Jahren aufraffen müssen, nun hatte es keinen Sinn mehr. Und dies würde eben jener große Fehler sein, den er sich für den Rest seines Lebens zuzuschreiben hatte.

Mit einem Male bemerkte der Hetzmeister, wie durchdringend ihn die eingefallenen Augen seines Bruders anstarrten, so, als könnten sie seine Gedanken lesen.

»Ich weiß nicht, was ich darauf sagen soll. Ich freue mich über dein erfülltes Leben«, sprach Kaspar voll der Hoffnung, dass damit das Gespräch beendet sei.

»Und doch ist es eben nicht so erfüllt, wie es den Anschein hat.« Eugens Stimme hatte einen traurigen Ton angenommen. »Denn wenn das Leben ein Portal ist, gleich dem Eingang unseres Amphitheaters, so trägt jede Säule ausgewogen das Gewicht des Giebels. Wenn jedoch eine Säule wegbricht, herrscht ein Ungleichgewicht. Dann müssen die verbliebenen Säulen eine Mehrlast stemmen, für die sie nicht geschaffen sind.«

Kaspar verschränkte die Arme. Allmählich keimte Zorn in ihm auf. Was zur Hölle wollte sein Bruder von ihm?

Eugen schien zu verstehen. Er fasste in die Innentasche seiner Weste, holte ein Briefchen hervor, faltete es auf und ließ es in den Sand fallen.

Kaspar erstarrte. Sein Blick haftete an dem Papier, das langsam, aber unaufhörlich das Blut der gehetzten Tiere darunter aufsaugte und sich rot färbte. Sein Geist schien nach Wegen zu suchen, dem Offensichtlichen eine andere Deutung zu verleihen. Vergebens. Die schwarze Silhouette eines Scherenschnitts ließ keinen Zweifel zu. Er, Kaspar, war der darauf porträtierte.

Aber woher hatte sein Bruder –

»Ich musste es Josefine förmlich entreißen«, sagte Eugen tonlos. »Sie hatte es mit einigen Habseligkeiten in eine Tasche gepackt, hatte geglaubt, diese vor mir verstecken zu können. Sie ist aber ebenso einfältig, wie du naiv bist. Denn ich weiß alles, werter Herr Bruder. Ich weiß, dass du dich in einer Stunde von hier davongestohlen und mich ohne Weib und ohne Hetzmeister zurückgelassen hättest. Und ich will gar nicht wissen, wie lange du und sie mich schon hintergeht. Wochen? Monate? Jahre? Es spielt keine Rolle. Denn nun hast du eine Entscheidung getroffen. Dabei war es dir nicht genug, eine Säule meines Lebens einzureißen. Nein, es musste neben meinem Weib auch noch mein Verdienst sein. Mit diesen beiden Säulen wären die anderen beiden irgendwann ebenfalls eingebrochen, und warum das alles? Nur, weil du deine Lenden nicht unter Kontrolle hast?«

»Es geht doch nicht um meine Lust!«, brach es aus Kaspar scharf heraus. »Es geht um mein Herz! Es geht um Josefines Herz! Du vergiftest deine Umgebung, stößt jene vor den Kopf, auf die du angewiesen bist, und wunderst dich dann, wenn sie dir den Rücken zukehren? Das nenne ich gelebte Arroganz!«

»Du!« Eugen ging einen bedrohlich wirkenden Schritt auf Kaspar zu. Stanzerl machte einen Satz nach vorn, bellte und knurrte den Verwalter an. Der versetzte der Hündin einen Tritt, dass es sie mehrere Fuß weit zur Seite warf, wo sie reglos liegenblieb.

»Stanzerl!«, entfuhr es Kaspar, doch sogleich packte ihn sein Bruder am Arm.

»Du wirst mir nicht mein Leben rauben.« Eugens Worte waren nun ohne jedes Gefühl. »Ich weiß, ich kann dich nicht zwingen, nicht fortzugehen. Aber ich kann dich zwingen, hierzubleiben.«

»Das kannst du nicht. Ich bin ein freier Mann, und als solcher –«

Kaspar verstummte. Sein Blick wanderte vom ausdruckslosen Antlitz seines Bruders an dessen Weste hinunter, fiel auf dessen rechte Hand, die einen Dolch hielt, der nun bis zum Griff in seinem eigenen Leib steckte, direkt unterhalb des Rippenbogens.

Ein ziehender Schmerz durchfuhr Kaspars Körper, als hätte er Seitenstechen. Er versuchte einzuatmen, doch seine Lungen schienen ihm nicht zu gehorchen, weiteten sich nur schrittweise. Mit der Wucht eines Faustschlags traf Kaspar die Erkenntnis, dass er seine Reise in ein anderes Leben nicht mehr antreten würde – zumindest nicht so, wie er es geplant hatte. Auch würde er Josefine nicht mehr sehen, würde ihr nicht ein letztes Mal sagen können, wie sehr er sie liebte.

Mit einem Mal versagten ihm die Beine ihren Dienst. Er knickte ein, fiel auf die Knie, das blutige Papier mit seinem Scherenschnitt vor sich.

Eugen sah auf seinen jüngeren Bruder hinab.

Konnte Kaspar einen Anflug von Wehmut in dessen dunklen, fischähnlichen Augen erkennen? Einen Hauch des Bedauerns?

Instinktiv riss er sich den Dolch aus der Brust.

Er fiel zur Seite, schlug mit dem Gesicht hart im Sand der Arena auf.

Unaufhaltsam blutete er in ihr aus, wie es die unzähligen Tiere vor ihm getan hatten, bis sein Herz aufhörte zu pumpern.

Eugen blickte um sich. Plötzlich hatte er die Befürchtung, bei seiner Tat beobachtet worden zu sein – aber er hatte sich getäuscht. Er stand allein inmitten des Hetztheaters, nur die Tiere schenkten ihm durch die eisernen Gitter den einen oder anderen Blick.

Einen Moment lang bedauerte er, dass ihm sein Bruder keine Wahl gelassen hatte. Aber er tat eben, was getan werden musste. Nun würde der körperlich anstrengende Teil folgen.

Eugen packte den leblosen Körper seines Bruders bei den Beinen und schleifte ihn aus der Arena, dorthin, wo der Gang mit den Türen zu den Käfigen verlief. Keuchend zog er ihn weiter, bis er eine Kammer erreichte, in der das Fleisch für die Fütterungen vorbereitet und zerteilt wurde. Hier würde er Kaspar so zerstückeln, dass ihn Bär, Löwe und Tiger leicht fressen konnten. Die Reste würde er den Hyänen zum Fraß vorwerfen. Etwaige Knochen wollte er zerkleinern und dann zur Knochenmühle bringen und dort verkaufen. Warum sollte er auf leicht verdientes Geld verzichten?

Mit dem Beil in der Hand stand Eugen da, holte tief Luft und wollte gerade zum ersten Schlag ausholen, als ihn das Bellen eines Hundes aus seinen grimmigen Gedanken riss.

Stanzerl stand inmitten des Raumes, hechelte und wedelte fidel mit dem Schwanz.

Eugen wandte sich von seinem toten Bruder ab. Niemand würde glauben, dass Kaspar ohne seinen Krüppelhund gegangen wäre, das wusste er.

»Na, Stanzerl«, versuchte sich der Verwalter mit der lieblichsten Stimme, zu der er fähig war. »Komm her, dann kriegst auch was Feines zum Fressi.«

Die Hündin bellte zustimmend. Doch anstatt auf ihn zu, humpelte sie langsam von ihm weg, verschwand im Gang.

Eugen stieß ein verärgertes Knurren aus. Jetzt führte ihn der Drecksköter auch noch vor. Na warte, mahnte er innerlich und ging der Hündin in gebückter Haltung hinterher. Er sah in den Gang, erkannte im Dämmerlicht das Tier, das nun auf ihn zu warten schien.

»Komm zu mir, meine Süße!« Bedächtig setzte Eugen einen Schritt vor den anderen. Dann stutzte er. Was in Dreigottesnamen tat das gottverdammte Viech dort?

Stanzerl stellte sich so gut sie konnte auf die Hinterbeine, wankte, stützte sich mit den Vorderpfoten an einer Tür ab. Dann schnellte ihre Schnauze nach oben, traf einen Riegel aus Metall – und öffnete ihn. Die Hündin fiel auf alle viere, humpelte zur nächsten Tür, und wiederholte das Getane.

Die gebückte Gestalt am anderen Ende des Gangs erstarrte. Dann wurde ihr Gesicht kreidebleich.

Als hätte ein Startschuss geknallt, lief Eugen auf die Hündin zu. Doch als die erste Tür aufschwang und ein riesiger Braunbär in den Gang schlurfte, machte der Hetzverwalter einen Satz zurück. Gehetzt sah er um sich. Als sich der Bär ihm zuwandte, lief er los, versuchte, sich an ihm vorbei zu drängen – und wurde mit dem Schlag einer Tatze zu Boden gerissen.

Verkrümmt blieb Eugen einen Moment lang liegen, hielt sich schmerzverzerrt das rechte Bein. Dann richtete er sich auf und humpelte gehetzt den Gang entlang, seiner Rettung entgegen – bis ihn ein Tiger ansprang, dem Stanzerl ebenfalls den Zwinger geöffnet hatte.

Während die Schreie des Hetzverwalters durch den menschenleeren Gang hallten, während er von jenen zerfetzt wurde, auf Kosten derer er lebte, humpelte Stanzerl dem Ausgang entgegen.

Draußen angekommen setzte sie ihren Weg ins Haus des Hetzverwalters fort, wo eine Frau mit grün und blau geschlagenem Gesicht sie liebevoll an sich drückte und sich mit ihr ins Bett legte. Zusammengekuschelt trösteten sich gegenseitig, bis ein neuer Tag hereinbrach.

Knapp zwei Monate später fing das Hetztheater Feuer und brannte bis auf die Grundmauern nieder. Doch da hatten Josefine und Stanzerl die Kaiserstadt schon lange hinter sich gelassen.

Wiener Zeitung, 3. September 1796

Des Abends, nach 8 Uhr, brach in dem Hetz-Amphitheater, unter den Weißgärbern, im Heustadel, ein heftiges Feuer aus, das in diesem ganz von Holz erbauten Gebäude schnell um sich griff, und es in Zeit von wenigen Stunden bis auf den Grund abbrandte. Bey der gänzlichen Windstille, und den eilig herbeygekommenen, sehr zweckmäßigen und wirksamen Anstalten, war man so glücklich, alle nebenstehenden Häuser, Gärten, Magazine und

Holzvorräthe vollkommen zu retten, und ist dabey kein Mensch zu Schaden gekommen. Aber in dem Hetzgebäude ist alles von der heftigen Flamme verzehret worden. Bloß einige Hunde und der Auerstier wurden gerettet und in Sicherheit gebracht. Alle übrigen zahlreichen und kostbaren Thiere, 2 Löwen, 1 Panther, mehrere Bären, Wildschweine, Ochsen etc. kamen, unter entsetzlichem Gebrülle, in der Flamme um. Nach 12 Uhr war diese gelöscht, und nach und nach ward auch das Kohlfeuer gedämpft.

∼◎∼

Anmerkung des Autors:

Auf Anordnung Franz' II. wurde das Hetztheater nicht wiederaufgebaut und derartige Tierhetzen im ganzen Reich verboten. Der Kaiser soll gesagt haben: »Neu erbaut soll die Hetze nicht mehr werden, sie bot für mich immer ein Schauspiel, das mich anwiderte und von dem ich nie begriff, wie denn meine Wiener es mit Vergnügen sehen konnten.«

IX.

Die Beichte

Wien, 1617

»Vergib mir Vater, denn ich habe gesündigt.«

»So sprich, mein Sohn. Sprich dir alles von der Seele. Nur so kann der Herr und Erlöser dir vergeben.«

»Das will ich tun, Pater …«

»Welche Sünden quälen deinen Geist?«

»Ich … ich hinterfrage fortwährend, warum ich bin, wo ich bin.«

»Nun, du bist doch hier, bei der Heiligen Beichte.«

»Dessen bin ich mir gewahr. Nein, ich hinterfrage fortwährend Seine göttliche Fügung.«

»Verzeih, wie kann ich das verstehen?«

»Die Rolle auf Erden, die uns der Herr in Seiner Güte und Weisheit zugewiesen hat, die ist es, die mir Kummer bereitet. Ich … möchte sie nicht mehr ausüben.«

»Alsdann … was genau ist denn deine Profession, mein Sohn?«

»Ich bin in dritter Generation Scharfrichter, Pater.«

…

»Pater?«

»Entschuldige bitte, aber … Es ist mir noch nie untergekommen, dass ein Mann seinen Stand hinterfragt.«

»Seinen *unehrenhaften* Stand.«

»Nicht weniger unehrenhaft als der des Müllers, des Abdeckers, des Leinewebers oder des Barbiers. So ist es das Ansehen deines Gewerbes, das dir zu schaffen macht?«

»Es ist nicht das Ansehen, Pater. Es ist die Unmöglichkeit, mich zu verändern.«

»Warum solltest du das wollen? Findest du kein Auslangen? Hast du kein Brot auf dem Tisch, keinen Strohsack für die Nacht?«

»Doch, Pater, das alles habe ich.«

»So hast du auch ein festes Salär?«

»Auch das habe ich. Die Stadt Wien entlohnt mich zuverlässig.«

»Und du lebst auch auf Kosten der Stadt im Malefizspitzbubenhaus?«

»Gewiss.«

»Ist es die Beschaffenheit des Hauses, die dir –«

»Es geht nicht um das Haus. Es ist ein feines Haus. An manchen Tagen ist mein Weg gar ein angenehm kurzer, da sich die Folterkammer nur zwei Stockwerke unter meiner Schlafkammer befindet.«

»Das ist wahrlich dienlich.«

»Nicht wahr? Aber nein, das ist es auch nicht.«

»Mir fällt es schwer, dich zu verstehen.«

»Pater, es ist nicht das Brot, das mir fehlt, oder die Behausung.«

»Alsdann ... du hast alles, was du zum Leben benötigst – und doch zu wenig. Avaritia, also Habsucht, gehört zu den Todsünden, dessen bist du dir doch gewiss?«

»Nun, mein Verlangen findet seinen Ursprung nicht in Habsucht oder Unmäßigkeit, sondern vielmehr in dem Wunsch, meinem Leben eine andere Bedeutung zu geben. Oder glaubt Ihr, ich hätte meine Profession wählen können? Der Sohn eines Scharfrichters muss eben Scharfrichter werden, und *nur* Scharfrichter.«

»Ein respektierter Beruf.«

»Ein gefürchteter Beruf. Die Menschen haben Angst vor mir. Sie wagen sich kaum in die Nähe meines Zuhauses. Und das, obwohl mein Weib und ich alles in unserer Macht Stehende tun, unser Heim behaglich zu halten.«

»Das ist schön zu hören.«

»Sie werden bei uns keinen Unrat finden. Keine vollen Nachttöpfe, kein verschimmeltes Brot. Die Dielen sind gekehrt, wir haben kaum Ungeziefer.«

»Das hört sich in der Tat behaglich an.«

»Ihr solltet uns einmal besuchen kommen! Wenn ein Mann Eures Standes einen wie mich beehrt, dann –«

»Das ist sehr schmeichelhaft von dir. Doch ich bin sehr beschäftigt. Viele verirrte Schäfchen suchen Zuspruch, um wieder in den Schoß der Herde zu finden.«

»Zumeist sehe ich Euch nur vor der Kirche in der Sonne sitzen.«

»Ich bete.«

»Ihr habt niemals die Hände gefaltet.«

»Ich … der Herr spricht mit mir eben auf Seine Weise.«

»Aber –«

»Nichts aber! Wie kommt es, dass du nun mich hinterfragst?«

»Entschuldigt, Pater, das wollte ich nicht. Ich meinte ja nur.«

»Alsdann …«

»Genau genommen könntet Ihr uns auch gar nicht besuchen, muss ich gestehen, nun, da wir darüber sprechen.«

»Ach nein?«

»Mein Weib ist vor zwei Monaten von mir gegangen.«

»Das tut mir leid, mein Sohn. Der Herr nimmt eben jene zu sich, die er –«

»Oh, sie ist nicht verstorben, solltet Ihr das glauben. Sie ist buchstäblich von mir gegangen, ist mit irgend so einem windigen Händler auf und davon.«

...

»Pater?«

»Du hinterfragst also Seine Heilige Ordnung?«

»Ein wenig.«

»Ein wenig?«

»Gut. Fortwährend.«

»Jedoch ausschließlich durch die Heilige Ordnung kannst du die dir übertragenen Pflichten erfüllen, und so Teil am Heil Christi sein.«

»Aber nur weil ich meine Pflichten vom Scheitel bis zur Sohle erfülle, heißt das noch lange nicht, dass ich ein frommer Mensch bin.«

»Du bist kein frommer Mensch?«

»Ich *bin* ein frommer Mensch, Pater, sonst wäre ich wohl kaum hier! Meine Feststellung bezüglich der Pflichten entsprang einer theoretischen Frage.«

»Ähm ...«

»Anders gesagt: Will der Herr denn nicht, dass ich in meinem irdischen Tun auch Erfüllung finde? Sonst würde ich mich ja zeitlebens nur knechten, um irgendwann ein besseres Leben bei Gott führen zu dürfen.«

»Na ja, mein Sohn –«

»Der fromme Mann muss doch gerade im Hier und Jetzt frei sein dürfen. Denn reicht nicht der Glaube allein, um sich vor dem Allmächtigen zu verantworten?«

»Wohl kaum. So sprach der Herr zu Klerus, Kaiser und Bauer: Tu supplex ora, tu protege, tuque labora. Du bete, du beschütze, und du arbeite.«

»Ich bin des Lateins durchaus mächtig, Pater. Und es heißt ›Du bete *demütig*‹.«

»Ein wahrlich nicht schlecht belesener Kerl bist du, für einen –«

»Einen Freimann? Einen Züchtiger? Einen Schergen?«

»Einen Mann deines Standes.«

»Mein Stand ... Warum geht Ihr davon aus, dass ein Mann meines Standes nicht mächtens ist, sich mit einem wie Euch im Geiste zu messen? Mein Vater, der Herr habe ihn selig, hat mir zeit seines Lebens – auch mit der Faust – eingebläut, dass mein Verstand ebenso scharf zu sein hat wie mein Richtschwert. Denn die Dummheit kann einen ebenso vorzeitig ins Grabe bringen wie eine stümperhaft durchgeführte Enthauptung.«

»Dein Vater scheint mir ein weiser Mann gewesen zu sein.«

»Das war er. Denn er hat mich auch gelehrt, die Heilige Schrift nicht nur zu lesen, sondern sie auch zu verstehen. Und Paulus schreibt an die Korinther: ›Ich bin frei in allen Dingen und habe mich zu eines jeden Knecht gemacht.‹ So sprecht, Pater, warum soll es mir nicht gestattet sein, mir meine eigene Knechtschaft auszusuchen?« ·

»Du hast viele Fragen und seltsam anmutende Gedanken, mein Sohn, so viel kann ich dir attestieren. Aber es gibt noch mehr verirrte Sünder, die ihr Heil dem Herrn beichten wollen. Wenn du dich also beeilen möchtest, mir und dem Allmächtigen zu offenbaren, was dir am Herzen liegt.«

»Außer uns beiden ist keine Menschenseele in der Kirche.«

»Alsdann ... noch mal: Dir liegt also auf dem Herzen, dass du kein Scharfrichter mehr sein möchtest?«

»Nicht nur das. Ich wollte es noch nie sein.«

»Was hättest du denn gerne, das der Herr dich stattdessen gelehrt hätte?«

»Ich wollte schon immer Maler sein.«

»Maler? Ein Beruf, der hohes künstlerisches Talent und Disziplin erfordert. Ebenso Ausdauer, die Gabe, eine ganze Geschichte in einem Bild zu erzählen, und ein Auge für wichtige Kleinigkeiten. Besitzt du denn ein solches Füllhorn an Eigenschaften?«

»Na ja. Mein rechtes Auge ist eher trübe, so als würde mir andauernd Milch eingetropft. Aber auf das linke ist Verlass. Außer wenn etwas ganz nah oder ganz fern ist, dann sehe ich es verschwommen. Wisst Ihr, was ich meine?«

»Das tue ich. Und wie steht es um dein künstlerisches Talent? Hast du je etwas gezeichnet? Einen Vogel vielleicht oder ein Porträt oder gar eine Landschaft?«

»Eigentlich nicht, Vater, denn ich bin zumeist zu beschäftigt. Die Vornahme der Tortur bei Spitzbuben ist eine anstrengende Tätigkeit, wisst ihr? Daher bin ich recht oft müde.«

»Zu müde, um zu zeichnen?«

»Manchmal auch zu betrunken.«

»Mhm. So weißt du doch gar nicht, ob du zum Maler taugst.«

»Wohl nicht. Aber wenn ich beispielsweise in Eurer Kirche bin, dann stelle ich mir vor, ich hätte all die wunderschönen Altäre und Gewölbe bemalt, und dass die Leute mich dafür bewundern und achten würden.«

»Bewunderung und Beachtung? Auch Hochmut ist eine Sünde!«

»Dass ich nicht frei von Sünde bin, Pater, dessen bin ich mir bewusst. Wäre ich es, würde ich wohl kaum hier sitzen und Euch mein Leid klagen.«

»Vermutlich nicht. Ich habe also verstanden, dass du deinen Platz in der ständischen Ordnung hinterfragst, dass du etwas anderes ausüben willst, als deinen dir angelernten Beruf. Gibt es denn noch etwas, was dir am Herzen liegt, ansonsten –«

»Mein Weib.«

»Dein Weib, das dich verlassen hat?«

»Eben dieses. Manchmal flunkerte ich, wenn es geboten war, streng bei der Wahrheit zu bleiben.«

»Du meinst, du hast sie belogen?«

»So könnte man es wohl nennen.«

»Und wobei hast du gelogen? Bezüglich kleiner, alltäglicher Dinge, unbedeutender –«

»Bezüglich anderer Weiber.«

»Mein Sohn, das ist … also … Das solltest du nicht auf die leichte Schulter nehmen. Blieb es bei unkeuschen Gedanken oder folgten diesen Gedanken auch Taten?«

»Glücklicherweise Letzteres.«

»Nun … Das ist fürwahr kein leichtes Vergehen.«

»Ich weiß, Pater. Aber dafür bin ich ja hier.«

»Ja, wenn du dir ob der Schwere deiner Taten bewusst warst, warum vollbrachtest du sie dann?«

»Ich vögle einfach gern.«

…

»Pater?«

»Mein Sohn, ich vermeine, dass der Herr solch unverblümte Offenheit bestimmt zu schätzen weiß. Doch wider besseres Wissen zu handeln, das fällt wohl unter jene Dummheit, von der du zuerst behauptet hast, sie wäre dir nicht zu eigen. Außereheliche Unkeuschheit wird auch per Gesetz streng geahndet, gerade du solltest das wissen.«

»Mein Weib hat sich mir seit Jahren verwehrt und mit Gewalt nehmen wollte ich sie nicht.«

»Dies spricht wieder für dich … Du bist ein gar durchwachsener Geselle, mein Sohn.«

»›Interessant‹ hieß man mich auch schon.«

»›Kostverächter‹ wohl noch nie.«

»Ich esse durchaus mit Leidenschaft, Pater. Die Zeiten vermögen jederzeit wieder schlechter zu werden.«

»Mir scheint, du hast dir einen Ranzen auf Vorrat angegessen.«

»Als Scharfrichter braucht man Kraft.«

»In der Tat. Aber auch als Maler?«

»Nun … Der Wanst stünde mir dann wohl im Wege.«

»Würde er nicht, wenn du in ein Kloster gingest.«

»Ich soll Mönch werden?«

»Dies steht jedem Menschen zu jeder Zeit frei, mein Sohn. Es würde gar jene Veränderung bedeuten, nach der du dich so sehnst. Du wärst von Fürst wie Bauer gleichermaßen angesehen, könntest dein bereits beachtliches Wissen vertiefen. Und du müsstest nicht mehr jene Tätigkeit ausüben, die du so sehr verabscheust.«

»Ihr vergesst dabei nur eine Kleinigkeit, Pater.«

»Und die wäre?«

»Ich vögle gern.«

…

»Vielleicht hure und fresse und saufe ich ja nur, weil mich meine Profession so unglücklich macht?«

»Als Maler würdest du also in Askese leben, habe ich dich richtig verstanden?«

»Gut, vermutlich nicht.«

»Alsdann … Denn deine Worte klingen vielmehr nach den schnellen Ausflüchten eines einfachen Geistes und werden dir nicht gerecht. Aber wie dem auch sei, wollen wir zum Abschluss –«

»Da wäre noch etwas, Pater.«

»Noch etwas?«

»Ganz recht.

»So sprich.«

»Manchmal, also wenn ich beispielsweise beim Wirt auf dem mir angestammten Platz sitze und fromm ein paar Becher Wein getrunken habe, und da kommt so ein Tunichtgut daher und richtet seinen Blick oder ein Wort gegen mich, dann werde ich—«

»Du wirst wütend, ich verstehe. Aber dafür hat auch der Herr Verständnis, glaube mir.«

»Nein, nein, ich werde so richtig jähzornig. Da möchte ich den anderen am liebsten mit meinem Richtschwert entzweischlagen. Ich fürchte, dass der Herr dafür wenig Verständnis hat.«

»Der Herr ist groß in seiner Güte. Und bei allem, was du mir heute erzählt hast, scheint mir das noch das geringste Übel zu sein, mein Sohn.«

»Das … überrascht mich ehrlich. Aber wenn Ihr meint.«

»Das tue ich. Und noch eine Erkenntnis habe ich gewonnen – ich vermeine, dass du alle, und ich meine wirklich alle, sieben Todsünden begangen hast.«

»Ach nein?«

»Ach ja. Denn derer wären da Eitelkeit, Habgier, Unkeuschheit, Jähzorn, Gefräßigkeit, Missgunst und Trägheit des Herzens.«

»Tatsächlich, das sind dero sieben. Mir war nicht bewusst, was für ein verdorbener Mensch ich bin, Pater.«

»Aber eben nur ein Mensch. Und Menschen begehen nun mal Fehler. Was zählt, ist, dass du von ganzem Herzen bereust. Um der Liebe Gottes willen, aber auch um der deinen. Und dass du gewillt bist, dich zu ändern.«

»Das bin ich, bei meiner Seele! Ich könnte … also … ich würde … Ich gestehe. Ich habe bei unserem Gespräch gar mit dem Gedanken gespielt, doch ins Kloster zu gehen.«

»Bitte nicht.«

»Keine Sorge, wie gesagt, die Keuschheit würde mir schlecht zu Gesicht stehen.«

»Dein vermutlich schlimmer Einfluss auf meine Brüder ebenso. So will ich dir die Absolution erteilen, auf dass du auf rechten Wegen wandeln mögest. Denn die Stunde ist spät und auch ein Priester lebt nicht von des Herrn Liebe allein.«

»Ihr habt Hunger?«

»Wie ein Bär.«

»Nun, Pater, so glaube ich, bin ich nun bereit.«

»Glaubst du oder weißt du?«

»Ich weiß es.«

»Alsdann … Gott der barmherzige Vater hat durch den Tod und die Auferstehung Seines Sohnes Jesus Christus die Welt mit sich versöhnt und Er hat den Heiligen Geist zur Vergebung aller Sünden entsandt. Durch deine ehrliche Reue schenkt Er dir Vergebung und Frieden. Als Buße bete jeden Morgen ein Vater Unser, jeden Mittag und jeden Abend, und das für die kommenden sieben Tage.«

»Das will ich tun.«

»So spreche ich dich, Joachim Stein –«

»Ihr kennt meinen Namen?«

»Du bist der einzige Scharfrichter in unserer Stadt. Was dachtest du denn?«

…

»So spreche ich dich los von deinen Sünden – im Namen des Vaters und des Sohnes und des Heiligen Geistes. Amen.«

»Im Namen des Vaters und des Sohnes und des Heiligen Geistes. Amen.«

»Deine Sünden seien dir vergeben, mein Sohn. Gehe hin in Frieden.«

»Da wäre noch –«

»Bitte gehe.«

»Ja, Pater.«

»Und lass tunlichst ab davon, Seine Fügung zu hinterfragen. Das heißt weder Er noch irgendjemand anders unter uns für gut.«

»Ja, Pater.«

»Ach – halte ein und warte noch einen Augenblick. Trotz aller Bürden will uns der Herr doch glücklich wissen. Mir fällt ein, es gäbe wohl eine Möglichkeit, mit der du deinen Namen reinwaschen könntest.«

»Was meint Ihr?«

»Du könntest, nachdem du dich durch untadelhaftes Verhalten und vorbildliche Ausübung deiner Profession hervorgetan hast, bei Seiner Kaiserlichen Majestät untertänigst um einen Dispens ansuchen.«

»Einen was?«

»Um einen Ehrenschein. Damit wäre dein Name kein unehrenhafter mehr, auch nicht der deiner Kinder, und du wärest frei.«

»Welch treffliche Idee, Pater! Lasst mich überlegen … So will ich mich mühen, dass die von mir durchgeführten Torturen von nun an so kurz wie möglich sind, und ich der Wahrheit immer zum Siege verhelfe. Bei Strafen an Haut und Haar will ich behände ans Werk gehen, damit der Schmerz nur von kurzer Dauer sei. Zu Verbrennende oder zu Vierteilende will ich unbemerkt erdolchen, um ihnen die Qualen im Feuer oder der Ausweidung zu ersparen. Ans Rad zu Flechtenden will ich das Bewusstsein rauben, bevor ich ihre Knochen zerschmettere. Mein Richtschwert soll immerzu scharf und meine Schlaggenauigkeit unübertroffen sein. Und wenn man meinen Namen weniger in Furcht denn in Ehrerbietung spricht, so will ich untertänigst um diesen Dispens ansuchen!«

»Wohl gesprochen. Das nenne ich nicht nur Buße tun,

sondern einen rechten Gesinnungswandel. Ich freue mich für dich. Gottes Segen, mein Sohn.«

»Ihnen auch, Pater. Und guten Appetit.«

~⊙~

Anmerkung des Autors:

Am 26. September 1618 wurde Joachim Stein per kaiserlichen Erlass ehrlich gesprochen. Daraufhin durfte er jeden ehrbaren Beruf ausüben. Als Maler konnte er jedoch keinen Erfolg verzeichnen.

X.

Fidschi-Meerjungfrau

Wien, 1874

DER GROSSE SPEISESAAL in Leidingers Restaurant hatte
sich bis auf den letzten Platz gefüllt. Wie immer zur Däm-
merstunde war der Andrang besonders groß und ohne nötigen gesellschaftlichen Einfluss oder gezieltes Schmieren des
Markeurs[*] war es so gut wie unmöglich, in dem eleganten
Gesellschaftsrestaurant einen Tisch zu bekommen. Von der
hohen, reich verzierten Gewölbedecke hingen prachtvolle
Kristallluster, die Ober waren ebenso flink wie affektiert
und das Essen kredenzte die Küche exquisit und modern
angerichtet.

Maria Goldziher, die von allen »Mitzi« genannt wurde,
war von dem Ambiente schwer beeindruckt – auch wenn sie
tunlichst darauf bedacht war, sich dies nicht anmerken zu
lassen. Selbst als der Ober mit drei Kissen in der Hand her-
beigeeilt kam und diese auf den Sessel legte, damit die kleinwüchsige Frau wie alle anderen am Tische sitzen konnte, tat
sie, als hätte sie ihr Leben lang nie etwas anderes gekannt.

Und als der Herr, der sie am heutigen Abend ausführte
und ihr mit einem warmherzigen Lächeln gegenübersaß,
auch noch eine der besten Bouteillen Wein des Hauses
orderte, war Mitzi davon überzeugt, dass dies ein denk-
würdiger Abend werden würde.

---

[*] Kassierender Oberkellner

Kurz darauf brachte ein Ober mit stoischer Miene die georderte Flasche auf einem silbernen Tablett. Geübt entkorkte er sie, ließ den Herrn des Tisches den Korken beschnuppern und schenkte, nach einem versichernden Kopfnicken von diesem, einen kleinen Schluck in dessen Glas. Der Mann kostete, nickte erneut, worauf sein Glas und das der Dame zu einem Drittel gefüllt wurden.

»Auf einen wohlfeilen Abend, meine Liebe«, sprach Mitzis Begleiter und erhob sein Glas. »Ich hoffe, der Tropfen konveniert.«

Sie tat es ihm gleich. »Wenn man so charmant ausgeführt wird, konveniert beinahe jeder Tropfen, mein lieber Herr Fahrbach«, sagte sie und erkannte sogleich mit Schrecken, dass der Witz, den sie so achtlos gestreut hatte, sie ebenso als trinkfreudiger Bauerntrampel dastehen lassen könnte.

Doch ihr Begleiter lächelte nur noch breiter und trank einen guten Schluck aus dem guten kristallenen Glas.

Mitzi hatte Jonathan Fahrbach erst vor wenigen Tagen kennengelernt. Der Ort ihres Zusammentreffens jedoch entsprach kaum jenem Umgang, den Gäste in einer Lokalität wie Leidingers Restaurant pflegten. Auch wuchs sie selbst weder in einer behüteten Familie auf, noch hatte sie je solchen Prunk und Überschwang gesehen, wie er hier vorherrschte. Ihre Eltern kamen aus einfachsten Verhältnissen, der Vater verdingte sich mehr schlecht als recht als Bürstenbinder, die Mutter verstarb noch im Kindbett. Mitzis Wachstumsstörung fiel schon sehr früh auf, und als ihr Vater schwer krank wurde, vertraute er das sechsjährige Mädchen seinem Bruder Oleg an, dem selbsternannten Direktor einer kleinen Wandermenagerie. Der nahm sich des kleinen Kindes an und zog wenige Tage später mit einem halben Dutzend Wagen los. Diese waren von nun an nicht nur Mitzis Heimat, sondern beherbergten auch vier dressierte Hyänen und ein Krokodil. Als weitere Attraktion präsentierte sich Olegs verknöchertes Weib, die sich als Schlangenfrau lasziver zur Schau stellte, als so manchem Besucher lieb war.

Die größte Attraktion von Olegs Wandermenagerie war jedoch der mit großen bunten Lettern auf den Seiten der Schindelwagen angepriesene Wilde Leopold, ein steinalter Löwe, der sich kaum noch erhob, geschweige denn publikumswirksam brüllte.

Aber mit Mitzi hatte Oleg einen neuen Publikumsmagneten gefunden, und es dauerte nicht lange, bis die Leute Schlange standen, um »Mitzi, die kleinste Frau der Welt« zu bestaunen. Dass ihre Tante mit Unmengen an Schminke dafür sorgte, das sechsjährige Mädchen wie eine junge Frau aussehen zu lassen, schien keinem der Zuschauer aufzufallen. Natürlich half dabei auch das kokett genähte Abendkleid, in das Mitzi gesteckt wurde. Das und die Zigarette samt Zigarettenspitze, von der sie fortwährend zu paffen hatte.

So zog der Wagentreck durch die Lande, und Mitzi wachte jede Woche in einem anderen Dorf oder einer anderen kleinen Stadt auf, lernte die Enge und Beschränktheit des Nomadenlebens zu akzeptieren und die damit einhergehende Ungebundenheit und Freiheit zu lieben.

Doch die vermeintliche Leichtigkeit hatte nicht lange Bestand.

Es trat ein, was alle fürchteten – am 9. Juni 1861 gellte ein infernalischer Schrei durch die Wagenburg der Schausteller. Der Wilde Leopold war friedlich und für immer eingeschlafen. Noch am selben Abend kam Oleg, wohl nach der vierten oder fünften Flasche Wein, die Vision seines Lebens – und dank Mitzi, die nun schon dreizehn Lenze zählte und noch immer scharenweise das Publikum anzog, hatte er auch das nötige Kleingeld, um seinen Geistesblitz in die Tat umzusetzen.

Vier Wochen war Oleg alleine verreist, dann kam er mit selbstzufriedenem Grinsen und einem kleinen, aber schweren Käfig zurück. Theatralisch ließ er seine Zirkusfamilie zusammenkommen, sich im Kreis um den verhüllten Käfig aufstellen, und zog nach einer emotionalen Rede über das Schmieden der Zukunft das Tuch über dem Käfig weg. Darin erblickte Mitzi das lieblichste Wesen, das sie je auf Gottes Erden gesehen hatte – ein Löwenjunges von knapp fünf Monaten.

Diese Zuneigung machte sich Oleg zunutze, denn seine Vision sah von Anfang an vor, seine Nichte und das wilde Tier als die neueste Attraktion seiner Wandermenagerie anpreisen zu können.

So verbrachte Mitzi den Großteil ihrer Zeit mit dem Löwenjungen, fütterte es, streichelte es, spielte mit ihm, und gewann so sein Vertrauen.

Nach nur einem halben Jahr war es schließlich so weit – Mitzi und der neue Wilde Leopold hatten ihren ersten Auftritt und ihre erste ausverkaufte, umjubelte Vorstellung.

Was folgte, glich einem Triumphzug, der die Menagerie von Österreich nach Deutschland und weiter nach Frankreich, die Schweiz und Italien führte. »Olegs Wandermenagerie« verwandelte Mitzis Onkel publikumswirksam in »Aristoxenos' Continentale Tier-Menagerie«. Auch sonst geizte Oleg, oder Aristoxenos, wie er fortan genannt werden wollte, nicht mit Superlativen: Aus seinem fünfzehnjährigen Krokodil wurde »Giganto, die nach zoologischen Berechnungen über eintausend Jahre alte Panzerechse«. Seine Frau wurde zu »Serpentina, die Frau ohne Knochen«. Und aus Mitzi wurde »Madame M., Beherrscherin der wilden Bestie« – und da sie nicht größer als knapp drei Fuß wachsen sollte, pries ihr Onkel sie über das kommende halbe Jahrzehnt fortwährend als »im zarten Alter von vierzehn Jahren« an.

All das hatte Mitzi zu lokalem Ruhm verholfen und sie die Erfahrung machen lassen, dass sie umso mehr wahrgenommen und respektiert wurde, je resoluter sie auftrat. Vor drei Wochen waren sie und Aristoxenos' Continentale Tier-Menagerie schließlich im Wiener Prater angekommen und hatten seither so gut wie nur ausverkaufte Vorstellungen gegeben.

Bei jener vor drei Tagen war dann ein Mann im Publikum sitzen geblieben, selbst nachdem sich das begeisterte Publikum auf der Suche nach der nächsten Sensation restlos zerstreut hatte. Mit gewinnendem Lächeln hatte er sich bei Mitzi als Jonathan Fahrbach vorgestellt, sie mit Komplimenten überhäuft und sie schließlich auf den heutigen Abend in Leidingers Restaurant« eingeladen.

Mitzi atmete tief durch.

Natürlich hatte sie erlebt, dass ihre Kleinwüchsigkeit bei einigen Männern Neugierde, ja amouröses Interesse hervorrief. Doch zumeist war dieses Interesse ob des Aussehens und Auftretens jener Männer einseitig geblieben. Jonathan hingegen schien anders zu sein. Sein Interesse galt – zumindest bis jetzt – tatsächlich der Person Maria Goldziher, und nicht ihrer körperlichen Besonderheit.

»Mir scheint, Euer Leib ist anwesend, doch Euer Geist ist es nicht«, sprach Jonathan mit gedämpfter Stimme. »Langweile ich Euch?«

»Keineswegs«, beschwichtigte Mitzi. »Doch wenn ich ehrlich bin, so speise ich nicht allzu oft in solch prunkvollem Ambiente.«

Jonathan lehnte sich nach vorn. »Ich ebenso wenig, meine Liebe. Ich möchte auch nicht den Eindruck erwecken, dass ich einer von denen bin, die einem verschwenderischen Lebensstil frönen. Ich hatte mir einfach gedacht, dass eine Frau wie Ihr es verdient, die schönen Seiten des Lebens zu genießen.«

Mitzi nahm einen weiteren Schluck Wein. »Wisst Ihr, ich habe die Erfahrung gemacht, dass die schönen Seiten des Lebens an jeder Ecke lauern, unabhängig von Stand und Möglichkeiten. Ein Sonnenaufgang an einem klaren Wintertag kostet keinen Kreuzer, und gehört doch mit zu den schönsten Dingen, die man sich vorstellen kann.«

Der junge Mann nickte zustimmend.

»Aber natürlich ist das Ausmaß von Freude auch immer davon abhängig, mit wem man sie teilen kann.«

Jonathan erhob sein Glas. »Dann gehört der heutige Abend wohl zu den schönsten, die ich bisher erleben durfte.«

Nachdem sie exquisit gespeist hatten, waren Mitzi und Jonathan weitergezogen zum Roten Hahn, einem der ältesten Einkehrwirtshäuser der Vorstadt. Zwar war sein Ruf ob zahlreicher Raufhändel und Verhaftungen eher anrüchig, doch die Gesellschaft war wesentlich bodenständiger als in Leidingers Restaurant, und daher wurde mehr getrunken, mehr getanzt und mehr gelacht. Bei einigen Gläsern Trinkwein vertieften Mitzi und Jonathan ihre Freundschaft nicht nur, sie stellten fest, dass sie mehr verband als die reine Sympathie. Auch Jonathan verdingte sich als Schausteller, und zwar als Ausrufer bei Präuschers Panopticum. Dort wurden neben Wachsfiguren auch medizinische Präparate sowie lebende Abnormitäten dem sensationsgierigen Publikum präsentiert. Allerdings tat Jonathan dies aus anderen Gründen als dem reinen Broterwerb – er plante, eine eigene Schaubude im Wiener Prater zu eröffnen, und wollte das dazu geeignete Handwerk erlernen, quasi von der Pike auf. Die Faszination für das Gewerbe hatte ihn schon von Kindesbeinen an gepackt, und steigerte sich auf den Reisen, die er mit seinem Großvater unternehmen durfte, nur noch mehr. Der hatte mit seinem Enkel die größten Metropolen Europas besucht, war mit ihm in den Osten bis nach Arabien und in den Süden bis nach Tákrur gereist – doch die schicksalhafteste Reise war eine andere gewesen.

Im Mai 1865 nahm ihn sein Onkel mit an Bord der B. S. Kimball von Hamburg nach Neu York. Stand die siebenunddreißigtägige Reise noch unter einem schlechten Stern – Scharlach und Masern brachen unter den über fünfhundert Mormonen an Bord aus, von denen drei Erwachsene und fünfundzwanzig Kinder verstarben –, so war für Jonathan die Stadt an der amerikanischen Ostküste ein Ort, an dem er aus dem Staunen nicht mehr herauskam. Auch wenn er den grandiosen Trauerzug Präsident Lincolns über den Broadway am 25. April knapp verpasst hatte, so waren doch die hohen Bauwerke, die breiten Straßen und die Menge an Menschen, Kutschen und Verkaufsständen überwältigend.

Doch nichts sollte jenes Gebäude überbieten, das Jonathan mit seinen einundzwanzig Jahren und nur vier Tage nach seiner Ankunft betreten würde – Barnum's American Museum. Die Zahlen allein sprachen Bände: Fünfzehn Stunden war es am Tag geöffnet und zählte dabei unglaubliche fünfzehntausend Besucher. Fünfundzwanzig Cents kostete der Eintritt, und seit seiner Eröffnung im Jänner 1841 besuchten es genauso viele Menschen, wie in den gesamten Vereinigten Staaten lebten – knapp zweiunddreißig Millionen. In seinem Inneren beherbergte das Gebäude eine atemberaubende Schau von solcher Mannigfaltigkeit,

dass Jonathan das Gesehene auf über dreißig Tagebuch-
seiten festzuhalten versuchte: ein Zoo, ein Wachsmuseum,
eine Freakshow, ein Theater und eine Vortragshalle sowie
Dutzende Dioramen, Panoramen und Kosmoramen. Aber
auch Kuriositäten wie Mumien und Skelette, ein Flohzir-
kus, ein Webstuhl, der von einem Hund bedient wurde, der
Stumpf eines Baumes, unter dem die Jünger Jesu gesessen
hatten, siamesische Zwillinge – und zwei lebende Beluga-
wale in gigantischen Aquarien.

Drei ganze Tage verbrachte Jonathan mit der Besichti-
gung aller Exponate und verspürte immer noch das nagende
Gefühl, nicht alles gesehen zu haben. Hier, inmitten der Tausenden Ausstellungsstücke war es, dass Jonathan entschied,
etwas Ähnliches in Wien zu errichten, etwas, was Menschen
aller Bildungs- und Altersschichten anziehen würde wie
die sprichwörtlichen Motten das Licht. Und Zentrum dieser Schau sollte ebenfalls etwas sein, was der legendärsten
Attraktion im American Museum um nichts nachstand – die
Fidschi-Meerjungfrau. Sie war eine ausgestopfte Kuriosität,
das, wie es schien, fehlende Bindeglied zwischen Mensch
und Fisch, ein absonderliches Getier mit dem Oberkörper eines Affen und dem Unterteil eines Fisches. Und die
Besucher standen stundenlang Schlange, um es zu begaffen.

So sei es, schwor sich Jonathan insgeheim, ein ähnliches
Kabinett voller Kuriositäten würde er in Wien eröffnen!

Nicht mehr erfahren hatte er, dass im Juli des gleichen
Jahres das American Museum einer tragischen Feuersbrunst
zum Opfer fiel, bei der nur wenige Exponate gerettet werden konnten. Die meisten der lebendigen Tiere jedoch ver-
brannten hilflos in ihren Käfigen oder wurden, wenn sie es
doch auf die Straße schafften, von Polizisten erschossen. Die
beiden Wale kochten in ihren Aquarien zu Tode …

Als Jonathan wieder in die Kaiserstadt zurückkehrte, wollte er genügend Geld verdienen, um sein Vorhaben in die Tat umzusetzen. Zu seinem Leidwesen musste er jedoch feststellen, dass immer mehr Schausteller auf die gleiche Idee kamen und sich dabei in ihren Anpreisungen der Sensationen zu überbieten versuchten. Das Niederländische Affentheater, die Vorführung von Stereoskopbildern, Präuschers Panopticum ... Und alles sonst noch, was das sensationslüsterne Herz begehrte.

Mit der Ankündigung, 1873 die Weltausstellung in Wien stattfinden zu lassen, schossen die Grundstückspreise in die Höhe und Jonathan musste noch mehr Geld verdienen als bereits geplant.

Nun verstarb vor wenigen Monaten sein lieber Onkel und hinterließ ihm eine beträchtliche Summe, und so war Jonathan Fahrbach endlich bereit, das umzusetzen, was er jenseits des Atlantiks gelernt hatte: Er wollte eine Attraktion aufbieten, die alles andere in den Schatten stellte. Er musste diese nur noch finden ...

Der Abend endete mit einem tiefen Blick in die Augen und einem leidenschaftlichen Kuss, und Mitzi kletterte viel später in das Bettchen in ihrem Wagen, als sie sich vorgenommen hatte. Am morgigen Nachmittag würde er sie wieder besuchen, das hatte er fest versprochen. Was für ein Mann, dachte Mitzi sich und schlief mit seligem Lächeln und erfüllt von schönen Erinnerungen ein.

Der nächste Tag verlief gleich wie die Tage davor auch. Mitzi kümmerte sich um ihren Löwen, fütterte ihn, säuberte seinen Käfig, trainierte mit ihm die Kunststücke. Dann ruhte sie ein wenig und versuchte, sich auf die anstehenden Auftritte vorzubereiten. Wenn da nicht ein Name gewesen wäre, der ihr nicht mehr aus dem Kopf gehen wollte – Jonathan. Ob er sie tatsächlich wieder besuchen würde, wie er es versprochen hatte? Ob sie erneut die gleiche ungezügelte Freude erleben durfte?

An diesem Tag hatte sie bis zur letzten Vorstellung gehofft, sie würde ihn erspähen, würde sich seinem warmen Lächeln hingeben und in seinen blauen Augen verlieren.

Doch er kam nicht.

Die Nacht war schon lange hereingebrochen, hie und da machte eine Grille mit einem Zirpen auf sich aufmerksam.

»So alleine, schöne Mamsell?«

Mitzi fuhr herum. War er doch …? Ein junger Mann stand vor ihr. Einen dunklen Hut auf dem Kopf, die schwarzen Haare an den Schläfen kurz geschoren, die Hände in ausgebeulten Hosentaschen. Und ebenso kleinwüchsig wie sie selbst.

»Na, na«, meinte der junge Mann mit einem dreisten Grinsen, »so enttäuscht hat mich schon lange keine mehr angesehen. Zumindest nicht, bevor sie mich kennengelernt hat.«

»Entschuldige, ich … ich hatte jemand anders erwartet.«

»Und doch bin ich es, der hier vor dir steht. Ich bin der Toni.«

»Mitzi«, antwortete diese knapp, in der Hoffnung, der andere würde verstehen, dass sie nichts für Gesellschaft übrig hatte.

»Bist wohl neu bei uns?«, fuhr Toni unbeirrt fort.

»Und nicht in der Stimmung.«

»Nicht in der Stimmung für was? Einen Schwank? Einen Schalk? Einen zotigen –«

»Einen Kasperl.«

Toni verzog pikiert das Gesicht. »Na, du bist mir aber ein resches Trutscherl.«

»Weil sonst die Weiber bei dir Schlange stehen? Genau.«

»Zumindest bist nicht auf den Mund gefallen«, meinte Toni und lächelte verschmitzt. »Tut mir leid, ich wollte dich nicht stören.«

»Passt schon.« Mitzi seufzte. »War nicht böse gemeint.«

»Mhm. Du bist doch die Beherrscherin der Bestie, hab ich recht?«

»Der *wilden* Bestie.«

Toni gab sich beeindruckt, breitete dann die Arme aus, als wollte er etwas präsentieren. »Tada! Ich verding mich beim Präuscher, damit die wohlfeile Gesellschaft was zum Gaffen und Keppeln* hat.«

»Präuschers Panopticum?« Mitzi wurde hellhörig. »Ich kenn einen, der arbeitet auch dort. Jonathan heißt er.«

»So ein großer Feschak?«

Mitzi nickte, einen schwärmerischen Blick in den Augen.

»Na servus, da hat's ja eine ganz schön erwischt.«

»Was weißt denn du schon?«

»Na zumindest, dass der ein ganz ein eigenartiger Kerl ist.«

Mitzi runzelte die Stirn. »Und wie kommst darauf?«

»Ich weiß auch nicht. Aber ich hab ein Gespür für die Leut'.«

»A geh. So wie du im Gespür hast, dass ich in Ruh' gelassen werden will?«

»Eh. Dann wünsch ich eine gute Nacht.« Toni zog seinen Hut und verbeugte sich. »G'schamster Diener.« Dann machte er kehrt und trottete Richtung Prater.

Mitzi schimpfte Toni in Gedanken einen dummen Hund. Dann ging sie in ihren Wagen, um sich vom Schlaf von ihrer Enttäuschung befreien zu lassen.

---

* Wienerisch: plaudern, schimpfen

Am nächsten Tag konnte man Mitzi die schlaflose Nacht nicht nur ansehen, der Wilde Leopold spürte auch, dass mit seiner Dompteurin etwas nicht stimmte. Viel verschmuster und anlehnungsbedürftiger als sonst gab er sich, sprang zwar wie immer brav durch den brennenden Reifen und ließ Mitzi auch ihren blonden Lockenkopf in sein weit aufgerissenes Maul stecken. Doch gleich nachdem die sensationsgierigen Zuseher gegangen waren, schmiegte sich der Löwe wieder an die kleine Frau, als wäre er ein liebesbedürftiges Kätzchen. Die kraulte ihn hinter den Ohren.

»Bitte entschuldige.«

Erschrocken fuhr Mitzi herum. Jonathan stand auf der anderen Seite des Käfigs, einen Strauß wunderschöner Rosen in der Hand.

»Ich hatte gestern Abend keine –« Er brach ab. »Noch mal: Bitte entschuldige.«

Mitzi strahlte, ihr Herz schien ihr aus der Brust springen zu wollen. Trotzdem schritt sie scheinbar nonchalant zu den Gitterstäben, lehnte sich dagegen.

Jonathan machte einen Schritt auf sie zu.

Ein mächtiges, wütendes Brüllen ließ die beiden erschrocken zusammenzucken. Mitzi wandte sich um, hob beschwichtigend die Hand. »Alles gut, Poldi«, sprach sie mit ruhiger Stimme. »Alles gut.«

Doch danach schien dem Löwen nicht der Kopf zu stehen. Erneut brüllte er, so laut er vermochte, dass Käfig und Zelt erbebten.

»Warte draußen auf mich«, sagte Mitzi, ohne sich umzudrehen. »Ich komme gleich hinaus.«

Hastig davoneilende Schritte bezeugten, dass Jonathan tat, wie ihm geheißen.

»Was hast denn?« Die Dompteurin ging zu dem Tier,

packte es an der Mähne und zog es zu Boden. »Ist doch nur der Jonathan. Es kann sogar passieren, dass du dich mit ihm anfreunden musst, verstehst mich?« Der Löwe knurrte unwillig. Sie strich ihm über die Schnauze. »Aber brav warst heute, Poldi. Hab dich lieb.«

Mitzi und Jonathan spazierten die Praterallee bis zur Rotunde hinauf. Da noch die Abendsonne schien, war Mitzi gespannt, wie Jonathan mit den argwöhnischen Blicken der anderen Passanten ob ihrer Person umgehen würde, mit den neugierigen Gesichtern aus den Fiakern und Privatequipagen. Aber den jungen Mann interessierten die anderen Leute nicht, im Gegenteil, er schien nur Augen für seine kleinwüchsige Begleiterin zu haben.

Die beiden schlenderten eine Runde um den Konstantinteich und kehrten danach im Dritten Kaffeehaus ein. Die gemeinsame Zeit verbrachten sie genauso unbeschwert und mit genauso viel Lachen wie bei ihrem ersten Treffen. Erneut geleitete Jonathan Mitzi zu ihrem Wagen und der Tag endete wieder mit einem tiefen Blick in die Augen und einem leidenschaftlichen Kuss. Diesmal jedoch wartete Jonathan, bis Mitzi in ihr fahrendes Zuhause gestiegen war, und machte sich erst dann auf den Weg zu seiner eigenen Schlafstätte. So sah Mitzi nicht mehr, wie er sich seinen Weg durch den nächtlichen Prater bahnte und auch nicht die Gestalt, die ihm folgte.

Wildes Pochen riss Mitzi aus ihrem Schlaf. Verwirrt sah sie um sich, erkannte am fahlen Licht, das durch das kleine Sprossenfenster ins Wageninnere fiel, dass es zeitig in der Früh sein musste. Verärgert kletterte sie aus ihrem Bettchen, zog sich einen wollenen Morgenmantel an und öffnete die Tür.

Draußen stand ein kleinwüchsiger Mann mit Hut.

»Toni? Wo bist denn du dagegengerannt, dass du mich weckst?«

»Ich weiß, es ist zeitig«, sprach der andere mit ernster Miene. »Aber ich bin selbst gerade erst zurückgekommen, und ich muss dir dringend was berichten.«

Mitzi stieß ein widerwilliges Knurren aus.

Toni hob einen kleinen Sack aus Leinen hoch. »Hab zwei Kaisersemmerl mitgebracht.«

Mit einem Schnauben trat Mitzi zur Seite. »Dann komm halt herein.«

Auf dem kleinen Tisch, der an die Wand des Wagens geschraubt war, stand frisch gebrühter Kaffee. Mitzi und Toni hatten einander gegenüber Platz genommen. Die junge Frau tunkte ein Stück Semmel in ihren Kaffee, schob das aufgeweichte Stück genüsslich in den Mund.

»Ma, ist das gut! Also, jetzt sprich, was ist so dringlich?«

»Ich hab dir ja letztens gesagt, dass ich diesem Jonathan nicht traue. Daher hab ich ihm gestern nachgestellt, nachdem ihr euch getrennt habt.«

Mitzi erstarrte. »Du hast was? Haben's dir irgendwo eingebrochen?«

»Mit mir ist alles in Ordnung. Aber mit deinem Verehrer eher weniger. Der bewohnt nur ein kleines Zimmer in einem Wirtshaus am Spittelberg.«

»Und?«

»Kommt dir das nicht seltsam vor? Dir gegenüber markiert er den Krösus, und dann haust der Hallodri in einem Kabinett?«

»Jonathan spart sein Geld eben für den Betrieb, den er aufbauen will.«

»Und du glaubst, dass er beim Panopticum genug verdient,

um selbst was auf die Beine zu stellen?« Toni schnaubte abschätzig.

Scheinbar ruhig trank Mitzi ihren Kaffee aus. Dann stellte sie die Tasse mit einem lauten Tusch ab. »Ganz ehrlich, Toni? Ich weiß es nicht! Und eigentlich ist es mir auch blunzn*. Ich mag den Jonathan und seine Gesellschaft, und in drei Wochen werden wir sowieso weiterziehen. Dann heißt es baba, und zwar sowohl für Jonathan als auch für dich.«

Toni seufzte, schien mit sich zu ringen.

»Aber genau genommen«, fuhr Mitzi verärgert fort, »heißt's schon jetzt für dich: baba und foi ned**!« Ihr Blick schnellte zur Tür.

Ohne ein weiteres Wort stand Toni auf und verließ den Wagen. Und wieder schimpfte Mitzi ihn in Gedanken einen dummen Hund.

Die folgenden Tage empfand die junge Frau, als befände sie sich in einem Traum. Die Vorstellungen verliefen ohne Zwischenfälle, der Wilde Leopold war streichelweich, und die Abende verbrachte sie mit Jonathan – manchmal im Theater, manchmal beim Heurigen, manchmal einfach nur beim Spazierengehen an der sommerlich warmen Abendluft. Aber sosehr sie sich auch bemühte, ihren eigenen Worten, die sie auch Toni entgegengeschmettert hatte, Glauben zu schenken, sosehr merkte sie, dass es nicht so einfach werden würde, in knapp einer Woche wieder weiterzuziehen. Aus dem »Baba Jonathan« wurde immer mehr ein »Ich möchte bei dir bleiben, Jonathan«.

Doch sie wusste auch, dass das nicht möglich sein würde. Oleg musste weiterziehen, um anderorts Zuschauer für

---

* Wienerisch: egal
** Wienerisch: Tschüss und fall nicht hin

seine Menagerie zu begeistern, und der Wilde Leopold war auf sie angewiesen. Sie konnte schlichtweg nicht hierbleiben.

Jonathan hatte Verständnis für sie gezeigt, hatte gemeint, er würde warten, bis sie wieder in der Kaiserstadt gastierten, auch wenn es ein Jahr dauerte. Aber irgendwie war ihr das kein Trost gewesen.

Drei Tage bevor Aristoxenos' Continentale Tier-Menagerie ihre Zelte abriss, kniete Mitzi ungläubig und zitternd in dem Zelt, das den Käfig ihres Löwen beherbergte. Vor ihr lag das Tier, regungslos und mit Schaum vor dem Maul.

Außer ein immer wieder geflüstertes »Poldi« kamen der jungen Frau keine Worte über die Lippen, während ihr dicke Tränen die Wangen hinabliefen.

Oleg, außer sich vor Zorn, ließ sogleich den Veterinärchirurgen des Militärarznei-Instituts kommen, doch der konnte nur feststellen, was jeder ahnte: Der Wilde Leopold war heimtückisch vergiftet worden.

Mitzi war am Boden zerstört, sprach mit niemandem ein Wort. Auch nicht mit Toni, der vorbeikam und ihr still einen Strauß aus Löwenzahn überreichte. Ihr war, als hätte sie ihr Kind verloren.

Eine knappe Woche später ließ Oleg die Zelte abreißen. Da Mitzi sich immer noch nicht festlegen konnte, ob sie überhaupt mitziehen wollte, ließ ihr Onkel ihr die Wahl, am nächsten Morgen da zu sein und mitzufahren oder in Wien zu bleiben. Die Entscheidung läge ganz bei ihr.

Aber Mitzi konnte sich nicht entscheiden, da sie keine Vorstellung hatte, als was sie sich nun verdingen sollte. Als Artist würde sie frühestens in einem Jahr auftreten können, wenn überhaupt, ob ihrer teils patscherten* Art. Sie würde noch am ehesten zum Billeteur taugen, sinnierte sie und beschloss für sich, dass sie sich nicht als Abnormität beschauen lassen würde. Niemals. Dafür war Mitzi schlichtweg zu stolz.

Am Tag vor der Weiterreise war die junge Frau an einem gefühlten Tiefpunkt in ihrem Leben angekommen. Sie vermisste ihren Löwen unendlich, ihr war, als hätte man ihr ein Stück ihres Herzens herausgeschnitten. Und die Unsicherheit ob ihres weiteren Lebenswegs verursachte ihr zudem immer wieder Atemnot. Noch dazu wusste Jonathan nicht einmal etwas von Poldis Tod, da er sie seither nicht besucht hatte, und auch Toni war seit der Geste mit dem Löwenzahn, die Mitzi als sehr einfühlsam empfunden hatte, auch nicht mehr vorstellig geworden. So musste sie ihr Glück selbst in die Hand nehmen.

Mit entschlossenen Schritten durchquerte sie den Prater, bis sie zu Präuschers Panopticum kam. Dort fragte sie nach Jonathan, doch der hatte seinen Dienst seit Tagen nicht versehen. Dann erspähte Toni sie.

»Mag sich die Mamsell verabschieden kommen?«, versuchte er sich im Scherz.

»Hast den Jonathan gesehen?« Mitzis Stimme klang trotzig.

»Nein, schon seit Tagen nicht. Aber wenn du willst, strecke ich meine Fühler aus.«

Mitzi atmete tief durch. »Das würdest für mich tun?«

Toni lächelte. »Will ja auch einmal Blumen von dir bekommen.«

Langsam schnitt die untergehende Sonne durch die Dächer der Schaubuden, als sich eine Gestalt der Wagenburg näherte.

»Warum so traurig, schönes Kind?«

---

* Wienerisch: tollpatschig

Mitzi hob den Kopf, sah Jonathan vor sich, eine lederne Tasche in der Hand. Ohne ein Wort streckte sie ihre Arme aus, umarmte den jungen Mann innig.

»Ich dachte, du hättest mich vergessen«, flüsterte sie.

»Wie könnte ich denn?« Jonathan löste sich aus der Umarmung, kniete sich vor Mitzi auf den Boden und öffnete die Tasche. »Ich wollte zum Abschied etwas für dich besorgen. Etwas, damit du mich nicht vergisst und das genauso besonders ist wie du.«

Mitzi blickte gespannt auf die Tasche. Mit einer flinken Bewegung zog Jonathan etwas hervor und hielt es Mitzi hin – ein fein gearbeiteter, purpurroter Mantel mit edlem weißem Pelzkragen.

»Der ist … wunderschön«, flüsterte Mitzi kaum hörbar.

»Nicht annähernd so schön, wie du es bist«, sagte Jonathan und half ihr in den Mantel.

Er passte wie angegossen.

»Woher wusstest du –«

»Mit dem richtigen Augenmaß ist das kein Problem.«

»Ich danke dir.«

Jonathan runzelte die Stirn. »Und doch vermeine ich zu erkennen, dass du traurig bist.«

Mitzi seufzte tief, wollte gerade zu erzählen beginnen, als der andere die Hand hob. »Was immer es ist, ich möchte, dass du es mir bei einem gemeinsamen Abendessen erzählst.«

»Mir ist nicht nach vielen Menschen.«

»Ich dachte, ich könnte dich zu mir nach Hause einladen.«

»Zum Spittelberg?«, schoss aus ungläubig aus Mitzi heraus.

Jonathan runzelte die Stirn. »Ich wohn doch nicht am Spittelberg. Ich habe die Wohnung meines verstorbenen Onkels bezogen, neben dem ehemaligen Franzenstor. Lass uns einen Fiaker nehmen, ich bitte dich.«

Mitzi lächelte zum ersten Mal seit Tagen. »Dann lass uns das tun.«

Jonathans Wohnung lag im dritten Stock eines erst vor wenigen Jahren errichteten Hauses. Das hohe, doppelflügelige Eingangstor öffnete in einen mit Stuck verzierten Flur, von dem eine weitläufige Wendelstiege nach oben führte, die ein kunstvoll gestaltetes schmiedeeisernes Geländer umlief. Da die Stufen niedrig gebaut waren, konnte Mitzi mit ihrem Jonathan leicht Schritt halten. Oben angekommen, schloss der eine edle dunkle Holztür auf, die in mondän gestaltete und dunkel gehaltene Räumlichkeiten führte. Überall an den Wänden hingen alte Landkarten, antike Waffen und Kunstwerke aus aller Herrgottsländer, standen kleine Statuen und prunkvolle Uhrwerke auf glänzend polierten Kommoden, warteten gediegene Sessel und Liegen mit Lederpolsterung.

»Dein Onkel hatte wahrlich Geschmack«, sagte Mitzi ehrfürchtig und fühlte sich aufgrund der hohen Räume, als würde sie eine Kathedrale betreten.

»Nun ist es mein Reich. Willkommen, Madame M.«

Mitzi schmunzelte, ging hinein und verharrte vor einer Vitrine, hinter deren Verglasung eine schrecklich schöne Mumie stand, gesäumt von zwei mittelalterlichen Rüstungen – einer aus England, einer aus dem fernen Japan.

Jonathan beugte sich zu Mitzi, half ihr aus dem purpurroten Mantel und küsste sie zärtlich. »Wollen wir erst dinieren?«

Auf dem schweren Tisch im Speisezimmer warteten bereits kalter Fasan und vielerlei Beilagen auf den Verzehr. Auf einem der Stühle hatte Jonathan drei dicke Polster gestapelt, was Mitzi eine angenehme Sitzhaltung ermöglichte. Er selbst nahm ihr gegenüber Platz.

Gemessen an der Stille, schmeckte beiden das Essen vorzüglich.

Dann jedoch schien es Jonathan ein Anliegen zu sein, über seine Pläne zu sprechen. Und so erzählte er von seiner Reise zu Barnum's American Museum, von seiner Vision, etwas ähnlich Beeindruckendes in Wien zu errichten, gerade jetzt, wie er meinte, wo aufgrund der missratenen Weltausstellung im Prater die Preise für Grundstücke im Keller lägen. Viel von dem, was diese Wohnung schmückte, würde den Weg in sein Museum finden, einiges müsse er noch beschaffen. Doch mitten in seinen Ausführungen hielt er mit einem Mal inne – er habe ganz vergessen zu fragen, warum Mitzi so traurig gewesen war.

Der wurden die Augen feucht. »Ich … Poldi, mein Löwe. Jemand hat ihn vergiftet.«

»Das ist doch … Was für eine Welt, in der wir leben …« Ergriffen schüttelte Jonathan den Kopf. »Was wirst du nun tun? Wirst du trotzdem weiterziehen?«

»Wenn ich morgen früh bei meinem Wagen bin, dann ja.«

»Ansonsten würde dich dein Onkel einfach so zurücklassen?«

Mitzi nickte. »Ich glaube, unser beider Onkel sind grundverschieden. Aber ich verstehe Oleg. Er muss sich ja schließlich um alle in der Menagerie kümmern, nicht bloß um seine Nichte.«

Jonathan ergriff Mitzis Hand. »Du musst nicht gehen. Bleib hier. Bleib bei mir.«

Die beiden sahen sich in die Augen, so innig, wie sie es bei jeder ihrer Verabschiedungen getan hatten.

»Meinst du es ernst?«

»Das tue ich«, bekräftigte er. »Wenn es nach mir ginge, würde ich dich nie wieder ziehen lassen.«

Mitzi lächelte glückselig. »Dann will ich –«

In dem Augenblick drang ein Poltern vom Nebenraum her. Mitzi erschrak. »Was war das? Ist noch jemand hier?« Jonathan schien ebenso erschrocken zu sein, schüttelte unwillig den Kopf. »Nein, ich wohne alleine. Vielleicht ist es Ungeziefer?«

Wieder das Poltern, wie ein wütender Protest.

»Das ist zu laut für Ratten«, flüsterte Mitzi. »Da ist jemand.«

»Bleib hier«, sagte Jonathan ernst. »Ich gehe nachsehen.«

»Sei vorsichtig.«

Der junge Mann stand auf, nahm eine bronzene Statue von der nebenstehenden Kommode und schlich sich mit vorsichtigen Schritten zum Nebenraum. Dort lugte er um die Ecke, ließ seinen Blick durch den düsteren Raum gleiten. Er wandte sich Mitzi zu, zuckte mit den Schultern.

In dem Moment polterte es erneut. Diesmal klang es, als wäre etwas in der Wand zum Nebenraum eingesperrt, das herauswollte.

Instinktiv ergriff Mitzi eine Fleischgabel.

Jonathan machte eine beschwichtigende Geste mit der Hand, dann betrat er den angrenzenden Raum.

Eigenartige Geräusche drangen von nebenan her, das Knirschen von Holz, das hole Rumpeln, wie aus einer Truhe. Jonathan, der sich abzumühen schien …

Mitzi rutschte von ihrem Hochsitz, schlich mit gezückter Fleischgabel den Geräuschen entgegen.

Lugte um die Ecke. Sah die große geöffnete Lade einer Kommode. Sah Jonathan, der aufgebracht auf ein Bündel am Boden einschlug. Erkannte, dass etwas in das Bündel eingewickelt war. Dass *jemand* in das Bündel eingewickelt war.

Erkannte Toni.

Mit spitzem Schrei schreckte Mitzi zurück, ließ die Fleischgabel fallen.

Jonathan fuhr herum, ebenfalls mit Schrecken in den Augen.

»Was ... was geschieht hier?«, stammelte Mitzi.

Tonis Arme und Beine waren mit einem Seil gefesselt, sein Kopf war blutüberströmt. Der Blick in seinen Augen panisch.

»Was macht Toni hier?«

Mit tiefem Seufzen sackte Jonathan einen Moment lang zusammen, gleich einer Marionette, deren Puppenspieler eine Pause machte. Dann richtete er sich auf, wirkte mit einem Mal wie ein Dämon, der sich erhob, um sein teuflisches Werk zu verrichten.

»Es tut mir so leid, Mitzi«, sagte er mit ruhiger Stimme. »Ehrlich. Ich wollte nicht, dass es so endet.«

»Endet?« Mitzi verstand nicht.

»Ich wollte den heutigen Abend mit dir genießen. So, wie ich auch unsere anderen Treffen genossen habe. Was soll ich sagen? Du bist die perfekte Frau.«

»Die perfekte Frau wofür?« Mit kleinen Schritten bewegte sie sich rückwärts.

»Für mich, natürlich.« Jonathan lächelte gequält. »Für mich und meinen Ruhm.«

»Lauf, Mitzi, lauf!« Toni richtete sich auf.

Jonathan trat dem Kleinwüchsigen in die Seite, dass dieser schmerzverkrümmt liegenblieb.

»Ich wollte«, fuhr Jonathan fort, »dass wir uns einen schönen Abend machen. Nur du und ich. Dann wärst du ob des Pulvers, das ich dir in den Wein gemischt hätte, schläfrig geworden. Ich hätte deinen tiefen Schlummer mit Chloroform unterstützt.

»Weshalb?« Das Wort hauchte sie nur und die Frage klang, als wollte sie keine Antwort hören.

»Um zu dem zu werden, was deine Bestimmung ist. Etwas,

was Tausende Besucher sehen werden wollen – meine ›Nymphe aus der Donau‹.«

Mitzi verstand noch immer nicht. Was wollte Jonathan ihr damit sagen? Was war das, zu dem sie werden sollte? Mit einem schnellen Griff packte Jonathan sie, riss sie in die Höhe. Setzte sie wieder auf den Stuhl und band sie mit dem Seil daran fest, das er aus der Lade mitgebracht hatte, in die er Toni gesperrt hatte.

»Was ist eine Nymphe aus der Donau?«, schluchzte Mitzi.

»Es ist …«, begann Jonathan, brach ab, überlegte. »Es soll … Die ›Nymphe aus der Donau‹ wird meine Fidschi-Meerjungfrau. *Du* wirst meine Fidschi-Meerjungfrau. Halb Mensch«, er zog mit der Hand eine unsichtbare Linie vor seiner Taille, »halb Fisch. Aber im Gegensatz zu P. T. Barnums monströser Version einer Meerjungfrau wird dein Oberteil die Männer verzaubern. Dein lockiges Haar, deine kleinen festen Brüste. Du wirst dem Namen nicht nur gerecht werden, du wirst ihm alle Ehre machen.«

»Du willst mich umbringen? Und dann … ausstopfen?«

»Nein. Nur die obere Hälfte von dir wird ausgestopft werden. Du wirst unsterblich, stell dir das einmal vor. Noch in Hunderten von Jahren wirst du die Träume der Menschen beflügeln.«

Jonathan stellte sich neben das Kabinett, in dem die Rüstungen und die Mumie präsentiert wurden, deutete auf Letztere. »So wie mein Onkel hier.«

»Das … das ist dein Onkel?«

»Er war alt und ich brauchte das Geld. Unglaublich, aber er meinte, ich sei dem Wahnsinn anheimgefallen!« Er lachte laut auf, während er auf die Mumie blickte. »Der alte Narr!«

»Du hast deinen eigenen Onkel umgebracht und mumifiziert?«

»Beeindruckend, nicht wahr?«

Mitzi schüttelte ungläubig den Kopf. Wie konnte sie nur so dumm gewesen und auf solch einen Kerl reingefallen sein? Hatte sie wirklich gedacht, dass einer wie er mit einer wie ihr –

»Oh, ich weiß, was du jetzt denkst«, sprach Jonathan mit getragener Stimme, als würde er dozieren. »›Wie konnte ich mich nur so täuschen lassen?‹ Aber sei versichert, ich habe dir nichts gesagt, was ich nicht auch so gemeint hätte. Du *bist* eine wunderbare Frau. Und ich habe auch gesagt, dass wenn es nach mir ginge, ich dich nie wieder ziehen lassen würde.«

»Du musst dein Versprechen nicht einhalten«, stammelte Mitzi und spürte, dass ihre Worte vertane Liebesmüh waren.

»Aber warum hast du Toni gefangen genommen? Was hat er mit der ganzen Sache zu schaffen?«

»Oh, gar nichts. Toni war nicht Teil meines Vorhabens. Aber er ist lästig geworden wie eine Gelse*, die einem einen lauschigen Sommerabend verdirbt. Erst hat er mir nur nachgestellt, war der Ansicht, ich würde ihn nicht bemerken. Aber ich hatte nicht ohne Grund ein kleines Zimmer am Spittelberg gemietet. Nicht speziell für ihn natürlich, aber für all die anderen Neider, denen nur daran gelegen ist, mich in den Untergang zu treiben.«

»Toni hat dich ausfindig gemacht.«

»Wie gesagt, das war unwichtig. Nicht unwichtig war jedoch, dass er mich heute Nachmittag dabei beobachtet hat, wie ich in diese Wohnung gefahren bin. Ein Mann, zwei Wohnsitze, einer beim Adel, der andere beim Abschaum – das hätte dich mit Sicherheit argwöhnisch gemacht, hab ich recht?«

Mitzi nickte stumm.

»Und so habe ich beschlossen, mich kurzerhand auch Tonis zu entledigen. Leider hat die Wirkung des Chloro-

---

* Österreichisch: Stechmücke

forms nicht so lange angehalten, wie ich vermutet hatte, und so ist die Gelse ein weiteres Mal lästig geworden.«

»All das, nur um mich ...« Mitzi versagte die Stimme.

»Morgen früh wäre dein selbstsüchtiger Onkel ohne dich abgereist, niemand in Wien hätte dich vermisst. Und wo niemand vermisst wird, da geschieht auch kein Verbrechen.«

Mitzis Blick wurde mit einem Mal starr. »Poldi.«

Jonathan seufzte. »Ein notwendiges Opfer. Glaube mir, ich liebe die Tiere in all ihren Facetten. Aber freiwillig wärst du niemals hiergeblieben.«

Nun liefen Mitzi jene dicken Tränen die Wangen herab wie an dem Tage, an dem sie ihren Löwen tot aufgefunden hatte. »Dann mach es«, sprach sie leise, aber bestimmt. »Wer will schon in einer Welt leben, in der es Menschen wie dich gibt.«

»Also bitte, die theatralische Verachtung steht dir so gar nicht, meine Liebe«, tönte Jonathan überheblich. »Aber ja, ich gebe dir recht. Ich mache es jetzt.«

Entschlossen ging er zu einer der Kommoden, öffnete eine kleine Lade in der obersten Reihe und holte ein Rasiermesser, ein Stofftaschentuch und ein kleines Fläschchen aus grünem Glas hervor.

»Vertraue mir, du wirst nichts spüren«, sagte er, während er auf Mitzi zuschritt und den Inhalt des Fläschchens ins Taschentuch leerte.

Mitzis Augen weiteten sich vor Angst. Sie wand sich und wusste sogleich, dass es kein Entkommen gab.

Jonathan beugte sich zu ihr. »Atme tief ein und denke einfach ans Meer.«

Einen Moment später durchfuhr ihn ein seltsames Zucken, sein Blick wurde sonderlich.

Dann stieß Toni, der plötzlich neben Jonathan auftauchte,

einen Kampfschrei aus, riss den Speer aus der Seite des Mannes und stach erneut zu.

Der schrie ebenfalls auf, stürzte zu Boden.

Toni packte das Rasiermesser, das neben ihn gefallen war, schnitt damit hastig das Seil, das entlang der Rückenlehne des Stuhls verlief, durch und damit Mitzi los.

Wie von Sinnen sprang diese zu Boden, sah erst entgeistert zu Jonathan, dann zu Toni.

»Du … du hast mich …«

Der nickte nur, völlig außer Atem.

Mitzi wandte sich wieder dem Mann zu, der sich zu ihren Füßen stöhnend krümmte, sich die Seite hielt, das Hemd voll Blut gesogen. Sie entriss Toni das Rasiermesser, setzte sich auf die Brust des Verletzten, und sah ihm eiskalt in die Augen. »So, der Herr, denke einfach ans Meer!«

Dann zog sie das Messer durch, beobachtete, wie das Leben aus Jonathan sprudelte wie frisches Quellwasser.

Irgendwann versiegte die Quelle.

Erst mehrere Minuten später konnte Mitzi sich schließlich losreißen. Sie rappelte sich auf, drückte Toni an sich. »Du hast mich gerettet, anstatt nur dein eigenes Leben. Du bist wahrlich ein dummer Hund, mein lieber Toni.«

Er erwiderte die Umarmung, innig und mit klopfendem Herzen.

»Was machen wir mit ihm?«

Toni kratzte sich über die Bartstoppeln. »Ich hab ein paar Freunde im Prater, die sind mir noch einen Gefallen schuldig. Wir könnten ihn an wilde Tiere verfüttern.«

Mitzi überlegte. »Vielleicht weiß ich da was Besseres.«

Einen Monat später standen Mitzi und Toni vor einer Schaubude im Wurstelprater, Hand in Hand. Auf einer Tafel der Schaubude vollendete ein Schildermaler mit dem Pinsel die letzten Buchstaben einer unübersehbaren Ankündigung: »Einzigartige Sensation! Der Welt einziger echter Zentaur!«

»Was ich immer sage«, meinte Toni schelmisch. »Das Glück dieser Erde hängt unten dran an einem Pferde.«

Mitzi lachte auf, drückte Toni einen Strauß Löwenzahn in die Hand. »Du bist echt ein dummer Hund, mein Lieber. Aber von nun an bist du *mein* dummer Hund.«

Sie gab ihm einen Kuss auf die Lippen. Dann flanierten die beiden Hand in Hand die Praterallee entlang, der untergehenden Sonne entgegen.

XI.

Elisabeth

Wien, 1908

Journal des Doctor Ägidius Eulner zu Genf

1. November 1909

Mein erster Eintrag seit Monaten. Aber ich vermeine, heute eine groteske, ja eine schier konspirativ monströse Entdeckung gemacht zu haben! Immer noch bin ich dabei, meine Gedanken zu sortieren und die Tragweite dessen zu erfassen, was meine Entdeckung bedeuten könnte.

~~Begonnen hat alles mit einem Buch, das ich~~

Begonnen hat alles mit dem Besuch einer alten Dame vor knapp zwei Monaten, genauer gesagt am 10. September.

Doch es war weder ihre Anmut, mit der sie meine Praxis betreten hatte, noch ihre charismatische Ausstrahlung, die mich betörte – es war etwas anderes. Etwas, was zu greifen ich jetzt noch nicht im Stande bin und doch hoffe, es in Bälde zu sein.

Aber alles der Reihe nach. Die alte Dame stellte sich mir als Gräfin Ferenczy vor. Für ihre Körpergröße von einem Meter siebzig war sie sehr schlank, beinahe ausgehungert, möchte ich attestieren, und hatte wunderbar dichtes, lan-

223

ges braunes Haar. Mit lieblicher, dennoch kräftiger Stimme bekundete sie, dass sie gekommen war, um meine fachliche Meinung bezüglich ihres gesundheitlichen Gesamtzustandes zu erfahren. Etwas, was sie laut eigener Angabe jedes halbe Jahr tat, und zwar immer dort, wo sie ihre Reisen hintrugen. Da ihr bisheriger Arzt in Genf vor zwei Monaten verstorben war, würde sie nun eben mich konsultieren, wohl auf Empfehlung hin.

Ihr Alter gab sie mit sechzig Jahren an, wobei ich vermute, dass sie sich einige Jahre jünger geschwindelt hat, was ich ihr jedoch mit einem Schmunzeln zugestehen möchte.

Ich begann also mit der Untersuchung: Ihr Blutdruck war normal, ihre Sehkraft für ihr Alter überdurchschnittlich gut, sodass sie keiner Augengläser bedurfte. Zuweilen plage sie Kurzatmigkeit, gestand sie, was ihr durchaus zu schaffen mache. Ich bat sie derob, ihren Oberkörper frei zu machen, auf dass ich sie mit dem Stethoskop abhören könnte. Sie leistete meiner Bitte ohne Widerworte Folge, beim Öffnen ihres Mieders bat sie um meine Hilfe. Mehrmals ließ ich sie kräftig ein- und ausatmen, aber ich konnte weder Abweichungen ihres Herzrhythmus noch eine Beeinträchtigung ihrer Lungenfunktion feststellen. Ihre Haut an Brust, Armen und Rücken war ungewöhnlich straff, was ich auf eine lebenslange sportliche Betätigung zurückführe.

Narben oder andere optische Makel hatte die Gräfin keine, wohl weil sie noch nie körperliche Arbeit hatte verrichten müssen. Lediglich eine kleine bräunliche Verfärbung der Epidermis an der linken Brust fiel mir auf.

Und so konnte ich Gräfin Ferenczy nach einer guten halben Stunde mit der Gewissheit entlassen, dass sie sich nicht nur eines ihres Alters angemessenen Gesundheitszustandes erfreute, sondern vitaler war als die meisten ihrer Altersgenossen. Rückblickend blieb sie mir aber auch nicht mehr in Erinnerung als jeder andere meiner betuchten Patienten.

Ich hätte auch keinen weiteren Gedanken an sie verschwendet, wäre mir heute Nachmittag in meiner Wohnung nicht ein Buch in die Hände gefallen. Dieses hatte meine ehebrecherische Xanthippe von einer Gemahlin wohl unbeabsichtigt zurückgelassen – denn ansonsten hatte sie mir alles genommen, abgesehen von trügerischen Erinnerungen an eine traute Zweisamkeit und verleumderischen Vorwürfen diverser Obsessionen.

Besagtes Buch, in Leinen gebunden, mit gelb-ockerfarbener Illustration verziert und vom Wiener Verlag Adolf Holzhausen publiziert, trägt den schmalzigen Titel »Aus den letzten Jahren der Kaiserin Elisabeth«, geschrieben von einer gewissen Gräfin Irma Sztáray. Aus selten gekannter Langeweile begann ich erst zu blättern, dann zu lesen. Nicht, dass das knapp zweihundertsiebzig Seiten dicke Büchlein sonderlich gut geschrieben wäre, aber irgendetwas Unerklärliches faszinierte mich an den zu Papier gebrachten devoten Erinnerungen der kaiserlichen Hofdame und engsten Vertrauten Sisis an ihre Herrin.

Obwohl ich erst seit fünf Jahren am Genfer See lebe und ordiniere, so ist mir das tragische Schicksal der österreichischen Kaiserin wohl bekannt. Während ich also teils interessiert, teils belustigt, dem nicht überraschenden Ende des Buches entgegenlas und gelegentlich an meinem Cognac nippte, so erfuhr ich doch erstaunliche Einblicke in das Leben der allseits so beliebten Kaiserin.

Beispielsweise, dass sie sich an manchen Tagen ausschließlich von Milch ernährte, an anderen Tagen wieder nur von Orangen. Dass sie gebratenes Fleisch zumeist kalt aß und Süßigkeiten weniger zusprach, weil sie das Stärkerwerden fürchtete – mit Ausnahme von Speiseeis, das Sisi zu lieben schien. In endlosen Ausführungen notierte ihre Hofdame die Kuraufenthalte in Bad Kissingen und Brückenau, viele andere Reisen nach Algier, Pompeji, Capri, Florenz und auf Sisis geliebte Insel Korfu.

Schließlich nahte jener verhängnisvolle Tag: Die Autorin trug der Kaiserin vor, dass sich General von Berzericzy, seines Zeichens Kammerherr Ihrer Majestät, um ihr Leben sorgte, auch wenn sie unter falschem Namen reiste. Daraufhin soll die Monarchin geantwortet haben: »Ich sehe schon, dass der stets besorgte Berzericzy für mein Leben fürchtet, aber was könnte mir denn in Genf zustoßen?«

Drei Tage später eilte sie, ganz in Schwarz gekleidet, allein mit ihrer Hofdame (das Personal war bereits vorausgereist) das Trottoir entlang, das vom Hotel Beau-Rivage zum Raddampfer Genève führte, auf dem sie nach Caux zu reisen gedachte. Und just war dies der Ort, an dem sich die hinterhältige Tragödie ereignete: Ein geisteskranker Anarchist sprang hervor, rammte seine Faust so heftig gegen die Brust der Kaiserin, dass diese rücklinks zu Fall kam, und flüchtete. Nach einer Schrecksekunde schien Sisi jedoch wohlauf zu sein. Sie bedankte sich bei den zu ihrer Hilfe herbeigeeilten Passanten und schickte sich an, mit ihrer Hofdame den Dampfer noch rechtzeitig zu erreichen. Vielleicht sei der verworfene Bösewicht auf ihre Uhr aus gewesen, mutmaßte sie ob der Motive für die Tat.

Zwischenzeitlich konnte der Missetäter bereits dingfest gemacht werden, wie man den beiden Frauen zu deren Erleichterung bekundete. Doch als Sisi den Dampfer betrat, wurde ihr schwindlig. Sie stürzte erneut, wurde umsorgt, rappelte sich auf und soll mit dem Blick gen Himmel gefragt haben: »Was ist denn jetzt mit mir geschehen?« – Die letzten Worte der Kaiserin.

Ihre Hofdame entdeckte einen dunklen Fleck in der Größe eines Silberguldens auf der Kleidung, in der Nähe des Herzens. Wie sich später im Hotel Beau-Rivage herausstellte, in das man die sterbende Monarchin eiligst gebracht hatte, stammte dieser von einem dreieckigen Einstich mit einer Feile. Ein gewisser Doktor Golay soll zudem niedergeschmettert festgestellt haben, dass es keine Hoffnung auf Genesung gäbe.

So verstarb Österreichs geliebte Kaiserin am 10. September 1898 um 14 Uhr und 40 Minuten.

Während ich die schicksalhaften Zeilen las, formte sich vor meinem geistigen Auge ein Bild, und mit ihm einher kam die Erinnerung an den Besuch der alten Gräfin – und jene ungeheuerlichen Gedanken, die mich dazu zwingen, das alles hier zu notieren.

Bilder blitzten in mir auf, gleißenden Schreckensbildern eines Albtraums gleich: die drahtige Statur der Gräfin. Ihr dichtes Haar. Ihre beinahe noch immer makellosen Zähne. Und die verfärbte Narbe am oberen Teil ihrer linken Brust.

Was zum Teufel will mir mein Unterbewusstsein mitteilen? Dass mich der Geist der österreichischen Kaiserin konsultiert hat? Oder dass ich einfach zufällige Bilder, die nun mal mit dem Lesen eines Buches einhergehen, auf jemand anders projiziere, ähnlich jener Doppelwahrnehmung, wie sie der deutsche Psychiater Julius Jensen beschrieb?

Ich gestehe, ich bin zutiefst verunsichert. Und dies führe ich nicht auf den am heutigen Abend leicht überhandgenommenen Genuss des Courvoisier zurück, meinem Lieblings-Cognac. Dies hat tiefere, schwerwiegendere Gründe. Mit einem Kopf voller Gewitterwolken will ich nun zu Bette gehen, auch wenn mir dräut, dass sich diese bis morgen früh wohl nicht verzogen haben werden.

3. November 1909

Wie befürchtet lässt mich die Erinnerung an die alte Gräfin nicht mehr los. Mehr noch: Ich habe das Gefühl, dass
mich eine innere Stimme dazu drängt, mehr in Erfahrung
zu bringen. Darob verwendete ich den gesamten gestrigen
und Teile des heutigen Tages darauf, zu erkunden, ob einer
meiner Bekannten besagte Gräfin Ferenczy kennt, ja gar mit
ihrem derzeitigen Aufenthaltsort vertraut ist. Leider verliefen all meine Bemühungen im Sand. Auch in den besseren
Cafés und sonstigen gehobenen Lokalitäten Genfs wurde
mir keine Auskunft zuteil, obwohl ich mir diese auch gerne
etwas hätte kosten lassen.

Eine beunruhigende Urgenz spürend eilte ich in meine
Praxis, prüfte gewissenhaft meine Aufzeichnungen. Nie-
derschmetternderweise fand ich auch dort keinerlei neue
Hinweise. Und Margot, der ansehnliche Trampel in meinem Empfangszimmer, konnte sich natürlich an rein gar
nichts mehr erinnern.

Somit bin ich nun ebenso schlau, wie ich es vor zwei
Tagen war. Ich denke, ich werde mir ein Fläschchen Courvoisier gönnen und darüber sinnieren, ob ich weitere Schritte
in diese Richtung unternehmen will (obwohl ich fürchte,
meine Entscheidung ist längst gefallen).

4. November 1909

Ich habe mich entschieden, das Geheimnis der Gräfin zu
lüften!

Zu frappant sind die Ähnlichkeiten zwischen ihr und der
ermordeten Kaiserin. Und doch wage ich es immer noch
nicht, meine Vermutung mit schwarzer Tinte zu manifes-

tieren. Wenn ich schon keine neuen Anhaltspunkte bezüglich der Gräfin aufspüren konnte, will ich doch versuchen, mehr über die Kaiserin zu erfahren ~~(wie es mir meine innere Stimme befiehlt)~~.

8. November 1909

Erstaunlich, was man zu Tage fördert, wenn man mit den richtigen Leuten spricht. Viele hier wähnen sich gar Spezialisten zu sein, wenn es um Anekdoten über Sisi geht.

So soll sie zeitlebens auf ihr Aussehen nicht nur bedacht gewesen sein, sondern vielmehr darauf besessen (sie hatte in der Wiener Hofburg gar ein eigenes Turnzimmer zur leiblichen Ertüchtigung!). Ihr Haar ließ sie beispielsweise regelmäßig alle drei Wochen mit Essenzen waschen, die bevorzugt aus Eiern und Cognac bestanden (worauf ich mir gleich einen Schluck genehmigen werde). Ihre Zähne pflegte sie minutiös mit Bürste und Zahnpulver, adelte gar ihren Hofzahnarzt! Von der französischen Unsitte, sich mit Schminke bis zur Unkenntlichkeit zu verunstalten, hielt sie gar nichts, nur ihr Haar ließ sie mit Parfüm bestäuben. Und um ihr jugendliches Aussehen zu erhalten, legte sie sich gepresstes Rindfleisch über Nacht aufs Gesicht.

Da all dies Merkmale sind, die auch Irma Sztáray in ihrem Buch ihrer Kaiserin zuschreibt, bin ich gewillt, diesen Anekdoten Glauben zu schenken.

Wieder durchfahren mich Wellen der Erinnerung an die Gräfin, an »meine« Gräfin, denn auch ihr wohnten jene physischen Eigenheiten inne – der Körperbau, die Haare, die Zähne. Die verfluchte Narbe oberhalb der Brust! ~~Ich muss~~

Ich habe die Obduktion Sisis nachgelesen, welche die Hofdame in ihrem Buch als Augenzeugin ausführlich beschreibt. Zitat: »Man schnitt den Brustkorb auf, um die Richtung der Wunde festzustellen: Die vierte Rippe war durchbrochen, Lunge und Herz durchbohrt. Und ich sah es in der Hand des Arztes, dieses Herz voll Liebe und voll Qual, durch das der Dolch gegangen war, durch und durch, wie wir das Herz der Mater dolorosa im Bilde sehen.«

So ist es wahr – der Attentäter hat mit der Tatwaffe das Herz der Kaiserin durchstochen, und aus diesem Einstich ist sie schließlich innerlich verblutet – also eine durch eine Stichverletzung ausgelöste Herzbeuteltamponade.

Wie bittere Ironie mutet eine poetische Aussage an, die Sisi angeblich einen Tag vor dem Attentat gegenüber Baronin Rothschild getätigt hatte: »Je voudrais que mon âme s'envolasse vers le ciel par une toute petite ouverture du cœur.« – »*Ich möchte, dass meine Seele durch eine winzige Öffnung des Herzens zum Himmel aufsteigt.*«

Diese wehmütige Vorahnung hatte sich also bewahrheitet. Oder etwa nicht?

Denn was ich noch in Erfahrung bringen konnte, war, dass die geliebte Kaiserin im versinnbildlichten Herzen todunglücklich war. Als sie als sechzehnjähriges Mädchen im April 1854 ihren um acht Jahre älteren Cousin, Kaiser Franz Joseph von Österreich, ehelichte (auf dessen Betreiben hin), schrieb sie nur zwei Wochen nach der Trauung: »Ich bin erwacht in einem Kerker, und Fesseln sind an meiner Hand. Und meine Sehnsucht immer stärker, und Freiheit, du mir abgewandt.«

Dies sind kaum die Worte einer glücklichen jungen Frau, die ihren Traum als Prinzessin lebt, sondern vielmehr eines zutiefst verzweifelten Menschen, der nichts mehr herbeisehnt, als jene Freiheit wiederzuerlangen, die ihm zeitlebens verwehrt bleiben würde.

Zeitlebens – wie die Ehe, die erst der Tod scheidet …

Auch der Freitod ihres Sohnes Kronprinz Rudolf im Jahre 1889 soll die Kaiserin schwer getroffen haben. Aus mehreren Quellen musste ich erfahren, dass sie ab diesem Zeitpunkt nur noch Schwarz trug, dass sie noch tiefere Wehmut und Traurigkeit umfing, ja, sie den Tod oftmals regelrecht herbeisehnte.

Ich glaube, ich bin nun endlich fähig, in diesem Journal die Frage zu beantworten, wegen der mich die Stimme in meinem Kopf so sehr martert:

Was, wenn Sisi noch am Leben ist?

So, ich habe es geschrieben!

Was, wenn jene tragische Tat ein eben nicht ganz so tragisches Ende fand?

Was, wenn Sisi in einem geistesgegenwärtigen Augenblick erkannte, dass sich ihr eine, wenn auch späte, Chance bot, jene Freiheit wiederzuerlangen, die ihr zweiundfünfzig Jahre zuvor geraubt worden war?

Was, wenn sie daraufhin ihrer ihr tief ergebenen Hofdame auf dem Weg zum Raddampfer einen Plan mitteilte und diese zustimmte? Immerhin musste Gräfin Sztáray oftmals miterlebt haben, wie ihre geliebte Herrscherin zu Tode betrübt war.

Ich verneine nicht, dass meine Vermutung noch äußerst vage und gar abenteuerlich klingt. Aber dennoch …

Ich muss tiefer graben!

14. November 1909

Über meinen ausgefuchsten Buchhändler bin ich an eine Abschrift des Obduktionsberichts der Kaiserin vom 11. September 1898 gelangt! Hieraus ergibt sich, dass folgende Herren bei der Obduktion anwesend waren:

Doctor Hippolyte Jean Goss, Professor für Gerichtsmedizin an der Universität Genf, der auch die Leichenschau durchführte; Doctor Auguste Reverdin, Professor an der Medizinischen Fakultät Genf; sowie Doctor Louis Mègerand, Privatdozent an der Medizinischen Fakultät Genf.

Außerdem waren anwesend: Gräfin Sztáray; General Berzericzy, Kammerherr der Kaiserin; ein gewisser Herr Navazza, Generalstaatsanwalt der Republik und des Kantons Genf; Doctor Étienne Golay (er stellte am Vortag Sisis Tod fest!).

Von den Anwesenden waren zumindest die Gräfin Sztáray und General Berzericzy der Kaiserin von Österreich zutiefst ergeben. Ich möchte gar vermuten, dass Sisis Wunsch deren Befehl war.

Wenn also der Obduktionsbericht authentisch ist, wessen Leiche wurde dann obduziert?

19. November 1909

Ich habe meine Praxis vorübergehend geschlossen. Zu wenig war ich mit dem Kopf bei meinen Patienten, zu sehr haben mich mögliche Gedankenkonstrukte gequält. Meiner Empfangsdame Margot habe ich bezahlten Urlaub verordnet, um ein Haar wäre sie mir um den Hals gefallen. Ich werde die gleiche Reaktion einfordern, wenn sie das nächste Mal abends länger Dienst zu versehen hat!

Aber nun zu gewichtigeren Dingen: Laut Aufzeichnungen von Gräfin Sztáray wurde Sisis Leichnam noch in Genf (!) einbalsamiert. Am 12. September 1898 leistete sie ihrer Herrin den letzten Dienst: »Ich legte ihr das ›schöne‹ Kleid an, aus schwarzer Seide […] Die Taille, die wir in jener entsetzlichen Stunde von ihr herabgeschnitten, ersetzten wir durch eine schwarze Spitzenbluse. Nachdem ich sie so angekleidet, legte ich sie mit Hilfe des Dr. Golay in den Sarg, in dem ihr Leib in alle Ewigkeit ruhen wird.«

Und weiter: »Ihre herrlich schlanke Gestalt schien noch gewachsen zu sein, ihre alabasterweiße Stirne war mit den aufgesteckten Zöpfen des reichen Haares wie mit einer dunkel schimmernden Krone geschmückt, in den gefalteten Händen lag ein kleines Kruzifix aus Perlmutter und ein Rosenkranz, und auf ihrer Brust ein großer Strauß weißer Orchideen, die das durchstochene Herz der schneeweißen Frau beschatteten.«

Also waren es Gräfin Sztáray und Dr. Golay, die die tote Kaiserin zum letzten Mal gesehen hatten. Denn am 15. September kam der Sarg zwar in Wien an und wurde am darauffolgenden Tag in der Burgkapelle öffentlich aufgebahrt – jedoch blieb er verschlossen! Angeblich auf ausdrücklichen Wunsch der Kaiserin … Und er würde auch nie wieder geöffnet werden!

Ich frage mich, was man den Blicken der Trauernden wohl vorenthalten wollte?

Die Beisetzung fand unter großer Anteilnahme ihrer Untertanen ebenfalls am 16. September 1898 in der Wiener Kapuzinergruft statt, und zwar mit jenem spanischen Hofzeremoniell, das der Kaiserin so verhasst war. Ihrem innigen Wunsch, in Korfu mit Blick aufs Meer beigesetzt zu werden, wurde demnach auch nicht Folge geleistet. Mir wird immer klarer, warum Sisi zeitlebens aus ihrem Käfig ausbrechen wollte!

Noch ein Detail, das mir Kopfzerbrechen verursacht: Es ist Tradition, die Leichname der habsburgischen Herrscher zu zerteilen und gesondert zu bestatten: den Körper in der Kapuzinergruft, die Eingeweide im Stephansdom und das Herz in der Augustinerkirche. Mit dieser Tradition wurde jedoch im Falle der toten Kaiserin ebenfalls gebrochen!

Warum verwehrte man Sisi aufgrund der Tradition den Wunsch nach einer letzten Ruhestätte, bricht aber mit derselben bei ihrer Zerteilung? Vielleicht, weil jemand verhindern wollte, dass Sisis Leiche in Wien begutachtet wurde?

23. November 1909

Nach Durchsicht aller Unterlagen sowie meiner Aufzeichnungen, die durchaus etwas chaotisch anmuten, will ich für die nagende Stimme in meinem Geist noch einmal die Fakten ordnen, auf dass sich mir meine weitere Vorgehensweise erschließen möge. Ausgehend von der Hypothese, dass meine alte Gräfin Ferenczy tatsächlich die noch lebende Kaiserin Elisabeth ist, muss sich Folgendes zwingend zugetragen haben: Am Tag des Attentats hat die Monarchin geistesgegenwärtig gehandelt und erkannt, dass der Zwischenfall mit dem Anarchisten womöglich ihre letzte Chance auf ein glückliches Leben darstellt (hierbei wurde sie zwar wahrscheinlich verletzt, aber eben nicht tödlich). Noch am Schiff instruierte sie ihre Hofdame Gräfin Sztáray, was diese zu veranlassen habe:

- Die Person der Kaiserin habe noch am selben Tag zu sterben.
- Gräfin Sztáray habe General Berzericzy einzuweihen.
- Der möge mit Einfühlungsvermögen sowie Befehlsgewalt Doctor Golay dazu anhalten, den Tod noch

am selben Tag zu beglaubigen, sowie sämtliche Mitwisser, vermutlich unter Eid, schwören zu lassen, dieses Geheimnis mit ins Grab zu nehmen.

- Für die Obduktion am nächsten Tag ergeben sich mehrere Möglichkeiten, aber die im Augenblick wahrscheinlichste ist, dass sämtliche anwesenden Doctoren und sonstigen Zeugen einfach ein von Doctor Golay angefertigtes Dokument in blindem Gehorsam unterfertigt haben – ohne dass sie der vermeintlichen Obduktion beigewohnt haben.

- In der Zwischenzeit hätte General Berzericzy eine Frau mit passender Statur finden müssen (wohl gegen Geld im Leichenhaus) und diese an Sisis statt einbalsamieren lassen.

- Dieser Körper wäre es auch, der dann nach Wien transportiert und mit Pomp in der Kaisergruft beerdigt wurde.

- Die nun für tot erklärte Elisabeth war mit einem Schlag frei! Für General Berzericzy würde es ein Leichtes sein, ihr Ausweispapiere mit neuem Namen zu besorgen, auch Geld sollte keine Rolle gespielt haben.

- Vielleicht ist Elisabeth nach Korfu gereist, hat dort einige Jahre gelebt, und konnte sich dann, nachdem sich die Aufregung gelegt hatte, frank und frei unters Volk mischen.

Ich atme tief durch – so könnte es sich zugetragen haben. Allein den Beweis bleibe ich schuldig. Ich fühle mich, als hätte ich eine lang verschollene Schatzkiste ausgegraben, habe die Gewissheit, dass meine Suche nun ein Ende hat. Doch hineinzusehen wage ich nicht. Was würde mich erwarten, wenn ich den Deckel öffne? In diesem Falle ist die Kiste sogar buchstäblich zu verstehen, und zwar in Form von Sisis Zinnsarg in der Kapuzinergruft. Doch ich vermag kaum daran zu denken, was ich tun müsste, um meinen rastlosen Gedanken (und dieser verfluchten Stimme) Einhalt zu gebieten. ~~RUHE!~~ Keine wache Sekunde, an der sich in meinem Kopf nicht alles um jene mysteriöse zufällige Begegnung dreht, die mein Leben völlig aus den Angeln gehoben hat. Ich fürchte, letzten Endes werde ich tun, wovor mich mein Verstand laut schreiend warnt, die Stimme in mir jedoch befiehlt, meine Geschicke in jene Richtung zu lenken.

~~Aber ich werde mich in Beherrschung üben.~~

So sei es beschlossen. Ich reise gen Wien!

5. Dezember 1909

Die Kaiserstadt empfängt mich an diesem Sonntag mit einem Schneesturm. Ich meine, dass die Kälte des Wetters jener Kälte nicht unähnlich ist, die die Kaiserin ihr Leben lang empfunden haben musste, wenn sie von einer ihrer zahlreichen Reisen zurückkehrte – bis zum Zeitpunkt ihres Todes, der womöglich deckungsgleich mit dem Zeitpunkt ihrer Auferstehung war, wie ein Phönix aus der Asche. So wie Sisi einst zu ihrer Hofdame meinte: »Ich möchte dieser Welt entschwinden wie der Vogel, der auffliegt und im Äther verschwindet, oder wie der aufsteigende Rauch, der hier vor unseren Augen blaut und im nächsten Augenblicke nicht mehr ist.«

Ich habe im imposanten Hotel Métropole im 1. Bezirk Quartier bezogen. Die »Österreichische Illustrierte Zeitung« titelt in beeindruckenden Photographien vom ersten lenkbaren Militärluftschiff der österreichisch-ungarischen Monarchie, das die Stadt bis zum Turm des Stephansdoms überflogen haben soll. In welch erstaunlichen Zeiten wir doch leben. Doch wahrhaft Erstaunliches wird erst folgen, denn morgen werde ich erste Erkundigungen einholen!

Die Unruhe in meinem Inneren wächst von Stunde zu Stunde, ebenso wie die Stimme in mir immer lauter und fordernder erklingt ...

6. Dezember 1909

Heute besichtigte ich erstmals die letzte Ruhestätte der großen Habsburger. Sie alle ruhen unter der eher unscheinbaren und schlicht wirkenden Kirche des Kapuzinerordens am Neuen Markt. Während ich in einiger Entfernung dastand und das Gebäude verinnerlichte, fand ich eine seltsam hämische Freude in mir aufsteigen, da ich mir vorstellte, dass all die Bürger, die vor der Kirche auf und ab liefen, und auch die Mönche des Ordens selbst, völlig unwissend sind, was für ein unaussprechliches Geheimnis unter ihren Füßen ruht!

Bevor ich mich jedoch dazu hinreiße, in die Gruft hinabzusteigen, möchte ich den Versuch unternehmen, meine persönliche Beweisführung zu kräftigen, damit die Last der zu begehenden Tat gerechtfertigt erscheint – und nicht als die Tat eines Wahnsinnigen.

8. Dezember 1909

Heureka! Tatsächlich ist mir Unglaubliches gelungen! Ich konnte Franziska Feifalik ausfindig machen! Diese Dame, die sich bereits im Ruhestand befindet, war nicht nur Sisis Friseurin, sondern auch deren zeitweise engste Vertraute.

Ich kann meine Aufregung kaum in Worte fassen. Morgen werde ich also mit einer Person sprechen können, die die Kaiserin persönlich und innig gekannt hat. Ob ich in ihren Erzählungen meine alte Gräfin wiederfinden werde?

9. Dezember 1909

Bevor ich mich hier niedersetzte, um diese Worte zu Papier zu bringen, musste ich erst zwei Gläser meines Lieblings-Cognacs trinken, so aufgewühlt hat mich das Gespräch mit ~~Frau Feifalik~~ Fanny! Zunächst möchte ich festhalten, dass Fanny, wie sie noch immer genannt werden möchte, eine ehrwürdige Dame von immer noch verzaubernder Ausstrahlung ist. Die Augen voller Güte, den Mund mit einem von Herzen kommenden Lächeln. Natürlich konnte ich ihr nicht die wahren Beweggründe meines Besuchs mitteilen, und so gab ich vor, ich würde aufgrund des jüngst erschienenen Buches von Gräfin Sztáray für die renommierte Neue Zürcher Zeitung einen Artikel verfassen, der mehr Charakter und Person der Kaiserin beschreiben möchte, denn deren tragisches Ende.

So plauderte Fanny, wie ihr die Erinnerungen kamen. Sie sprach von der märchenhaften Chance, die ihr die Kaiserin zuteilwerden ließ, als sie sie vom Burgtheater weg als »persönliche Friseurin der Kaiserin« engagierte, und das zu einem ebenfalls märchenhaften Lohn von über zweitausend Gulden im Jahr. Sie erzählte von der Vorliebe Sisis, sich nicht nur mit schönen Dingen zu umgeben, sondern auch mit schönen Menschen (zu denen sie auch Fanny zählte), und dass die Monarchin gar ein Album pflegte, in dem sie Photographien von schönen Menschen sammelte. Die Morgentoilette der Kaiserin dauerte täglich um die drei Stunden, eine Zeit der Intimität, um die ihr so manche am Kaiserlichen Hofe neidig war.

Selbst Gräfin Sztáray nannte Fanny in ihrem Buch immer nur »Frau F.« – welch niederträchtige Stutenbeißerei!

Weiters erzählte Fanny, wie außerordentlich verärgert Sisi wurde, wenn sie im Kamm ihrer Friseurin ausgerupftes Haar entdeckte, weshalb Fanny dieses stets unter ihrer Rockschürze verbarg. Und da sie und die Kaiserin nicht nur ein ähnliches Alter, sondern auch ein ähnliches Aussehen teilten, nutzte sie Sisi manchmal gar als ihre Doppelgängerin, wenn sie für einige Zeit ungesehen verschwinden wollte – wie beispielsweise im Jahre 1885 in einem Galaboot im Hafen von Smyrna, oder 1894 am Bahnhof von Marseille.

So hätten die Erzählungen von Fanny weiter dahinplätschern können, durchaus amüsant, aber eben doch ohne Belang, hätte ich sie nicht geistesgegenwärtig gefragt, ob es, abgesehen von den allseits bekannten Schönheitsmerkmalen, nicht eine Besonderheit an Sisi gab, die den meisten verborgen blieb.

Fanny überlegte, dann signalisierte ein Blitzen in ihren wachen Augen, dass sie eine passende Antwort parat hatte. Sie erzählte, dass die Kaiserin, als sie sich 1888 auf einer Reise durch die Ägäis befand, eine völlig gewöhnliche Hafenkaschemme besuchte und sich dort etwas unter die Haut der linken Schulter tätowieren ließ: einen Anker, als Zeichen des Ausdrucks ihrer Sehnsucht zur See.

Just in dem Augenblick, als Fanny diese Worte gesprochen hatte, schoss mir die Erinnerung ein, als würde mich ein Faustschlag im Gesicht treffen. Der Anker auf der linken Schulter! Ich hatte völlig vergessen, welche Irritation diese verschwommene Hautbemalung auf dem sonst makellosen Körper meiner Gräfin bei mir verursacht hatte. Entdeckt hatte ich sie, als ich ihre Lungenfunktion mit dem Stethoskop abhorchte.

Das ist der Beweis (den Gräfin Sztáray in ihren Aufzeichnungen wohlweislich verschwiegen hatte)! Das ist das fehlende Glied in meiner Argumentationskette: Meine Gräfin Ferenczy ist also tatsächlich Elisabeth von Österreich!

Alle weiteren Erzählungen – darüber, wie wenig amüsiert ihr Gemahl über die Verzierung auf ihrer Haut war, Sisis bekannten Trübsinn und vieles mehr – nahm ich nur mehr wie durch einen Schleier wahr. So, als würde man unter starkem Alkoholeinfluss versuchen, einer anspruchsvollen Konversation zu folgen. Alles, woran ich denken konnte, war: Ich habe sie gefunden! Gefolgt von: Und doch ist sie mir entschwunden …

Im Schutze meines Journals formen sich nun klar und deutlich Gedanken ob meines weiteren Vorgehens. Ich habe die Wahl: Wenn man mit jemandem ein Streitgespräch führt, dann gibt es nur zwei Methoden, dieses für sich zu entscheiden. Die eine ist zu beweisen, dass man selbst recht hat. Nun, dies kann ich nicht, da ich meine Gräfin wohl nie mehr finden würde. Die zweite Methode ist zu beweisen, dass der andere unrecht hat. Und hier will ich den Hebel ansetzen. Hier will ich den Fußbreit an Platz gewinnen, der vonnöten ist, die allgemein als gültig angesehene Wahrheit auf den Kopf zu stellen!

Denn wenn in dem Zinnsarg in der Kapuzinergruft tatsächlich die echte Sisi begraben liegt, ~~und das tut sie!~~ so müsste diese, trotz aller Verwesung, zumindest die Verletzung eines Rippenbogens aufweisen, die laut beglaubigtem Obduktionsbericht von der Tatwaffe verursacht worden war!

Auch wenn die Stimme in meinem Kopf trotz der Erfolge der letzten Tage nicht leiser werden will, so weiß ich, ich muss meisterlich besonnen vorgehen – denn nur so werde ich den Beweis in der Kaisergruft finden!

12. Dezember 1909

Obwohl es mir unter Nägeln und Fußsohlen gleichsam brannte, so habe ich, dem scheußlichen Wetter zum Trotz, die letzten drei Tage damit zugebracht zu erkunden, ob die Kapuzinerkirche bewacht wird, wie viele Menschen ein und aus gehen, und überhaupt, ob ich irgendetwas Auffälliges erkennen kann. Aber es gab nichts. Außer, dass ich immer wieder vermeinte, schattenhafte Gestalten zu sehen, nur für den Bruchteil eines Augenblicks ... Beobachteten sie mich, während ich die Kirche beobachtete? Wer sind sie?

~~Warum~~ Mit den letzten Worten zu Papier gebracht glaube ich, mich erinnern zu können, dass mir solcherart gespenstische Schatten zum ersten Mal aufgefallen waren, als ich Fannys Unterkunft verließ. Doch wahrscheinlicher ist, dass mir mein Geist einen Streich spielt. Dass er mich von meiner eigentlichen Aufgabe abzulenken versucht, um mich wieder zurück nach Hause zu führen, in die vermeintliche Sicherheit von Genf. ~~Zuerst lockst du mich her und nun willst du mich abhalten? Ab mit dir!~~

Aber das lasse ich nicht zu!

Morgen Nacht werde ich das Geheimnis Kaiserin Sisis lüften!

13. Dezember 1909

Ich kann es kaum glauben! Unbemerkt habe ich mich mit Einbruch der Finsternis durch das Kloster des Bettelordens geschlichen, war eine schmale, steile Treppe in ein kaltes Loch hinabgestiegen und dabei weder von Mönchen noch von der trägen Sicherheitswache entdeckt worden, die beim Abgang mehr schlief als ihren Dienst versah. Mein Journal habe ich vorsorglich mitgenommen und halte fest, wann immer ich meinem Ziel einen entscheidenden Schritt näher komme. Dies birgt natürlich ein zusätzliches Risiko, dessen bin ich mir bewusst, aber den Augenblick des Triumphs möchte ich schlicht in eben diesem festhalten, und nicht im Nachhinein reflektierend im Schutz meines Hotelzimmers. Ausgestattet mit einer kleinen Öllampe werde ich nun zwischen den bestatteten Habsburgern jene suchen, die mich so unerträglich martert.

Die Krypta der Kapuzinerkirche. Es riecht modrig, nach Fäulnis und Tod. Eine schreckliche Gewissheit umfängt mich. Einerlei, wie wir unser Leben gestalten, einerlei, wie sehr wir danach trachten, unserem Dasein Sinn zu verleihen – am Ende reihen wir uns unweigerlich zwischen jene ein, die uns einen Schritt voraus sind. Ich bin unschlüssig, ob dies die beinahe unerträglich nasse Kühle hier unten in der Krypta ist oder die allumfassende Stille … Aber mit einem Mal umfängt mich ein beruhigender Fatalismus. Ist es wirklich von Bedeutung, was ich hier zu tun versuche? Wird es wirklich etwas ändern, dass ich mein Leben aufs Spiel setze? ~~Irgendwie glaube ich nicht.~~

Doch! Die Welt hat ein Recht darauf, die Wahrheit zu erfahren! Wohlan!

Im flackernden Schein der Funzel bin ich zwischen den letzten Ruhestätten so vieler bedeutender Herrscher gewandelt: Kaiser Maximilian von Mexiko, Napoleon Franz Bonaparte (Napoleons einziger legitimer Sohn). Der Doppelsarkophag Maria Theresias und ihres Gemahls Franz Stephan. Dahinter, wie bei einem fidelen Familienausflug, sechs weitere Sarkophage mit den Töchtern Maria Theresias, sowie ihrer Schwiegertöchter und Enkelinnen. Der Prunksarkophag Kaiser Karl VI., der von einem ehernen Gitter eingezäunt wird, als wollte man zudringliche Besucher fernhalten.

Wenn meine Schrift nun zittrig erscheint, dann nur, weil ich vor der letzten Ruhestätte von Österreichs Kaiserin Sisi stehe. Ihr prunkvoll verzierter Sarkophag raubt mir schier die Sinne. Ich wage kaum zu atmen. In diesem für die Ewigkeit gedachten Behältnis ruht also die Lüge oder die Wahrheit, und es gibt nur einen Weg, es herauszufinden …

Ich gestehe, dass ich den Deckel des Sarges beinahe nicht zu bewegen vermochte. Der Silberlegierung wohnt ein Gewicht inne, dass es drei Männer bräuchte, ihn zu verschieben (und mit Sicherheit mehr als sechs, den gesamten Sarkophag zu heben). Doch unter Zuhilfenahme einer eisernen Stange, die ich vorausschauend mitgenommen hatte, konnte ich ihn schließlich doch aufschieben.

Ich blickte direkt in den silbernen Sarg. In ihm ruhte eine Kiste, in schwarzen Samt gehüllt. Vorsichtig, als würde ich ein Neugeborenes berühren, schob ich den Stoff zur Seite, enthülle seinen Inhalt – jenen Holzsarg, in dem Sisi aus Genf hertransportiert worden war. Das Holz war dunkel verfärbt und faserig, als hätte es über lange Zeiten im Wasser gelegen, was wohl der hohen Luftfeuchtigkeit in der Kaisergruft geschuldet ist. Ich versuchte den vermoderten Deckel, der die sterblichen Überreste des Körpers darunter verdeckte, wegzuheben, doch er zerbröselte mir förmlich unter den Händen.

Dann sah ich sie, inmitten weißer Seide – auf verrottete Hobelspäne gebettet, das Haupt auf einem Kissen aus Leinen. Allerdings war von der Anmut und Schönheit der Kaiserin nichts mehr zu erkennen, alles Gewebe war bereits von den Knochen abgefallen und verwest, wohl ebenfalls ob der bereits erwähnten hohen Feuchtigkeit hier unten. Dem Schädel wohnte eine friedliche Ruhe inne, aber ich konnte nicht umhin, mir ihr Gebiss näher anzusehen. Die Zähne waren allesamt angegriffen und dunkel verfärbt, drei der Backenzähne fehlten. Bei Gott, dies ist nicht das Gebiss einer Frau, die penibel auf ihre Zähne achtete und diese regelmäßig pflegen ließ (sollte dies ihr Hofzahnarzt tatsächlich verantwortet haben, dann hätte man ihn wegen Kurpfuscherei öffentlich an den Pranger stellen sollen und nicht in den Adelsstand erheben!).

Ein erstes Indiz, dass hier ein anderer Mensch begraben liegt?

Mit der Öllampe in der Hand wanderte mein Blick weiter nach unten. Ich suchte auf der linken Seite des Körpers die Rippenbögen ab, versuchte, die protokollierte Verletzung des Knochens zu erkennen. Vergebens. Ich stellte die Lampe am Rand des Sarkophags ab, nahm nach und nach die Rippen in die Hand, untersuchte sie mit Augen und Fingern. Makellos. Jede einzelne.

Mit alles überwältigender Erkenntnis prallte ich zurück, spürte, wie mir mein eigener Mut die Kehle zuschnürte – in diesem Grab liegt nicht Elisabeth, Kaiserin von Österreich, Königin von Ungarn und Herzogin in Bayern. In diesem Grab liegt eine unbekannte Frau!

Ich werde mich nun abmühen, den Deckel wieder zu verschließen, denn noch soll niemand von meiner Entdeckung erfahren. Dann werde ich mich ebenso heimlich aus der Kapuzinergruft schleichen, wie ich hineingekommen bin. Morgen will ich in aller Herrgottsfrüh zurück in die Schweiz aufbrechen, wo ich einen hieb- und stichfesten Artikel ver-

fassen will, der die Habsburger Monarchie in ihren Grund-
festen erschüttern wird. Und all jene Lügen straft, die mich
so oft einen verwirrten Querkopf, einen Querulanten, gar
einen Geistesgestörten geheißen haben – allen voran mein
niederträchtiges Eheweib!

~~Seht euch vor, meine Rache wird~~

Mein Name wird in aller Munde sein, und die ganze Welt
Doctor Ägidius Eulner kennen!

14. Dezember 1909

Die Uhren haben Mitternacht geschlagen, doch zu schlafen
vermag ich nicht. Zu sehr spuken mir die Bilder des geöffne-
ten Sarges im Kopf herum, auch wenn die Stimme, die mich
seit Wochen martert, auf wundersame Weise verstummt ist!
~~Einige~~ Ein Gläschen Cognac wärmt mich. Ich fühle mich,
als wäre ich wieder Herr meiner Sinne. Und möge ich auch
in dieser Nacht kein Auge zutun – auf der Reise nach Genf
werde ich Möglichkeit genug zum Schlafen haben.

Ein seltsames Treiben reißt mich aus meinen Gedanken. Ich
habe gerade aus dem Fenster meines Hotels geblickt und
bemerkt, dass sich in der Dunkelheit des Platzes davor eine
Vielzahl an Männern der Sicherheitswache zusammenrottet.
Ich zähle über einhundert Mann! Was da wohl im Gange ist?
Vielleicht eine gezielte Aktion gegen Gauner und Mordbuben?

Ich vernehme Schritte, die die Treppen des Hotels Métropole
heraufpoltern. Ob gar über oder unter mir einer der üblen
Gesellen sein Quartier bezogen hat? Ich werde

Anmerkungen des Autors:

In der »Österreichischen Illustrierten Zeitung« vom 19. Dezember 1909 (die Zeitung erschien wöchentlich immer sonntags) wird der Großeinsatz der Sicherheitswache mit keinem Wort erwähnt.

Keine Person unter dem Namen Ägidius Eulner hat je ein Zimmer im Hotel Métropole bezogen.

Das »Journal des Doctor Ägidius Eulner zu Genf« wird vermutlich im Österreichischen Staatsarchiv unter Verschluss gehalten.

Der Sarg von Kaiserin Elisabeth wurde bis zum heutigen Tag nie geöffnet.

Nachwort

ELF KURZE GESCHICHTEN. Elf Schauplätze. Und doch war mir beim Schreiben, als wäre ich nur von einem Erzählstrang zum nächsten gesprungen. Als hätte ich Wien nie verlassen, ungeachtet der Jahrzehnte, die zwischen manchen Geschichten klaffen. Die Idee zu der vorliegenden Sammlung kam mir, als ich für »Donaumelodien – Praterblut« in Wiens Geschichte eintauchte und mit Ernüchterung feststellen musste, dass ich gar nicht alles, was ich entdeckte, verwenden konnte. Manches wollte sich nicht so recht in die Handlung integrieren, anderes wäre schlichtweg anachronistisch gewesen.

So erzählten sich mir die vorliegenden Geschichten beinahe von alleine, und nachdem ich zehn von ihnen abgeschlossen hatte, suchte ich noch eine Verbindung mit meinem Kriminalroman-Debut – die »Fidschi-Meerjungfrau« offenbarte sich. Denn Mitzi und Toni waren mir bereits sehr ans Herz gewachsen, wie auch all die anderen, die im vorliegenden Roman ihren Gastauftritt haben.

Mir bleibt zu hoffen, dass auch Sie, werte Leserin, werter Leser, wie ich die Reise durch Wiens Jahrhunderte mit einem lachenden und einem weinenden Auge gemeistert haben. Womöglich denken Sie bei Ihrem nächsten Zentralfriedhof-Besuch an den vom Schicksal gebeutelten Sigismund, bei einer Fahrt mit dem Fiaker an den gutherzigen Joseph, oder bei einem Blick auf die Donau an die kleine Albine.

Und seien Sie versichert: Die alte Kaiserstadt hat noch lange nicht alle Geheimnisse preisgegeben, denn Wien ist immer »a Hetz«!

Herzlichst
Bastian Zach

Danksagung

Herzlichen Dank an Gigi Beutler für ihre fachkundige Unterstützung bei »Elisabeth«.

Besonderen Dank für ihr Feedback an Christine Hanschitz und Nina Vidmer.

Weitere Titel finden Sie auf den
folgenden Seiten und im Internet:

WWW.GMEINER-VERLAG.DE

Der Tod ist ein Wiener

Praterstern in Wien © ullstein bild – Imagno

Bastian Zach
Donaumelodien – Praterblut
Historische Romane
250 Seiten; 12 x 20 cm
Paperback
ISBN 978-3-8392-2650-6
€ 13,50 [D] / € 14,00 [A]

Wien, 1876. Als dem Geisterfotografen Hieronymus Holstein der Mord an drei jungen Frauen untergeschoben wird, hat dieser nur sieben Tage Zeit, um seine Unschuld zu beweisen. Gemeinsam mit seinem Freund, den alle nur den »buckligen Franz« nennen, nimmt er die Nachforschungen auf. Die Suche nach einer ominösen Frau, deren Bekanntschaft Hieronymus am Abend des ersten Mordes gemacht hatte, führt ihn durch alle Wiener Gesellschaftsschichten, während sich die Schlinge um seinen Hals enger und enger zieht …

GMEINER SPANNUNG

WWW.GMEINER-VERLAG.DE
Wir machen's spannend

DIE NEUEN Lieblingsplätze

ISBN 978-3-8392-2628-5 — SCHWARZWALD

ISBN 978-3-8392-2615-5 — DONAU PASSAU – WIEN

ISBN 978-3-8392-2620-9 — LAHNTAL

ISBN 978-3-8392-2635-3 — ZWISCHEN NORD- UND OSTSEE

ISBN 978-3-8392-2618-6 — IN UND UM PASSAU

ISBN 978-3-8392-2623-0 — REGENSBURG UND OBERPFALZ

ISBN 978-3-8392-2630-8 — TÖLZER LAND – TEGERNSEE – SCHLIERSEE

ISBN 978-3-8392-2631-5 — VOGELSBERG UND WETTERAU

ISBN 978-3-8392-2632-2 — VON DER EIFEL BIS IN DIE ARDENNEN

ISBN 978-3-8392-2405-2 — ROMANTISCHER RHEIN BINGEN – BONN

ISBN 978-3-8392-2622-3 — OSTFRIESISCHE INSELN

ISBN 978-3-8392-2545-5 — WEINVIERTEL

ISBN 978-3-8392-2629-2 — SPREEWALD

ISBN 978-3-8392-2634-6 — WESERMARSCH UND OMEN

KULTUR

GMEINER

WWW.GMEINER-VERLAG.D
Mensch, Kultur, Regio.